संत मनमौजी

उपन्यास

भानू प्रकाश

रेडग्रैब बुक्स

942, मुट्ठीगंज, प्रयागराज-3 उत्तर प्रदेश, भारत
वेबसाइट - www.redgrabbooks.com
ईमेल - contact@redgrabbooks.com

प्रथम संस्करण रेडग्रैब बुक्स द्वारा 2019 में प्रकाशित
© टेक्सट सर्वाधिकार : भानू प्रकाश 2019
सर्वाधिकार सुरक्षित : रेडग्रैब बुक्स

आवरण : कप्तान, इन्दौर
टाइप सेटिंग : श्री कम्प्यूटर्स, प्रयागराज
ISBN : 978-93-87390-75-1

उस निराकार, निर्विकार, निरपेक्ष, अनादि, अनंत, अचर,
अजर, अमर, अगोचर, अजेय, सर्वज्ञ, सर्वव्यापी,
सर्वशक्तिमान, स्वयम्भू शक्ति को नमन्
जिसके रहस्यों पर मैं हमेशा अभिभूत होता रहा हूँ

आत्मचिंतन

एकांत, कुछ पन्ने, कलम और मैं। कागज पर लेखनी निरुद्देश्य भटकती है; कुछ ऊटपटांग आकृतियाँ बनती हैं, कुछ शब्द उतरते हैं, वाक्य बनते हैं। अक्षर, शब्द, वाक्य आपस में उलझते हैं, टकराते हैं और कहानी बनती जाती है। कभी-कभी मैं सोचता हूँ कि ये विचार आते कहाँ से हैं? क्या विचार ब्रह्मांड में फैले होते हैं और चिन्तन से हमारे मस्तिष्क में आ जाते हैं? या विचार स्वयं मस्तिष्क में ही उपजते हैं? क्यों कोई बेहतरीन लेखक बन जाता है और अन्य नहीं? क्या मेधावी होना ईश्वरीय कृपा है या उसके सतत प्रयासों का नतीजा है? क्या संस्कार या पूर्वजन्म जैसी कोई चीज होती है? मुझे लगता है विचार, मंथन से उपजते हैं। जिस क्षेत्र में आप लगातार मंथन करते हैं, उसी क्षेत्र के विचार आपके दिमाग में आते हैं। कभी-कभी स्वप्न में भी विचार आ जाते हैं। लेखक को अपनी कहानी का कोई बेहतरीन मोड़ स्वप्न में मिल जाता है, तो वैज्ञानिक को अपने अविष्कार का सूत्र स्वप्न में मिल जाता है। कई बार ऐसा भी होता है कि आप बहुत प्रयास कर रहे हैं लिखने का; दिमाग पर जोर डाल रहे हैं किसी उपयुक्त शब्द के लिए, लेकिन दिमाग कोई जवाब नहीं देता है। आप थककर विश्राम करने लगते हैं। मन जैसे ही शांत होता है, अचानक से कोई जोरदार विचार मस्तिष्क में चमकता है। मैंने ऐसा महसूस किया है कि शांत और चिंतामुक्त मन में ही नए विचार उपजते हैं।

मैं यह घोषणा कर सकता हूँ कि इस कहानी के पात्र और घटनाएँ काल्पनिक हैं, इनका किसी जीवित या मृत व्यक्ति से कोई सम्बन्ध नहीं है। - किन्तु क्या यह पूर्ण सत्य होगा? कोई भी कहानी पूर्ण काल्पनिक नहीं होती है। लेखक जब कोई पात्र रचता है तो उसके दिमाग में कोई न कोई छवि बनती है, जो एक या अनेक चरित्रों का मिश्रण हो सकती है। कहानी भी सुनी सुनाई या देखी गयी घटनाओं का मिश्रण होती है। इसमें वह कुछ कल्पना की छौंक लगाता है। लेकिन कल्पना की भी एक सीमा होती है।

लेखक को कहानी ऐसा लिखना पड़ता है कि वह वास्तविकता के करीब लगे। पौराणिक कथाओं, परियों, सुपर हीरोज की कहानियाँ पूर्ण काल्पनिक होते हुए भी इसलिए पसंद की जाती हैं, क्योंकि वहाँ चमत्कार की गुंजाइश होती है। तथापि, चमत्कार भी किसी तय नियम के दायरे में आते हैं और उसके पात्र मानवीय गुणों लोभ, मोह ईर्ष्या और कामवासना से संचालित होते हैं। इसलिए काल्पनिक कहानियाँ भी पाठक को बाँधे रखती हैं। वह इन कहानियों में खुद को या किसी परिचित को ढूँढ़ता है।

प्रस्तुत कहानी का मूल तत्व सांसारिकता और वैराग्य के द्वंद्व में उलझे नायक की मनःस्थिति है। एक तरफ वह ब्रह्मचर्य और परमतत्व की ओर आकर्षित है तो दूसरी तरफ वह प्राणि-विज्ञान के नियमों से आबद्ध है। ज्ञानेन्द्रियों और कर्मेन्द्रियों की सहज चेष्टाएं उसे परेशान करते हैं। प्रेम, भावुकता और कोमलता उसके व्यवहार का अभिन्न हिस्सा हैं। ऐसे में समाज में फैले भ्रष्टाचार, लोगों की भौतिकवादी सोच, अनंत इच्छायें और उन्हें प्राप्त करने के लिए असंख्य कुचेष्टाएँ उसे परेशान करती हैं। उसका दुनिया से मोह भंग हो जाता है। - संयमित जीवन का पक्षधर होते हुए भी यह उपन्यास पलायनवाद का समर्थक नहीं है; इसके एक पात्र के अनुसार जीना-मरना, लड़ना-झगड़ना सब इसी ग्रह पर है। ऐसा नहीं है कि ये दुनिया पसंद नहीं है तो कोई किसी और ग्रह पर चला जाय। संस्कृत का एक श्लोक इस कथा के सार को बखूबी बयान करता है-

विहाय कामान्यः सर्वान्पुमांश्चरति निस्पृहः।
निर्ममो निरहंकारः स शांतिमधिगच्छति।।

एक

वीरानगी!

इस धरती के प्राण में समायी हुई है वीरानगी।

ऊबड़ खाबड़ शिलाखंडों और बेतरतीब फैली झाड़ियों के बीच बसा यह पृथक भूखण्ड अपने को गाँव या शहर की परिभाषा से अलग करता है। गाँव कहने पर मस्तिष्क में जो छवि बनती है, उससे कुछ अलग है यह गाँव। देहात की तरह तंग गलियों में बजबजाते बच्चे नजर नहीं आते यहाँ... या हर तरफ खेत और हरियाली ही दिखे ऐसा भी नहीं है। यहाँ नजर आते हैं लम्बे –चौड़े बंजर पथरीले मैदानों के बीच छिटपुट उगी झाड़ियाँ और इक्के-दुक्के पहाड़। जंगली कँटीली झाड़ियों पर उगे लाल-पीले फूल और सागवान, शीशम, यूकेलिप्टस, सेमल और महुआ के कुछ वृक्षों के अतिरिक्त कतारबद्ध लगाये गये आम के पेड़। संभवतः ये पेड़ यहाँ की एक पूर्ववर्ती कंपनी द्वारा लगाये गये थे। शीशे की तरह चमकते अभ्रक के टुकड़े आँख चौंधियाते हैं और काले पत्थरों को तोड़कर महीन कण में बदलते, घड़घड़ाते क्रशर मशीन, सुस्त दोपहर में किसी वाद्ययंत्र की तरह लगते हैं। देहात की तरह यहाँ सिर्फ अनपढ़ नहीं रहते बल्कि, यहाँ गाय-बकरी चराने वाले, पत्थर तोड़ने वाले, घास कोड़ने वाले से लेकर बुद्धिजीवी, व्यवसायी और सरकारी अफसर तक रहते हैं। किन्तु सुविधाओं के अभाव को ध्यान में

रखते हुए इसे शहर भी नहीं कहा जा सकता। गाछ-वृक्ष और बेतरतीब उग आई झाड़ियों की वजह से कुछ लोग इसे जंगल की श्रेणी में रखना पसन्द करते हैं। हाँ ये सच है कि जब –जब मेरे रिश्तेदार यहाँ आये, एक बार जरूर ये याद दिला गये कि ये एक जंगल है, घनघोर जंगल। अँधेरिया रात में जब बिजली कटी हुई हो, दूर-दूर तक सिर्फ विकराल अंधकार नज़र आता है।

फिर भी इस मिट्टी में कोई तो चुंबकीय शक्ति होगी कि लोग इसके आकर्षण से बच नहीं पाते। पिताजी जब ट्रान्सफर होकर यहाँ आये थे तो कभी यह नहीं सोचा होगा कि धीरे-धीरे वह इस भूमि का अभिन्न हिस्सा बन जायेंगे। उन्होंने जरूर किस्मत को कोसा होगा कि उन्हें पृथ्वी की इस गुमनाम जगह पर आना पड़ा। लखनऊ से जब उनका ट्रान्सफर हजारीबाग हुआ तो उन्हें लगा था कि चलो अपने लोगों के बीच आ गये। लेकिन ऑफिस का क्वार्टर खाली न होने की वजह से उन्हें थोड़ी दिक्कत हुई। तभी संयोग से उनके एक पुराने मित्र ने इस जगह के बारे में बताया, जो खुद यहाँ की उस दिवंगत कंपनी में कर्मचारी रह चुके थे। लखनऊ के छोटे से किराये के मकान में अपनी बड़ी सी फेमिली के साथ रहने वाले पिताजी को यहाँ का खुला–खुला वातावरण अच्छा लगा और इतना अच्छा लगा कि यहीं रम गये। माँ को यहाँ की महिलाओं ने चेताया था कि ये जगह मोहिनी है, जो भी यहाँ आता है, यहीं का होकर रह जाता है, इसलिए सँभलकर! लेकिन चौबे दम्पति हज़ार असुविधाओं को झेलते हुए भी मुफ्त के घर का लालच नहीं छोड़ पाये। कहते हैं आज से कोई पच्चीस-तीस साल पहले यहाँ एक साइकिल की कम्पनी लगायी गयी थी। उसी कम्पनी ने इस बस्ती को आबाद किया था, घर और झोपड़े बनवाए थे, सड़कें बनवाई थी और आम के बगीचे लगवाए थे। लेकिन यहाँ के कृतघ्न लोगों ने कंपनी को ही लूटना शुरू कर दिया। आये दिन हड़ताल होने लगे, उत्पादन प्रभावित हुआ, मुनाफा गिरने लगा और तंग आकर कंपनी ने अपना बोरिया-बिस्तर समेट लिया। कुछ लोग कहते हैं कि कंपनी ही खून चूसने वाली थी, उचित मेहनताना नहीं देती थी; लोग हड़ताल न करते तो क्या करते। सच्चाई जो भी हो, लेकिन कम्पनी भागी, ये सच है और ये भी सच है कि लोग यहाँ से चिपके रह गये। - शहर से दूर इस गाँव का सूनापन हमारे परिवार में भी समा गया था।

दिन भर आग उगलने वाला सूरज पश्चिम की किसी गुफा में जा दुबका था और शाम झुर्रियों वाली बुढ़िया हो चली थी। थकी हुई सी, स्लेटी रंग की... मटमैले बादलों के गुच्छे हवा में टँगे हुए से थे, जो किसी नाव पर तैरते चले जा रहे थे। चाँद की परछाई सामने के शांत तालाब में चुपचाप लेटी हुई सी थी। खजूर और ताड़ के कुछ आड़े-तिरछे पेड़ ढलान पर झुके हुए थे। चिड़ियों का कलरव भी शांत हो चुका था, जैसे सभी अपने आवास में विश्राम कर रही हों। तालाब के ऊपर एक सीढ़ी पर मैं बैठा हूँ और मेरे एक हाथ की दूरी पर भारती बैठी है। रुकी-रुकी सी बातचीत हो रही है। शायद अभी पूरी तरह वह खुल नहीं पायी है। बार-बार दुपट्टे को ठीक करती है और सतर्क उत्तर देती है।

-भारती... किशोरावस्था और यौवन के मध्य उम्र की एक लड़की। भाभी की बहन, चचेरी बहन। किस्से कहानियों में ग्राम्य जीवन पर मुग्ध हुई लड़की गाँव देखना चाहती थी, इसलिए वह भी भाभी के साथ यहाँ आयी है। पहली बार उसे भैया की शादी में देखा था। कुछ विशेष था उसमें... क्या था पता नहीं, पर कुछ था। अंग्रेजी में जिसे एक्स फैक्टर कहते हैं शायद वही। वह जितनी वाचाल शादी के समय लग रही थी, उतनी ही गम्भीर अब लग रही है। लगता ही नहीं यह वही लड़की है जो सखियों संग मिलकर मेरा मजाक उड़ा रही थी। पहली बार जब उसे देखा था तो ढोलक पर थाप देते हुए कोई गीत गा रही थी। उसके हाथ और आँखें भी गीत के साथ लयबद्ध होती थीं-

कहिया के बदली सधवलअ ए आपन पापा,
खोजी दिहला कपसी मलाह ए पापा।
गाल दूनो अचकल –पचकल, ओठ बाड़े लटकल।
नाक ह दुनलिया बन्दूक ए लाला।
बोले के लूर नइखे, चलेके सहूर नइखे।
बिन घी के खिचड़ी न खाये ए लाला।
कान बाड़े हाथी जइसन पेट बाड़े नाद जईसन।
मुँहवा से लागेला बिलार ए लाला।
चले के लूर नइखे, देखेके सहूर नइखे,

खोजी दिहलअ बुढ़वा दामाद ए लाला।

किन्तु आज वह सहमी हुई सी है। या माहौल की नीरवता में ढल गयी हो शायद। तभी पीछे के पीपल में कुछ हलचल हुई। किसी शरारती चील ने जोर से पंख को फड़फड़ाया और एक ऊँची चीख हवा में गूँज गयी।

''अब चलना चाहिए।'' सहमी हुई आवाज़ में उसने कहा।

''तो आप इस आवाज़ से डर गयीं ? उस दिन तो बहुत बहादुर बन रही थीं कि मैं किसी चीज़ से नहीं डरती''

''डरती नहीं, पर लोग क्या कहेंगे; शाम ज्यादा हो गयी है। ''

''या मुझसे डर रही हैं ?''

''आपसे क्यों डरूँगी ?''

''अँधेरा है, एकांत है; हम भी जवान, तुम भी जवान। ''

''आगे क्या सोचा है ?'' बात को एकदम से पलट दिया उसने।

'मतलब ?'

''मतलब आप क्या करना चाहते हैं ? क्या बनना चाहते हैं ? ग्रेजुएशन के बाद क्या टारगेट है ?''

''- मैं ?- मैंने कभी सोचा नहीं; मैं जिन्दगी को प्लान नहीं करता, बस जीता चला जाता हूँ।''

''ये कोई जवाब नहीं हुआ''

''तो जवाब सुन लो, मैं साधु बनना चाहता हूँ। ''

जोर से हँसी वो। किसी जेनरेटर की तरह भड़भड़ाकर। हँसते समय वह मुँह को हथेली से नहीं छुपाती। खुलकर हँसती है। पहली बार उसे गौर से मैंने देखा। गेहुँआ रंग, गोल चेहरा, नाक में छोटी सफ़ेद नथुनी। बाल दाहिने तरफ से झाड़ा हुआ, चोटी बाँये कंधे पर लटकती हुई। सुगठित, सुडौल शरीर, जैसे ठूँस-ठूँस कर मांस भरा हुआ हो। मेरे बाँह तो ढीले से हैं मांस छोड़े हुए, मेरे गाल भी थुलथुले से हैं।

''इस दुनिया में लोग डॉक्टर IAS, इंजिनियर, जज, मजिस्ट्रेट

वगैरह बनना चाहते हैं और एक आप हैं कि साधु बनना चाहते है? वेरी फनी !''

''मुझे लोगों से क्या मतलब, मैं तो अपनी जिन्दगी जीता हूँ।''

''लेकिन सरजी, जिन्दगी जीने के लिए कुछ सहारा तो चाहिए; परिवार कैसे पालेंगे?''

''मै शादी नहीं करूँगा''

फिर से वह हँसी। आश्चर्य वाली हँसी। ''कोई खास वजह या फिर यूँ ही?''

''- मै कामनाओं पर विजय पाना चाहता हूँ... शादी करने का अर्थ है इच्छाओं के आगे समर्पण करना। एक के बाद एक इच्छा अपने चक्र में मनुष्य को घुमाती रहती है और मनुष्य कभी उस मोह-चक्र से बाहर नहीं निकल पाता। - मुझे जिन्दगी का असली मकसद पता करना है, यूँ साधारण मनुष्यों की भाँति इन्द्रियों का गुलाम नहीं बनना है मुझे। ''

अपने स्वभाव के विपरीत उसने भी एक गंभीर प्रश्न कर दिया- ''किन्तु कामनाओं का होना बुरा क्यों है? अगर इच्छा न हो तो मनुष्य कोई कर्म ही क्यों करे? अगर सब कोई अपने वर्तमान से संतुष्ट हो जाये तो दुनिया रुक जायेगी, नए खोज और आविष्कार कैसे होंगे? अगर मनुष्य ने आज इतनी तरक्की किया है तो कहीं न कहीं उसका लालच ही इसके पीछे है। ''

''तरक्की क्या है ये भी समझना होगा। क्या सारे लोग आज सुखी हैं? और सुखी भी हैं तो कितने लोग खुश हैं? अगर घर, गाड़ी, रुपया-पैसा इकट्ठा करने से लोग खुश हो जाते, तो आज सारे अमीर खुश होते। मुझे तो तरस आता है ऐसे लोगों पर, जो शरीर का सुख-चैन भूलकर दिन-रात पैसे के पीछे भागते रहते हैं। - जब बीमारी घेर लेती है, तब फिर वही पैसा इलाज में लगाते हैं। ''

कुछ असहमत होते हुए उसने कहा- ''मैं तो चाहती हूँ कि मेरे पास खूब सारा पैसा हो; आज के ज़माने में पैसा ही सबकुछ है। पैसा रहेगा तभी तो आदमी इलाज करेगा वरना ऐसे ही मर जायेगा; सारे सुख-संसाधन, मान

सम्मान सब पैसे के पीछे भागते चले आते हैं। ''

मुझे तरस आया उसकी सांसारिकता पर। वह भी क्या करे... बचपन में जो संस्कार चिपक जाते हैं, उनसे मुक्त होना आसान कहाँ है?

* * *

इधर कई दिनों से लग रहा था कि बारिश होगी, लेकिन नहीं हुई। काले-काले बादल घूमते हुए आते और फिर टहलते हुए निकल जाते। लेकिन आज तो लग रहा है कि पक्का बारिश होगी। सुबह से ही एकदम काला हुआ है आसमान। बारिश का तो पता नहीं, लेकिन जोर की अंधड़ जरूर आ गयी। हवा के तेज़ झोंकों में सूखे पत्ते, घास, तिनके और अभ्रक के महीन कण उड़-उड़कर बरामदे में आने लगे। भारती ने झट से खिड़की बंद करना चाहा कि धूल बिस्तर पर न आ जाय, लेकिन हवा ने उसे ठेल दिया। ताकत लगाकर उसने पल्ला बंद किया, तभी धड़ाक् से दूसरा पल्ला बज गया। एक-एक कर सभी खिड़की-दरवाजे धड़धड़ाने लगे। दौड़-दौड़ कर भारती और भाभी किवाड़ बंद करने लगीं। भाभी को याद आया छत, पर बड़ी और पापड़ पसारा हुआ था सूखने के लिए। उसने भारती को आवाज़ लगाई कि जल्दी दौड़ो छत पर। लेकिन भारती आँगन में पसारे कपड़े उठाने में व्यस्त थी। कपड़े पूरे आँगन में बिखर गये थे उड़कर। भाभी खुद दौड़ी छत पर मौसम को गाली देते हुए – ''कुत्ता मौसम''। माँ को याद आया कि गैया बाहर बँधी हुई है। वैसे तो यहाँ के जानवर अधिकतर खुले घूमते हैं, लेकिन धान लगा हुआ है खेतों में, इसलिए बाँध के रखना पड़ रहा है। उन्होंने मुझे आवाज़ लगाया कि गाय लेते आओ जल्दी से नहीं तो भीग जाएगी बेचारी। मुझे अपना रोमांचक उपन्यास बीच में छोड़कर उठना पड़ा। झुँझलाते हुए मैं मैदान की ओर भागा। पिताजी जब सक्रिय थे, तब बहुत सी गायें थीं। उनका शौक था गोपालन। मन लगता था उनका। लेकिन उनके वृद्ध होती ही गायें धीरे–धीरे कम होती गयीं, बेच दी गयीं। बस अब एक यही बची है उस वंश की आखिरी निशानी। ऐसा नहीं है कि मुझे गायों से लगाव नहीं है... बस आजकल पढ़ाई-परीक्षा की वजह से थोड़ा चिड़चिड़ा हो गया हूँ। खुलते ही गैया पूँछ उठाकर दौड़ी और अपनी कोठरी में जाकर ही रुकी। वहाँ पहले से अड्डा जमाये बकरियों और कुत्तों को उसने खदेड़ा। कुत्ता उठकर कोने में चला गया, लेकिन बकरियाँ ढीठ थीं। थोड़ा-

सा हटकर वहीं खड़ी रहीं। गाय, पुआल के ढेर से नोच-नोचकर पुआल खाने लगी।

बच्चों का क्या कहना! क्या बारिश और क्या आँधी... निकल पड़े हैं आम चुनने के लिए। सामने वाले आम के पेड़ के पास भी ढेर सारे बच्चे जमा हो गये हैं। जितना आम नहीं चुन रहे हैं उससे ज्यादा हल्ला मचा रहे हैं। बरामदे में खड़ी भारती और भाभी को ये अच्छा नहीं लगा कि कोई सामने से आम चुन ले जाये और वो ताकती रहें। उसने मुझे आवाज़ लगाया- ''देखिये न बाहरी बच्चे आम चुनकर ले जा रहे हैं और आप चुप बैठे हैं, डाँटिए उन लोगों को।'' मैंने आलसियत से जवाब दिया- ''जाने दो न, क्यों दो-चार आम के लिए जान दे रही हो?'' लेकिन दोनों महिलाये इतनी उदार हृदय नहीं थीं। घटनास्थल पर पहुँचकर बच्चों को झिड़का। बच्चे होशियार थे, भागने के बजाय रिश्वत देना उचित समझा। चुने हुए आमो में से अच्छा-अच्छा चुनकर दोनों महिलाओं को दिया। भारती ने अपनी ओढ़नी के पल्लू को कमर में खोंसा और दौड़-दौड़कर बच्चों से प्रतिस्पर्धा करने लगी। राजेश माई ने भारती की इस हरकत को अपनी खिड़की से देखा और वहीं से चिल्लाई – ''खूब बढ़िया बबुनी! लगता है दौड़ में फस्ट आती थी हमेशा।'' भारती ने मन-ही मन बुदबुदाया- 'इस दुष्ट को चिल्लाना जरूरी है... सारे गाँव को सुना देगी मुँहफट कहीं की!'

बगान से पुदीना तोड़ लायी भारती और चुने हुए टिकोलों के साथ पीसकर चटकदार चटनी बनाई। इसमें लहसुन की कमी रह गयी थी वरना और चटकदार होती। लेकिन मेरे लिए ये किसी फाइव स्टार व्यंजन से कम नहीं था। दाल-भात, भुजिया, पापड़, सलाद और चटनी। बस इससे ज्यादा और कुछ नहीं चाहिए मुझे। यही दुनिया का सबसे बड़ा सुख था मेरे लिए। माँ मुझे भतहा कहती। मतलब मैं तीनों टाइम भात खा के रह सकता था। रोटी अटकती थी मुझे। खासकर भिन्डी की सब्जी के साथ तो रोटी खाना मेरे लिए किसी पहाड़ चढ़ने जैसा था। मुँह के एक कोने से दूसरे कोने में रोटी का टुकड़ा घूमता रहता, लेकिन गले के नीचे नहीं उतरता। पानी की मदद से नीचे उतरता। लेकिन भात के सुगंध से ही मेरी भूख बढ़ जाती। बचपन में जब माँ या दीदी कुकर का ढक्कन खोलतीं तो मैं उस वाष्प को अपनी नाक में खींचता। मैं भात सिर्फ दाल के साथ भी खा सकता था,

लेकिन यहाँ तो मुझे इतने सारे चखना मिल गये थे। मैंने अतिरिक्त चटनी की माँग की, जिसे भारती ने साफ ठुकरा दिया- ''आप लाये हैं आम? आप तो मना कर रहे थे, फिर काहे का जीभ लपलपा रहे हैं?''

''थोड़ा सा दो न।''

''जी नहीं, आपके लिए नहीं है।'' माँ ने इस नोकझोंक का लुत्फ़ उठाया- ''काहे तंग कर रही हो मेरे बच्चे को, बेचारा कभी कोई चीज़ दुबारा नहीं माँगता है, आज अच्छा लग रहा है तो माँग रहा है। ''

''लेकिन आपके बेटे तो संयासी आदमी हैं, कहते हैं कि इन्द्रियों पर विजय प्राप्त करना उनका लक्ष्य है; तो फिर क्यों जीभ के गुलाम हो रहे हैं?'' भारती ने व्यंग्य किया।

''आपने सही याद दिलाया, अब मैं अपनी जिह्वा पर नियंत्रण करना सीखूँगा... क्रमशः मैं पूर्ण योगी बन जाऊँगा। ''

''अरे बाप रे योगी! क्यों जी ऐसा कठिन व्रत क्यों?'' भाभी ने आश्चर्य से पूछा।

माँ ने उपहास भरे स्वर में कहा- '' इस उमर में सब को एक बार भूत चढ़ता है ब्रह्मचर्य का, अपने आप उतर जायेगा। ''

''अच्छा, ये तो समय ही बतायेगा; ये मेरी अखंड प्रतिज्ञा है, मैं आजीवन अविवाहित रहूँगा। '' दोनों महिलायें मेरी इस प्रतिज्ञा से प्रभावित सी लगीं, पर माँ ने फिर से उपहास भरी मुस्कुराहट से जवाब दिया।

* * *

अगले दिन सच में बारिश हो गयी। ताबड़तोड़ मूसलाधार बारिश। आवाज़ वाली झमाझम बारिश। मोटी-मोटी बारिश की बूँदों से टीन की छप्पर तड़तड़ा उठी। अचानक से जैसे आसमान की सिलाई उधड़ गयी हो और सारा का सारा पानी उड़ेल दिया गया हो। जो जहाँ था वहीं छेका गया, मौका ही नहीं मिला भागने का। आँचल से सिर को ढँके राजेश माई दौड़ती हुई आई और पीछे-पीछे बकरियों का झुण्ड। राजेश माई को लगा कोई उसकी दौड़ पीछे से निहार रहा है। उसने धीरे से गर्दन घुमाया ताकि किसी से नज़र न टकराए। कोई नहीं था। उसने जैसे अपने आप से कहा –

''ऐसन कहीं पानी पड़ता है ! एकेबैक उझल दिया।'' मैं पहले ही गाय को ले आया था इसलिए वह आराम से पगुराते हुए बरसात का मज़ा ले रही थी। कुछ लावारिस पशु बरामदे के एक कोने में दुबके हुए थे कि कोई उन्हें न खदेड़े। भारती ने उन जानवरों को देखा, लेकिन कुछ नहीं किया। बेचारे ठण्ड के कारण एक-दूसरे से चिपके हुए थे। वह कुर्सी निकाल के बैठ गयी। सारे काम निपटाकर निश्चिन्त थी इसलिए बारिश का आनंद लेने लगी। हवा के कारण बूँदें तिरछी होकर आधे बरामदे तक आने लगीं। उसने कुर्सी पीछे सरकाया, लेकिन बौछार ने उसका पीछा न छोड़ा। महीन झटास को उसने शरीर पर आने दिया। एक गुदगुदी सी हुई उसके मन में। मन के किसी कोने में दबा बचपन बाहर आ गया होगा। उठकर वह आगे बढ़ी और हथेली की कटोरी में उसने बूँदों को जमा करना शुरू किया। बच्ची होती तो वह इन बूँदों को पी जाती। कुछ याद करके वह सहसा रोमांचित हो उठी। दौड़कर वह अपने दीदी के रूम में गयी और टीवी पर नज़रें गड़ाये दीदी के हाथ से रिमोट छीनते हुए बोली – ''इतना अच्छा मौसम है बाहर और तुम टीवी में आँख गड़ायी हो... चलो बरसात का मज़ा लेते हैं। खिड़की से बाहर झाँककर भाभी ने कहा – ''मैं यहीं बैठे-बैठे मज़ा ले रही हूँ; सच में बहुत अच्छा मौसम है।''

''बोरियत इन्सान! ऐसे नहीं, बारिश में भीगने का मज़ा लेते हैं।'' और वह भाभी का हाथ पकड़कर खींचने लगी। ''रूको क्या कर रही हो, कोई क्या कहेगा।''

''कोई क्या कहेगा, आँगन में चलते हैं।''थोड़ी ही देर में आँगन से उछलने-कूदने की आवाज़ आने लगी... हा हा ही ही और कुछ सस्ते फ़िल्मी गानों की। शायद दोनों एक-दूसरे को छेड़ रही थीं। पढ़ते-पढ़ते मुझे अचानक याद आया कि मैंने अपना बैग छत पर रखा हुआ था सूखने के लिए। जा, गये काम से... पूरा भीग गया होगा। बिना कुछ सोचे मैं छत की ओर भागा। छत के लिए आँगन से होकर ही जाना होता था। धड़ाक से मैंने आँगन का दरवाजा ठेल दिया। - आह! दोनों बहनें एक साथ चीखीं और भारती ने खटाक से वापस दरवाजा सटा दिया। - लेकिन एक पल में ही मेरी नज़र ने जो देखा वह मेरे दिमाग में फोटो की तरह कैद हो गया। भारती का मुँह मेरी तरफ ही था और ऊपरी शरीर बिल्कुल वस्त्रहीन। मेरी छाती न जाने

किस खयाल से जोर से धड़कने लगी। ये क्या देख लिया मैंने! बजरंगबली मेरी रक्षा करो। किसी इरेज़र से मैं उस तस्वीर को मिटा देना चाहता था, लेकिन वह तस्वीर तो जैसे पत्थर पर खिंची लकीर की तरह अमिट हो गयी थी। आँख के आगे लटकते हुए चलने लगी वह तस्वीर। मैं दौड़ के वाश बेसिन के पास गया और आँखों पर पानी के छींटे मारे। जैसे पानी की धार में सब धुल जायेगा। रूम में आकर मैं वापस किताबों में घुस गया। मैं डर से आँख नहीं बंद कर रहा था। थोड़ी देर बाद भाभी की आवाज़ आयी- ''छत पर जाइएगा अरुण? जाइये, आँगन खाली है''।

सिर के गीले बालों को पोंछने के बाद और सूखे कपड़े पहनने के बाद बहुत हल्का महसूस कर रही थी अंजलि। वह किचेन में घुसी और थोड़ी ही देर में मुझे किचन से कुछ छनने की आवाज़ सुनायी दी। कुछ तेज सुगंध मेरे नाक से टकरायी। लगता है पकौड़ी बन रही है। खुद को मैं रोक नहीं पा रहा था। कोई और दिन होता तो मैं तुरन्त किचेन में पहुच जाता, लेकिन आज नहीं। मैंने खिड़की से झाँका। भारती आलू, लौकी और बैगन के टुकड़ों को बेसन में लपेट भजका बना रही थी। पकौड़ी तलने की उस मधुर आवाज़ को मैं सुनने लगा। मुझे दाल छौंकने, और सब्जी में पानी डालने वाली आवाज़ भी बहुत अच्छी लगती है। थोड़े इन्तजार के बाद मेरे सामने पकौड़ी हाज़िर थी। मैं अब भी भारती की ओर नहीं देख रहा था। चुपचाप सिर झुकाये मैंने आलू वाला भजिया छाँटकर अपने प्लेट में ले लिया और बाकी छोड़ दिया। भारती ने बनावटी गुस्सा दिखाया- ''खाली आलू खाने से हो जायेगा? जब देखो तब आलू-आलू। सब्जी में से भी आलू निकाल के खा लेना है और बाकी छोड़ देना है।''मुझे लगा था कि वह झिझकेगी, शर्मायेगी, लेकिन वह तो एकदम सहज होकर बात कर रही थी। मेरी घबराहट थोड़ी कम हो गयी। माँ ने हँसते हुए बताया – ''अब तो थोडा –बहुत खाने भी लगा है, जब से हरी सब्जियों के गुण के बारे में जाना है; पहले तो सब्जी का मसाला चाट जाता था और साबुत सब्जी ऐसे ही छोड़ देता था। ''माँ भाभी और भारती ने चाय की चुस्कियों के साथ पकौड़ी का लुत्फ़ उठाना शुरू किया। मैं सामान्यतः चाय नहीं पीता लेकिन आज अदरक और इलायची वाली खुशबूदार चाय बनी है तो मैंने ले लिया। राजेश माई को भी शायद पकौड़ी की गंध लगी है। अपने पोते को लेकर वह खिड़की के पास आयी- ''आँय हो दुल्हिन, कुछ सब्जी–वब्जी है क्या? देखो ना बाबु सब्जी माँग रहा है

और हमारे घर की सब्जी ख़तम हो गयी है।'' भारती ने पकौड़ी पकड़ाते हुए कहा- ''सब्जी तो नहीं है ये पकौड़ी ले लीजिये, अभी तुरंत का है। ''मैंने बाद में बताया – ''बहुत लालची औरत है ये, कुछ-न-कुछ माँगते ही रहती है हमेशा... कभी दाल, कभी सब्जी, कभी चीनी। इसके घर में दाल भी नहीं बनता; बस वही सब्जी उबाल के भात के साथ खा लेती है तीनों समय। बहुत खुश हुआ तो बकरी मार के खाता है ये लोग, इसलिए इतना सारा बकरी पाल के रखा है। ''भारती ने नाक सिकोड़ा- ''ए राम!''माँ ने बचाव किया- ''गरीब है बेचारी, क्या करे... मेहनत–मजूरी कर के जी रही है किसी तरह। पति पत्थर तोड़ने का काम करता है। अब बेटा लोग कमाने लगा है तो थोड़ी स्थिति अच्छी हुई है, नहीं तो पहले दूसरे के घर में जाकर दाई का काम करती या खेत में मजूरी खटती थी।

* * *

ऐसा नहीं है कि राजेश माई सिर्फ लेना जानती है। अगले दिन सिर पर डिंडी (मूँग की फलियाँ) की गठरी लेकर आयी और बरामदे में पटकते हुए बोली- ''ऐ कनिया(दुल्हिन)! बाहर आओ... कनिया और कनिया की बहनी, किधर हो सब?''कनिया शब्द सुनकर भारती को हँसी आती थी। दोनों बहनें जब बाहर आयी तब राजेश माई ने पूछा – ''डिंडी खाएइगा? ये लीजिये। ''

''ये क्या है?'' भारती ने आश्चर्य व्यक्त किया।

''पहचानिये क्या है; आप तो रसोई का काम करती हैं ना। '' भारती ने गौर से उलट-पुलट के उन फलियों को देखा, लेकिन किसी निष्कर्ष पर नहीं पहुँच सकीं। राजेश माई ने लगभग उपहास भरी हँसी के साथ कहा – ''आप शहर वाले क्या जानें कि कहाँ से क्या आता है... बस सामने थाली में आया तो खा लिए। मूँग का दाल खाते हैं कि नहीं !इसी से निकलता है ना। ''भारती को और ज्यादा आश्चर्य हुआ – ''ओहो! तो आपके यहाँ इसकी खेती होती है? और इसे कच्चा भी खाते हैं क्या?''

भाभी ने बताया – ''जैसे हमारे यहाँ लोग अरहर की फली तोड़कर खाते हैं, वैसे ही इधर के लोग इसे खाते हैं।'' भारती ने एक दाना मुँह में डालकर देखा। उसे कुछ खास अच्छा नहीं लगा। राजेश माई ने सुझाया –

''इसमें नमक डाल के खाओ तो बहुत मज़ा आता है, या चाहो तो इसे तेल में भूँज के खाओ; एक नंबर लगेगा।''

''हमारे यहाँ (पटना में) चना के पौधों को आग में पकाकर खाया जाता है। डंटी-पत्ती सब जल जाता है और खाली दाना बच जाता है। उसको छोड़ाकर खाने में जो मज़ा आता है कि क्या कहने !'' भाभी जो पटना से थीं, ने बताया कि उनके यहाँ इसे होरहा कहते हैं।

राजेश माई ने बताया कि यहाँ खेती ज्यादा नहीं होती है; खेती के नाम पर यहाँ सिर्फ धान लगाया जाता है, वो भी थोड़ा-बहुत। गेहूँ-चना यहाँ नहीं लगता... यहाँ की जमीन वैसी उपजाऊ नहीं है जैसी बिहार की। सिंचाई-नहर की कोई व्यवस्था नहीं है। बिहार में तो सुनते हैं कि पंद्रह-बीस फीट में पानी निकल आता है, यहाँ तो सौ –सौ फीट में भी पानी निकलने की कोई गारंटी नहीं। मेरी माँ अक्सर उस दिन को याद करती हैं जब हमारे यहाँ चापाकल गड़ रहा था। सौ फीट खुदने के बाद भी पानी का कोई लक्षण नहीं। फिर अचानक जोर की आवाज़ आने लगी थी मानो कोई चट्टान आ गयी हो नीचे। काला धूल निकल-निकलकर पूरे आँगन में फैलने लगा था। सब कोई निराश होने लगा था कि पता नहीं पानी निकलेगा भी या नहीं। पता नहीं ये चट्टान कितना बड़ा है कौन जाने... कि तभी पानी की धारा फूटकर आँगन में फैलने लगी। खुशी के मारे सबकी आँखें चमक गयी। मेरी माँ के मुँह से निकला था – ''गंगा मैया आ गयीं।'' और उनकी आँखों में आँसू आ गये थे। बाद में पता चला कि उन्होंने भारा (मन्नत) भखा था इसके लिए।

* * *

किसी अटल सत्य की तरह आज भी उस दुकान के सामने कुछ युवक बैठे थे, सीमेंट की कुर्सी पर। वे क्यों बैठे थे शायद उन्हें भी नहीं पता हो। देश और दुनिया की तमाम समस्याएँ यहाँ खैनी की ताल और पान की पीक में घुल जाती थीं। यहाँ सभी बड़े अर्थशास्त्री, राजनीतिज्ञ, दार्शनिक और विचारक अपनी तशरीफ़ लाते थे और अपने विचारों से आम जनता को लाभान्वित करते थे। दुकानदार भी मुफ्त में मनोरंजन पाता था और सामान बेचता जाता था।- माथा दुकान, इस इलाके की एकमात्र दुकान है। मुख्य बाज़ार यहाँ से ढाई-तीन किलोमीटर दूर है इसलिए इस दुकान की खूब

चलती है। ये दुकान कब से है किसी को याद नहीं। बस मुझे ये याद है कि पहले इस दुकान पर एक बूढ़ा बैठता था। छोटी मेहता नाम था उसका। शक्ल और कद-काठी से ही दुकानदार लगता था। बड़ा सा पेट और थुलथुली छाती। और शरीर पर इतने बाल कि डार्विन का ये कथन 'मनुष्य के पूर्वज बंदर थे' सच लगने लगता। कहाँ –कहाँ नहीं थे बाल; लेकिन जहाँ होने चाहिए वहाँ नहीं थे, सिर पर। फिर भी वह पूरी निर्लज्जता से अपना अर्धनग्न बदन प्रदर्शित करता रहता। बड़ा ही कंजूस और बेईमान था। पाँच पैसा भी नहीं छोड़ता था। छोटे बच्चों को वो खासकर ठगता था। वजन से कम तौलना और मूल्य से ज्यादा लेना उसकी आदत थी। लेकिन लोग मजबूर थे उसके पास जाने के लिए। रात-बिरात या आपातकाल में यही एक सहारा था। कई और लोग उसके एकाधिकार को चुनौती देने के लिए मैदान में आये, लेकिन टिक नहीं सके। कारण उसके पास सामानों की विविधता थी। उसके सामानों की विविधता देखकर ये कहना मुश्किल था कि ये किस चीज़ की दुकान है। राशन चाहिए मिल जायेगा, पान-सिगरेट चाहिए मिल जायेगा, अंडा चाहिए मिल जायेगा, कॉपी किताब चाहिए मिल जायेगा, सब्जी चाहिए मिल जायेगा, छोटी-मोटी दवा चाहिए मिल जायेगा। बाद में उसके बेटे ने इसमें मोबाइल रिचार्ज और एसटीडी बूथ की सुविधा भी जोड़ दिया। इस प्रकार ये दुकान इस गाँव के लिए अलादीन का चिराग थी। छोटी मेहता को लोग मेहता कहकर बुलाते होंगे। बाद में मेहता से माहता हो गया होगा। फिर माहता से माथा हो गया होगा।

-तो आप इधर से गुजरें और कोई आपको टोके नहीं ऐसा हो नहीं सकता। एक ने मुझे देखते ही टोका – ''क्या हाल है मालिक! बहुत मज़े मार रहे हो आजकल।''

मैंने भी चलताऊ अंदाज में कहा- ''मज़ा कहाँ है, बस गुजर रही है जिन्दगी।'' और फिर वहाँ से खिसकने की तैयारी करने लगा। लेकिन एक ने जबरदस्ती हाथ खींचकर पास बिठा लिया- ''अरे थोड़ा समय हमलोग को भी दो, दिन भर भौजी और उसकी बहन में ही लगे रहोगे?''

सब आह्लादित हुए। दुकानदार भी रोमांचित हुआ और अंदर से ही बोला- ''अरे भाई नयी नयी भौजी आयी है और आपलोग इनको परेशान कर रहे हैं! जाने दीजिये इनको; थोड़ा समय देंगे तभी तो पटायेंगे उनकी

बहन को। ''

"इ घंटा पटायेगा! इससे कुछ नहीं होगा। '' एक सज्जन जो हाफ पैंट में हाथ डालकर कुछ खुजला रहे थे, ने विश्वासपूर्वक कहा।

हँसते हुए दूसरे ने मज़ा लिया- "क्यों भाई ये मर्द नहीं है क्या? क्या नहीं है अरुण के पास?''

यही थी मेरी मित्र मण्डली। लोफरों और भोथरो की टोली। मन भन्ना जाता था इनके सान्निध्य में, किन्तु एकांत से ऊबकर इन्हीं की शरण में आना पड़ता था। मन तो हुआ कि झापड़ मारकर इनकी सारी गँवारियत झाड़ दूँ, फिर भी सहज होते हुए कहा- "ये तो तुमलोग भी जानते हो कि मैं इन सब चीजों से दूर रहता हूँ। '' किन्तु मैं खुद ही नहीं जानता था कि मैं कितना सही कह रहा हूँ। मालूम नहीं क्यों मुझे उसका जिक्र सुनना अच्छा लगा। ये मेरा अहं ही हो सकता है जो सत्य को नकार रहा था।

"अबे गधा है तुम, तुम्हारे जगह हम होते तो... "दूसरे सज्जन ने मृदु झिड़की दिया।

"मुझे जब शादी ही नहीं करनी तो बात आगे बढ़ाने से क्या फायदा?''

एक सज्जन जो बहुत देर से खैनी मल रहे थे, खैनी को मुँह के किसी कोने में ठूँसकर अमृत वचन बरसाने लगे- "अबे तुम ब्रह्मचारी बन के क्या उखाड़ लेगा? क्या फायदा है ब्रह्मचर्य से बताओ जरा।''

मैंने कहा- "ब्रह्मचर्य से शरीर स्वस्थ रहता है। जितने भी पुराण और शास्त्र हैं, सबमें ब्रह्मचर्य की महिमा गायी गयी है तो कुछ तो बात होगी इसमें। इसमें निरंतर इन्द्रियों को वश में रखना पड़ता है और इस सफलता से जो आत्मबल मिलता है वह अद्भुत होता है। हमेशा एक आत्मगौरव की अनुभूति होती है कि मैं सही मार्ग पर हूँ। इस सनातन खुशी के आगे क्षणिक शारीरिक सुखों का कोई महत्व नहीं है। ''

एक सज्जन जो थोड़ा बहुत कभी-कभार किताब पलट लेते थे और ग्रुप में बुद्धिजीवी समझे जाते थे, ने फरमाया - "तुम अभी कुआँ के मेढक हो; तुमको लगता है कि दो चार किताब पढ़ लिए तो सब जान गये... ओशो

को पढ़ो। ओशो का नाम सुना है न... उसके सामने कोई टिक पायेगा? ऐसा ऐसा विचार दिया है कि सब भारतीय चिंतक विचारक का गरदा उड़ा दिया है। उसके किताब का नाम ही है सम्भोग से समाधि की ओर।

''पता है'' मैंने कहा- ''उसने कहा था कि सम्भोग में समाधि की झलक है... लेकिन समाधि में सम्भोग की पूर्णता है; इसलिए अगर समाधि प्राप्त कर लिया जाये तो सम्भोग अपने आप साधित हो जायेगा। ''

''लेकिन समाधि को समझने के लिए सम्भोग को समझना जरूरी है। अगर कोई हठपूर्वक वीर्य रक्षा करने में सफल हो जाता है तो ऐसा ब्रह्मचर्य स्थायी नहीं होता है; कई बार बुढ़ापे में ऐसे लोग पथभ्रष्ट हो जाते हैं, या फिर ऐसे लोगों का स्वभाव चिड़चिड़ा हो जाता है। सोचो अगर सम्भोग गलत होता तो भगवान इसे बनाते ही क्यों? क्यों उन्होंने नर और मादा दो लिंग बनाये और दोनों में आकर्षण पैदा किया? क्यों उन्होंने ऐसी व्यवस्था नहीं की कि जीव बिना सम्भोग के ही पैदा हो जाते? अगर आकर्षण नहीं होता तो लोग या जानवर कभी सम्भोग की ओर प्रवृत्त नहीं होते... तब शायद ये दुनिया ही ख़त्म हो जाती। ''

खैनी वाला युवक बड़ी-बड़ी बातों से ऊब रहा था। उसके मन लायक बात नहीं हो रही थी। ''अबे तुम लोग पढ़ाई-लिखाई वाला बात छोड़ो, कोई माल वाल का बात निकालो। ''

कई बार कम पढ़े-लिखे लोग भी ऐसी बात कह जाते हैं कि प्रभावित हुए बिना रहा जाता। कितनी सरलता से उसने सम्भोग को सामने रखा कि मेरी ब्रह्मचर्य में स्थापित आस्था डगमगाने लगी। मेरा मन किसी पेंडुलम की भाँति इस छोर से उस छोर पर डोलने लगा। एक तरफ आकर्षण है तो दूसरी तरफ अंतःकरण में बसे संस्कार। कहीं सच में मैं अपनी जिन्दगी व्यर्थ तो नहीं कर रहा? - किन्तु नहीं, मुझे तो लीक से अलग चलना है। मैं ऐसा मार्ग बनाऊँगा जिस पर लोग चलें। भावनाओं के आगे समर्पण कर देने में क्या पुरुषार्थ है।

* * *

हमारा बरामदा किसी सार्वजनिक सभास्थली की तरह था, जहाँ पशु और मनुष्य दोनों निर्विरोध बैठक करते थे। हर शाम की तरह आज भी हमारे

बरामदे में गमछी बिछाकर किशुन लेटा हुआ था। किशुन राजेश का बाप है। उसे देखकर ऐसा लगता है जैसे उसे जिन्दगी से कोई शिकायत नहीं है। एक संतुष्टि और खुशी दिखायी देती है उसके चेहरे पर। शायद उसकी जरूरतें कम हैं। एक ही गंजी और लुंगी पर वह महीनों काट देता है। एक या दो कुरता है उसके पास, जो वह विशेष मौकों पर उपयोग करता है... मेला जाने के लिए या किसी भोज में जाने के लिए। बाकी दिन वह अर्धनग्न गाँधी बना फिरता है। दिन भर वह पत्थर तोड़ने का काम करता है और शाम को थकान मिटाने के लिए महुआ की देशी शराब पीता है। उसके बाद वह मेरे बरामदे में आकर लेट जाता है और शरीर ऐंठकर पीठ की हड्डियाँ चटकाता है। छोटे-छोटे बच्चे उसकी पीठ पर कूदकर उसकी थकान मिटाते हैं और बदले में वह उन्हें कहानियाँ सुनाता है। उसने एक बछड़ा खरीदा था हमारे घर से। वह बछड़ा उसे इतना प्यारा है कि उसकी हर कहानी उस बछड़े के इर्द-गिर्द ही घूमती है। उसका मन करता है कि काम-धंधा छोड़कर बस बछड़े को निहारते रहें। मैं जब-जब छुट्टियों में घर आता था तो ढेरों कहानियाँ सुनने को मिलती थीं बछड़े के बारे में, वह भी किशुन की लाजवाब कथा-शैली में – ''ऐ अरुण! क्या बताये, इ बछवा तो एक नंबर का बदमाश हो गया है। यही अषाढ़ का महीना था। जब सब कोई अपना-अपना जानवर बाँध के रखता है। लेकिन हम कभी नहीं बाँधे काहे कि इ कभी खेत का रास्ता नहीं देखा था। यहीं मैदान में खुला घूमता, घास चरता और शाम को वापस घर आ जाता था। एक दिन क्या हुआ कि देर शाम तक इ घर नहीं आया तब हमलोगों को चिन्ता हुई कि कहाँ रह गया बछवा। कहीं रास्ता तो नहीं भुला गया। खोजना शुरू किये तो कहीं कोई अता-पता नहीं। पूरा परिवार हमलोग घंटों खोजते रहे लेकिन कोई फायदा नहीं। एक-एक खेत खलिहान, बगान, उधर पीछे जंगल तक खोज आये लेकिन कहीं नहीं। अरुण, विश्वास नहीं करोगे तीन दिन तक हमलोग परेशान रहे इस बछवा के पीछे। हम तो रो –रोके बीमार पड़ गये थे। आशा छोड़ दिए थे कि बछवा मिलेगा। कभी – कभी लगता कि किसी कुआँ या गड्ढा में गिर के मर तो नहीं गया। इसलिए डरते-डरते सब कुआँ-खदान भी देख लिए। कोई फायदा नहीं। इसकी माँ जाहिर (एक तांत्रिक) के पास गयी तो बताया कि उत्तर दिशा में गया है पशु। जिन्दा है। किसी ने बाँध लिया है। लेकिन कोई निश्चित पता नहीं बताया। - एक दिन दोपहर में ऐसे ही हम खटिया पर

लेटे थे आँगन में कि खट –खट की आवाज़ सुनायी दी। देखा तो बछवा सामने आकर खड़ा है। अब हम क्या बतायें अरुण कि हमको कैसा लगा! बार-बार अपना आँख मलते कि कहीं हम कोई सपना तो नहीं देख रहे। गला में एक रस्सी बँधा हुआ था। कोई पकड़ के बाँध लिया होगा। बेचारा आये तो कैसे आये। जब मौका मिला तो भागते हुए आया। इतना दिन बाद भी रास्ता नहीं भूला था। बहुत होशियार है इ बछवा। उसके बाद से तो हम कभी खुला नहीं छोड़े इसको। - जानते हो अरुण, सबका नजर लगा रहता है इस पर, इतना सुंदर और पुष्ट बछड़ा है ये। ''वही कहानी आज फिर से कहा उसने। उसकी पत्नी ने झिड़का उसे- ''ए चुप रहो! हर घरी एके खिस्सा।''

भारती को संबोधित करते हुए किशुन ने बताया – ''जानती हो भारती, अरुण और मेरा राजेश एक ही क्लास में पढ़ता था। हाईस्कूल में दोनों साथ –साथ पढ़ने जाते थे। आठवीं तक राजेश पढ़ाई किया फिर छोड़ दिया। क्या बतायें, हमलोग ठहरे मेहनत–मजूरी करने वाले ज्यादा पढ़कर क्या करेंगे! कुछ काम-धंधा करेगा तो दो पैसा कमायेगा, नहीं तो पढ़के भी आजकल नौकरी कहाँ मिलता है।'' भारती ने शायद कहना चाहा होगा कि पढ़ाई-लिखाई तो जरूरी है, इससे आदमी में अच्छे संस्कार आते हैं। लेकिन कुछ सोचकर चुप रही। - हाई स्कूल की कहानियाँ... मैं, राजेश और दो अन्य साथी एक बार कक्षा के बीच में ही बाहर निकल गये थे। मुरली का लिट्टी-चोखा खाकर अभी घर वाला सड़क पकडे ही थे कि सामने से कपिलदेव सर आते दिखायी दिए।'' बाप रे आज तो खैर नहीं। बहुत खूँखार हैं कपिलदेव सर। अभी हमलोग मन ही मन बहाना सोच रहे थे कि सर एकदम सामने आ गये। सायकिल को खडी कर नीचे पड़ी एक छड़ी को उठाया। लड़के यंत्रवत एक लाइन में खड़े हो गये और सर गब्बर सिंह की भाँति क्लास लेने लगे- ''पढ़ाई ख़त्म हो गया क्या? बहुत जल्दी घर चल दिए।''एक लड़का दवा की परची दिखाकर बच गया। उसे सचमुच का सिर दर्द हो रहा था। इसलिए दूसरे ने पेट दर्द का बहाना बनाया और पेट पकड़कर बैठ गया। सर को उसके लाजवाब एक्टिंग पर भरोसा करना पड़ा। जब राजेश की बारी आयी तो वह सोच में पड़ गया। वह कुछ कहने ही जा रहा था कि छड़ी सटासट उसके देह पर बरसने लगी। चोट सहलाता हुआ वह स्कूल की ओर वापस मुड गया। इस मारधाड़ को देखकर पता नहीं

मेरे दिमाग में क्या आया, मैंने चप्पल हाथ में लिया और सरपट भागने लगा। पीछे-पीछे सर सायकिल से मुझे दौड़ाने लगे। चालाकी दिखाते हुए मैं ऊबड़-खाबड़ रास्ते से होते हुए खेत में उतर गया। सर जब मुझे पकड़ नहीं पाये तो एक सस्ती धमकी दे दिया- "अच्छा, स्कूल आना कल। देह का मैल नहीं झाड़ दिए तो कहना।'' मेरे लिए ये राहत की बात थी कि कपिलदेव सर मेरे कक्षा में नहीं पढ़ाते थे। फिर भी एहतियातन मैं कई दिनों तक स्कूल नहीं गया।

एक थे कुमार बाबू। एकदम देहाती लहजा था उनका। किसी को कक्षा में सोते देखकर कहते- "का रे महतो रात में सोया नहीं का? बहुत झपकी ले रहा है। कहते हैं थोड़ा कम खाया कर। विद्यार्थी को कम खाना चाहिए। भर पेट नटी तक कोंच के खायेगा तो नींद आयेगा ही। - क्या खाया था? मांड़-भात और चोखा? रोटी खाया कर, भात खाने से नींद आता है।'' और फिर वह विद्यार्थी के चार लक्षण बताते- "काग चेष्टा, बको ध्यानम, श्वान निद्रा, अल्पाहारी...''। एक थे उमानाथेन्द्र गुरु। सदैव एक मुस्कान बिखरी रहती थी उनके चेहरे पर। कथा-साहित्य के शौकीन थे और कुछ पत्र-पत्रिकाओं के लिए भी लिखते थे। कहानियाँ सुनाना उन्हें अच्छा लगता था जिसे बच्चे भी भली-भाँति जानते थे। इसलिए उनके कक्षा में आते ही शोर –शराबा बढ़ जाता था और कहानी की फरमाइश होने लगती थी। सर हाथ के इशारे से शोरगुल कम करने की अपील करते– "रोज–रोज कहानी नहीं, चलो किताब निकालो।'' लेकिन बच्चों की जिद के आगे उन्हें झुक जाना पड़ता और फिर मुस्कराते हुए अपनी कहानी शुरू करते। उनकी कहानी हनुमान जी की पूँछ की भाँति लम्बी होती, जाती जो दो-तीन क्लास में जाकर पूरी होती। एक थे राजेश बाबु। नाटे कद के कारण ब्लैकबोर्ड के ऊपर तक नहीं पहुच पाते थे। उनका उचककर ब्लैकबोर्ड मिटाना हँसी का कारण बनता। साथ ही उनका मुँगेरिया टोन- "बहुत हँसी आ रही है; चलो इधर बोड पे आके सवाल बनाओ। - नहीं आता है?- कैसे आयेगा, परेगा (पढ़ेगा) तब तो आयेगा। स्कूल से घर गया, भर थाली भात खाया, फिर टिकोला चुनने निकल गया, किरकेट खेला और सो गया। परेगा कौन? '' और फिर वह उसके माथा को झुकाकर पीठ पर मुक्का मारते – "मार धौल से पीठी तोड़ देंगे।'' एक थे कृष्णनंदन सर। लेकिन हमारे लिए वो कंसनंदन थे। एकदम सनकी। खुश होते तो खूब हँस-हँस के बात करते, फिर अचानक ही गंभीर

हो जाते। किसी लड़के को खड़ाकर कुछ भी पूछ देते। किसी कठिन शब्द का मीनिंग या कोई ट्रांसलेशन। और फिर नहीं बताने पर उसके दोनों गालों को दो विपरीत दिशाओं में खींचते। गाल चरचराने लगता। कभी-कभी नया करने के चक्कर में बाल पकड़कर सिर को वृत्ताकार घुमाते। एक थे रिपुसूदन बाबु। इतिहास पढ़ाते थे। कुरता और धोती पहनते थे और धोती के नीचे कुछ नहीं पहनते थे। तब हास्यास्पद स्थिति पैदा हो जाती जब वह अपने पैरों को टेबल पर रख देते। शुक्र था वहाँ लड़कियाँ नहीं पढ़ती थीं।

किस्से कहानियों का ऐसा दौर चला कि समय का पता ही नहीं चल रहा था। कोई वहाँ से हिलना ही नहीं चाहता था। खाना वाना बाद में बनेगा। और जिसने बना लिया था वह विजयी मुस्कान बिखेर रहा था। एक गहरी साँस खींचकर भारती ने कहा- ''कितना अच्छा होता है न ग्रामीण जीवन; सब लोग मिलजुल कर रहते हैं। मुझे तो बहुत अच्छा लगता है गाँव। '' ऐसा कहकर उसने मुझे एक मौका दे दिया। मैं तो हमेशा उसकी बात काटने का मौका खोजता था। अच्छा लगता था उससे उलझना, तर्क करना। मैंने कहा- ''आप गाँव में नहीं रही हैं इसलिए आप ऐसा कह रही हैं, अगर आप शुरू से गाँव में रही होतीं तो आपको शहर अच्छा लगता। ''

''नहीं, मुझे तो गाँव ही अच्छा लगता है; यहाँ न शहर की भीड़-भाड़ है न प्रदूषण। यहाँ लोग एक दूसरे से घुले-मिले होते हैं; शहर में तो किसी को किसी से मतलब नहीं रहता है। ''

''लेकिन शहर में भीड़ क्यों है ये तो सोचो। अगर गाँव ही अच्छा है तो लोग शहर क्यों भागते हैं? किसी भी गाँव वाले से पूछो तो यही कहेगा कि गाँव की जिन्दगी भी कोई जिन्दगी है! न बढ़िया अस्पताल है न बढ़िया स्कूल है। बिजली का ठिकाना नहीं है। ये भी याद रखो कि प्राचीन काल में सब जगह गाँव ही रहा होगा। फिर क्यों लोगों ने शहर बसाये अगर गाँव अपने में सम्पूर्ण था?''

माँ ने मेरा पक्ष लिया- ''अब गाँव भी गाँव कहाँ रहा? आज की लड़की लोग लकड़ी-कोयला पर खाना बना पायेगी? एक हमलोग का समय था कि चूल्हा फूँकते-फूँकते दम निकल जाता था। अभी तो चट से गैस चूल्हा बार लो। कपड़ा धोना है तो मशीन है, मसाला पीसना है तो मशीन है। नहीं तो हमलोग के समय जाँता पीसते हाथ दुखा जाता था। ''

राजेश माई ने हँसते हुए कहा- "एक काम करो बेटी, तुम यहीं रह जाओ; गाय बकरी चराना और गोबर पाथकर गोइठा बनाना।"

चौतरफा हमले से भारती मन ही मन में खीज गयी होगी, लेकिन कुतर्क करते हुए बोली- "हम तो तैयार ही हैं रहने के लिए। कोई रखे तब तो?"

राजेश माई भी जैसे तैयार बैठी थी जवाब लेकर- "कहो तो अरुण से करवा देते हैं तुम्हारी शादी... दोनों बहन साथ में रहना और मज़े करना। कि हो बड़की दुल्हिन!"अचानक से माहौल बोझिल सा हो गया। मुझे लगा सब मुझे ही देख रहे हैं। कनखियों से मैंने देखा, भारती वहाँ से खिसक गयी थी गला खखारते हुए। भाभी ने कहा था- "हम तो करवा ही दें शादी, लेकिन देवर जी तो साधु बनने का प्रण ले लिए हैं।"

* * *

बहुत देर माथापच्ची करने के बाद आखिर ये तय हुआ कि पहाड़ी मंदिर चला जाय। कई दिनों से घूमने का प्लान बन रहा था, लेकिन एकमत नहीं हो पा रहा था। ऐतिहासिक चीजों में मुझे रुचि है, किन्तु पहाड़ चढ़ना... कहा जाता है कि यह मंदिर डेढ़ हजार साल पुराना है। भगवान जाने। गाड़ी पार्क कर हम अभी पहाड़ी पर चढ़ने ही वाले थे कि बंदरों का एक झुण्ड आशा से हमारी ओर देखने लगा। माँ ने डोलची से केला निकालकर उनकी ओर फेंका। एक ने लपककर उसे उठा लिया और बैठकर छीलने लगा। दूसरे मुँह ताकते रह गये। फिर एक केला मैंने भी फेंका। उसके बाद तो सारे बन्दर पीछे ही पड़ गये। भारती डर से चीखती हुई हमलोगों के बीच छिपने लगी। माँ ने हँसते हुए कहा- "हनुमानजी हैं, कुछ नहीं करेंगे।" लेकिन हनुमानजी को केला का स्वाद लग गया था। हमलोग के पीछे-पीछे वो भी सीढ़ियाँ चढ़ने लगे।

सात सौ सीढ़ी चढ़ने के बाद हमारे सामने एक छोटा सा मंदिर था, जिसके ऊपर एक केसरिया ध्वज फहरा रहा था। मंदिर सचमुच प्राचीन था और इसकी दीवारें पहाड़ काटकर बनाई गयी थीं। फिर भी मुझे संदेह था कि ये डेढ़ हज़ार वर्ष पुराना होगा। लोग बहुत आसानी से सौ वर्ष पुरानी चीज को भी गुप्तकाल और मौर्य काल में धकेल देते हैं। पुजारी को मेरी शंका का

आभास हो गया होगा इसलिए वह इसके इतिहास को बताने लगा कि फलाने ऋषि ने इस पर्वत पर तपस्या किया था, जिनके नाम पर इस शहर का नाम पड़ा। साथ ही ये दिखाने के लिए कि वह सिर्फ पुजारी नहीं है, उसे इतिहास भी पता है, उसने बताया – ''इस जगह को मामूली मत समझिये; भारतीय पुरातत्व विभाग यहाँ खुदाई करवा चुका है... यहाँ से लगभग तीन हजार वर्ष पुरानी एक मूर्ति मिली है और कुछ ताम्र के सिक्के भी मिले हैं, बहुत जल्द यह एक टूरिस्ट प्लेस बन जायेगा देखिएगा। ''मन ही मन मैंने उसका उपहास उड़ाया।

नीचे एक नदी बहती थी, जो अब लगभग सूख गयी थी। हमलोग उतरकर उसी के किनारे टहलने लगे। एक सूखा पेड़ था, जिसके पीछे का लाल आसमान पेंटिंग की तरह लग रहा था। कुछ लोग वहाँ फोटोग्राफी करने में लगे थे। हमलोग भी उनका अनुसरण करने लगे। फोटो खिंचवाने के चक्कर में मेरा पैर चिकनी चट्टान पर फिसल गया। गीली मिटटी में मैं गिरा और इसी के साथ ही मेरे हाथ में कोई वस्तु आ गयी। गोल सिक्के जैसा कुछ था। पानी से धोकर देखा तो चाँदी का लॉकेट था, जिसके एक ओर बुद्ध की प्रतिमा थी और दूसरी ओर किसी अज्ञात लिपि में कुछ लिखा हुआ था। मुझे लगा ये कोई हड़प्पा कालीन लिपि है। यानि वो बुढ़ा पुजारी झूठ नहीं कह रहा था, सचमुच ये बहुत प्राचीन जगह है। भारती ने दूर से ही पूछा- ''क्या मिल गया है ?''

'खजाना!' मैंने चिल्लाकर कहा।

''कितने का ?''

''अनमोल! जानती हो ये सिक्का कितना प्राचीन है ?''

''तो इसका क्या करेंगे आप?'' कैमरे से दृश्य खोजते हुए उसने कहा।

''तुम्हारी शादी में गिफ्ट करूँगा।'' मैंने कहा।

''अपनी पत्नी को मुँह दिखाई दीजिएगा, मुझे नहीं चाहिए।'' हँसते हुए उसने कहा।

वापस घर आये तो ललाइन हमारा इंतजार कर रही थीं। नयी बहू को

देखने आयी थीं। ललाइन इस गाँव की नारद हैं। वो खबरों को नहीं ढूँढ़ती, खबरें उन्हें ढूँढ़ती हुई उन तक पहुँच जाती हैं। शायद उनके पास सबसे ज्यादा खाली समय है इसलिए वह इधर से उधर घुमती रहती हैं। इसी क्रम में उन्हें ढेरों सूचनायें मिल जाती हैं, जिन्हें वह बड़ी सतर्कता से एक जगह से दूसरे जगह तक पहुँचा देती हैं। उनके पास हमेशा कोई-न कोई नयी खबर जरूर रहती है, इसलिए गाँव की महिलाये उन्हें आदर से अपने पास बुलाती हैं। या फिर इस डर से कि इन्हें नाराज़ किया तो पता नहीं कौन सा राज पूरे गाँव में फैला देंगी। लेकिन ये गाँव की महिलाओं की ग़लतफ़हमी है कि उनका राज़ कोई नहीं जानता। ललाइन किसी खबर को सुनाने के बाद ये जोड़ना नहीं भूलतीं कि किसी से कहियेगा मत। लेकिन औरतें बात पचाने में इतनी काबिल नहीं हैं और नतीजा ये होता है सारी औरतें बाकी अन्य औरतों का राज जानती हैं। और ये राज तब बाहर आता है जब किसी प्रकार की लड़ाई होती है।

लीजिये, इधर ललाइन आयीं और उधर कहीं से लड़ाई की आवाज आने लगी। लड़ाई राजेश माई और पंडिताइन के बीच हो रही थी। राजेश माई की बकरी पंडिताइन के बगान में घुसकर गोभी और टमाटर के पौधों पर मुँह साफ कर चुकी थी। पंडिताइन ने बकरी को पकड़कर बाँध दिया। राजेश माई बकरी खोजते हुए उधर से गुजरीं तो उनकी नज़र अपनी बँधी हुए बकरी पर पड़ी। जैसे ही वह बकरी को खोलकर ले जाने लगीं कि पंडिताइन की आवाज़ सुनायी पड़ी- ''बकरी खोलकर ले जाने के लिए हम नहीं बाँधे हैं, चुपचाप वहीं बाँध दो।''राजेश माई ने सहजता से पूछा- ''क्या हुआ दीदी, कुछ नुकसान किया है इसने?''

''नुकसान... जब तुमलोग को बकरी पालना नहीं आता है तो पालते क्यों हो? चलकर देखो मेरे बगान का क्या हाल किया है... नया-नया गोभी का सारा पौधा बर्बाद कर दिया है।''

''तो क्या आप मेरी बकरी बाँध लेंगे? जो नुकसान हुआ है, बोलिए हम अभी दे देते हैं।'' मौके पर पहुँचते हुए राकेश (राजेश का छोटा भाई) ने कहा।

''ज्यादा तेवर मत दिखाओ बाबू, क्या औकात है हम भी जानते हैं।''

''औकात का बात मत करिये चाची; आपका ज्यादा औकात है तो अपने पास रखिये।'' और वह बकरी को लेकर जाने लगा। कि तभी पंडिताइन का लड़का उसके हाथ से रस्सी छीन लिया- ''पहले दो सौ हर्जाना जमा करो तब बकरी ले जाना।''

''दो सौ किस बात का? पैसा क्या हराम का आता है?''

''नहीं आता है इसीलिए तो बोल रहे हैं; दो सौ दो और बकरी ले जाओ। ''

''पचास से एक बेसी नहीं देंगे, लेना है तो लो नहीं तो वो भी नहीं मिलेगा। बकरी बाँधे हो न, अभी हम ले के आ रहे हैं अपना आदमी सब को, फिर तुम फ्री में देगा बकरी और वो भी मेरे घर पर लाकर।'' धमकी देकर राकेश जाने लगा। पंडिताइन को लगा कोई बड़ा बवाल न हो जाय, इसलिए उसने मामले को ख़तम करने की नीयत से कहा – ''जाने दो रे टिंकू, छोटा जाति से मुँह नहीं लगना चाहिए, खोल दो बकरी।'' लेकिन ये बात राजेश माई को नहीं जँची- ''ऊँचा जात कहती है अपने आप को? क्या –क्या गुल खिलाती है हमको नहीं पता है?'' और फिर वह पब्लिक को संबोधित करते हुए बोली- ''इ लोग मांस –मछली खाता है और खुद को बाम्हन कहता है; बेटा जुआरी सब के साथ उठता बैठता है और माई खेत में रास लीला रचाती है, मुन्ना जादो के साथ पकड़ायी थी एक बार अरहर के खेत में, चली है पंडित बनने। ''

पंडिताइन क्यों चुप रहेगी... साड़ी को थोड़ा उठाकर कमर में खोंसा और ताली ठोकते हुए बोली ''तुम हमको बोलेगी रे रंडी! घर को कोठा बना के रख दी है और हमपे उँगली उठाती है। जब देखो तब कोई न कोई नया आदमी इसके घर आते रहता है और इसका मउगा मरद चुपचाप बहाने से बाहर निकल जाता है। ''

''बेसी मत बोल रे निरबोसी! तोर यहे चलिया से तो भतरा तोरा छोड़ देले हौ। ''

''तू अपन देख न रे पुतखौकी! घर घर जाके बाबू लोग से मुँह चटवाओ हीं और हमरा से बात करो हीं... - मस्टरवा के यहाँ चोरी करते पकड़ायी थी, चोरनी। ''

''कौन बोलता है? बुलाओ उकरा यहाँ, थुथना तोड़ देंगे उसका। ''

''चलो रहने दो जादा हरिसचंद मत बनो, कई बार तो मेरा बगान से साग उखाड़ के ले गयी है। ''

''रे झूठी! मुँह में तोर पिल्लू पड़े अगर तू झूठ बोले। ''

''हम देखे हैं अपने आँख से तुमको साग उखाड़ते। ''

''तुम खाओ अपने भतरा के किरिया। ''

''हम काहे खाये किरिया? छोटा-छोटा चीज के लिए हम किरिया खाये?''

लड़ाई सिर्फ मुँह से नहीं होती है। हाथ को विभिन्न मुद्राओं में घुमाकर और पैर को पटककर ताली भी पीटी जाती है।

भारती ने अपने कान मूँद लिए- ''बाप रे इनलोगों की लड़ाई! लगता है ख़त्म ही नहीं होगी; चलिए यहाँ से। ''कुछ लोग को मज़ा आ रहा था इस जनानी लड़ाई में। नए-नए खुलासे हो रहे थे। झूठमूठ का बीच बचाव करते, हाँ हाँ, अरे अरे, बस बस हो गया, जाने भी दो।- दोनों महिलायें अलग हो गयीं, अपने-अपने घर चली गयीं लेकिन उनकी आवाज़ें हवा में देर तक तैरती रहे।

भाभी ने बाद में कहा था- ''छी, यहाँ की भाषा! कितना घटिया है, एकदम संस्कार हीन जैसा लगता है।''

''और आपका भोजपुरी बहुत अच्छा है क्या?''मैंने पूछा।

''है ही; भोजपुरी में मिठास है। '' जवाब भारती ने दिया।

''गलतफहमी है आपलोग की, हर भाषा की अपनी खूबसूरती होती है।'' मैंने कहा।

भाभी- ''खाक खूबसूरती! नेनुआ को परोर कहता है ये लोग... टमाटर कौन बिलौती, पन्हसुल को चिलोई, आग तो रसम, सब्जी को तरकारी, दीवाल को पराची, पॉकेट को धोकरी और भी न जाने क्या क्या; अभी तो हम ज्यादा सुने नहीं हैं। ''

''तो नेनुआ कौन सा अच्छा शब्द है? ने-नु-आ! - भोजपुरी आप

बचपन से सुनती आ रही हैं इसलिए आपको अजीब नहीं लगता है; कोई बाहरी भोजपुरी सुने तो उसे अजीब ही लगेगा। हो सकता है उसे हँसी आये। घुघनी, बिलायी, सत्तू, घाम, बुड़बक, लोकना और बिगना जैसे शब्द सुनकर।''

''यहाँ के भाषा से देहातीपन झलकता है, लगता है कोई पिछड़ी आदिम जनजाति है।''भारती ने कहा।

''ऐसा नहीं है।'' मैंने कहा- ''भाषा क्या है? कुछ शब्दों का जाल ही तो है भाषा। हमें अंग्रेजी सभ्य भाषा लगती है, क्योंकि इसके बोलने वाले अधिकतर विकसित देश के लोग हैं। अच्छे कपड़े पहनते हैं, अदब से बोलते हैं, वरना अंग्रेजी भी तो बस शब्दों का खेल है। यहाँ के लोग पिछड़े हैं इसलिए इनकी भाषा भी देहाती लगती है। वैसे भी भाषा कोई एक दिन में नहीं बन जाती। ऐसा नहीं है कि सुबह कोई उठा और कह दिया कि आज से कुल्हाड़ी को टाँगी कहा जायेगा। भाषा तो बदलती रहती है, चुपचाप। पता भी नहीं चलता और भाषा सौ दो सौ साल में बहुत ज्यादा बदल जाती है। हिंदी को ही ले लो; आज की हिंदी में इतने अंग्रेजी शब्द आ गये हैं कि इसका मूल स्वरूप खोता जा रहा है। सौ साल पहले की हिंदी और सौ साल बाद की हिंदी में बहुत फर्क होगा। कुछ भाषा तो पूरी तरह विलुप्त हो गयी हैं; हो सकता है भविष्य में संस्कृत विलुप्त हो जाय। - किसी भी भाषा के शब्दों का गौर से अध्ययन किया जाय तो बहुत रोचक बात पता चलती है, उसका उद्भव पता चलता है। जैसे यहाँ की ही भाषा को लो। धूप को यहाँ रौद कहा जाता है जो रौद्र (सूर्य का रौद्र रूप) का बिगड़ा रूप है। आग के लिए रसम, जो रस्म (रीति-रिवाज आग की उपस्थिति में ही होते थे) का बिगड़ा रूप है। दीवाल के लिए पराची, जो प्राची का बिगड़ा रूप है। आँख को दीदा कहा जाता है जो दीदार का बिगड़ा रूप है। शौच के लिए दिसा (दिशा), बाल के लिए केस (केश) आदि। निरबोसा जो गाली है, वो निर्वंश का बिगड़ा रूप है। पति को भतार कहा जाता है जो भर्तार का अपभ्रंश है। ऐसे और भी शब्द खोजे जा सकते हैं।''

''आपके चरण कहाँ हैं महेश्वर! आपको दंडवत नमन प्रभु।''उपहास भरे अंदाज़ में भारती ने कहा।

* * *

मेरा मन अब मेरे नियंत्रण में नहीं है। बगावत करता है, किसी अनियंत्रित जवान पुत्र की तरह। मैं हारने लगा हूँ इससे। किसी आम युवक की तरह मैं भी प्रेम में पड़ जाऊँगा ऐसा मैंने कब सोचा था। मेरे उच्च आदर्शों का क्या होगा? इन्द्रियों और किस्मत से संचालित होता हुआ एक दिन मैं भी गुमनाम मौत मर जाऊँगा?- मैं चाहता तो हूँ उससे दूर रहूँ, किन्तु बहाने खोजता हूँ साथ पाने को। मन के दो हिस्से आपस में लड़ते रहते हैं और सुकून गायब है। कुछ दिनों में वह वापस चली जायेगी, इस ख़याल से कलेजा दहलता है। ज्यादा से ज्यादा पल उसके सान्निध्य में गुजारना चाहता हूँ। गाँव की ऊबड-खाबड़ पगडण्डियों पर दो जोड़ी कदम चलने लगे थे वक्त को कैद कर लेने के लिए। मन पुष्पक विमान पर विचरण कर रहा था। तालाब, कुआँ, मैदान, पीपल, बरगद, कुछ भी। और जुदाई से एक दिन पहले गाँव के बाहर वाले खंडहर तक में घूम आये।

-कोई यकीन करेगा कि इस खंडहर में पहले स्कूल चलता था। कंपनी ने शायद इसे अपने कर्मचारियों और गाँव वालों के लिए बनाया हो। इसकी बाहरी दीवारें पीली से हरी और काली हो गयी हैं। कई जगह शैवाल की परत जम गयी है और कुछ लम्बे –नुकीले घास लटक रहे हैं इसके छत से। बरामदे को देखकर ऐसा लगता है जैसे इस पर कभी कोई प्लास्टर था ही नहीं, केवल ईंट के टुकड़े और मिट्टी बची है। यत्र-तत्र बिखरे गोबर के टुकड़ों को देखकर लगता है, यहाँ के आवारा जानवर इसे विश्राम गृह के रूप में इस्तेमाल करते हैं शायद। इस गाँव में कोई स्कूल न होने की वजह से हम भाई-बहनों को ढाई किलोमीटर दूर मुख्य बाज़ार के एक प्राइवेट स्कूल में जाना पड़ता। छोटे-छोटे बच्चो का इतना संघर्ष देखकर माँ का कलेजा फट जाता। तब पिताजी ने इस गाँव में स्कूल खोलने का निर्णय लिया और यह परित्यक्त भवन इस काम के लिए चुना गया। स्कूल तो खुल गया, लेकिन पिताजी ठहरे नौकरी वाले आदमी। बिजनेस की बारीकियाँ उन्हें समझ में नहीं आर्तीं। हेडमास्टर उन्हें खूब उल्लू बनाता, लिहाजा फायदे की जगह उन्हें घर से पैसा लगाना पड़ता। हेडमास्टर की छुट्टी कर दी गयी और प्रतिशोध में उसने खुद का स्कूल खोल लिया। उसने खुलकर इस स्कूल का दुष्प्रचार करना शुरू कर दिया। अंततः इस स्कूल में एक बार फिर से ताला लटक गया।

मैंने अपने मुँह पर दोनों हथेलियों को रखकर 'हूऽऽ' किया और किसी भूतहा फिल्म की तरह एक प्रतिध्वनि आयी हूऽऽ। भारती ने कोई विशेष रुचि नहीं दिखाया इस हरकत पर। मैंने गौर किया कि वह आज कुछ खोयी-खोयी सी है। कल तक तो ये कितनी खुश नज़र आ रही थी। इस उजाड़ गाँव का भी उसने दिल से मज़ा लिया। हर पल को जैसे कहीं कैद कर लेना चाहती हो, ऐसे जिया है उसने ये पन्द्रह दिन। कल जाना है उसे। वापस अपने घर। - कहीं इसलिए तो नहीं या फिर कोई और वजह।

"मैं भी कितना पागल हूँ, तुम्हें खंडहर घुमा रहा हूँ। - पिछले एक सप्ताह से गाँव घूमते-घूमते तुम बोर हो गयी होगी, क्या?"- वैसे यहाँ कुछ है भी नहीं, बस यही सब है।"

"बहुत अच्छा है आपका गाँव। - मुझे लाइफ में इतना मज़ा कभी नहीं आया, जितना इन पन्द्रह दिनों में आया है, मैं तो बार –बार यहाँ..."

कुछ कहना चाहती थी वह शायद। कुछ पूछना चाहता था मैं शायद। न मैंने कुछ पूछा न उसने कुछ कहा। एकांत की साँय-साँय से माहौल बोझिल हो गया। मेरी नज़र सामने की दीवाल पर घर बनाते बिरनी (कीड़ा) पर टिक गयी और भारती सिर झुकाकर मिट्टी कुरेदने लगी। खंडहर के अंतहीन अंधकार और जीव–जंतुओं की विचित्र आवाजों के बीच दोनों अपने-अपने विचारों में खोये देर तक यथावत बैठे रहे।

* * *

ट्रेन के आने में अभी देरी थी। प्लेटफार्म की कुर्सी पर मैं बैठा था। मेरे बगल में भारती के पिता और उनके बगल में भारती। बार –बार भारती अपने सामानों को चेक करती, कुछ उसमें से निकालती, कुछ वापस रखती। मुझे विदाई का माहौल हमेशा से बहुत कष्टकारी लगा है। जब भी कोई गेस्ट मेरे घर आता था, कितना खुश होता था मैं। मुझे लगता था कि यही जिन्दगी है। हमलोग हमेशा साथ रहेंगे। लेकिन जब ममेरे या फुफेरे भाई वापस अपने घर जाने के लिए तैयार होते, मेरा कलेजा रोता। क्यों ये लोग हमेशा के लिए यहाँ नहीं रह सकते? यहीं पर पढ़ाई या नौकरी क्यों नहीं कर लेते?- कभी –कभी बड़े बुजुर्गों से कहते सुनता कि इन्सान तो चिड़िया है, आज यहाँ है बसेरा तो कल कहीं और। - इन्सान भी कितना

अजीब जीव है, रोना भी चाहता है और छुपाना भी चाहता है। अपने मन के भाव को व्यक्त नहीं होने देना चाहता। अंदर ही अंदर उसे घोंट देना चाहता है। जानवर कुछ भी मन में नहीं रखते। खाना देखते ही ललचने लगते हैं। मौका मिलते ही उसपर झपट पड़ते हैं। प्रणय करना हो तो सीधे प्रणय करते हैं, मन ही मन नहीं कुढ़ते। एक इन्सान है, मन की बात कहने में वर्षों लगा देता है। - मैं कुछ कहना चाहता था भारती से। जिस भाव को मैंने पनपने से पहले ही मार देने का निश्चय किया था, अब बाहर निकलना चाहते हैं। - मुझे एकांत चाहिए... बस पाँच मिनट के लिए। सीधे-सीधे कह दूँगा मन की बात। - नहीं, नहीं तुम संन्यासी हो; शरीर ही नहीं भावनाओं पर भी विजय पानी होगी तुम्हें। भटकाव, छल, माया- शांति शांति शांति।

ट्रेन आ गयी। भागमभाग, दौड़ा–दौड़ी, अफरातफरी। अपनी सीट पर भारती बैठ गयी और सामने की सीट पर उसके पिता। मैं खिड़की की छड़ पकड़कर गाड़ी खुलने का इन्तजार करने लगा। भारती अब भी मेरी ओर नहीं देख रही थी। "चाय पियोगी?" मैंने पूछा। सिर हिलाकर उसने मना कर दिया। गाड़ी सरकने लगी। इस बार उसने मेरी ओर चेहरा घुमाया और हाथ हिलाकर बाय किया। चेहरा उसका तना हुआ था... जैसे बहुत देर से कोई रुलाई रोके हो। आँखें रक्ताभ और गीली। एक हाथ से वह बाय कर रही थी, दूसरे से अपने मुँह को दबाया था। - मैंने नजर घुमा लिया।

ये क्या हो रहा है मुझे? मैं जितना ही उसके खयाल से दूर होना चाहता हूँ, उतना ही उलझता जा रहा हूँ। - ईश्वर मुझ संन्यासी को इतना कोमल हृदय क्यों बनाया? मेरी इच्छाशक्ति इतनी कमज़ोर क्यों है? मुझे शक्ति दो भगवन, शक्ति, शक्ति! भावनाओं से लड़ने की शक्ति। ढोल पीट पीटकर जो मैंने अपनी भीष्म-प्रतिज्ञा का ऐलान किया है उसका क्या होगा? क्या कहेंगे लोग और माँ के सामने जो मैंने कुछ ही दिन पहले घोषणा किया था कि मैं सदैव अविवाहित रहूँगा उसका क्या? क्या इज्जत रह जायेगी मेरी?- प्यार कमजोरी नहीं ताकत है पगले। प्यार तो किस्मत वालों को मिलता है और जिसे मिल जाय उसकी छिन्दगी सँवर जाती है। प्यार कोई पाप नहीं जिससे बचा जाय। - उतर जाओ इस प्यार के अथाह समुद्र में... डूब जाओ इसमें। डूबकर ही मुक्ति मिलेगी।

दो

अपने चश्मे को टेबल पर रखा उसने। एक गहरी साँस छोड़कर अपनी आँखों को विश्राम दिया और पीछे कुर्सी पर लदक गयी। हवा के तेज झोंकों में कागज के बंडल फड़फड़ा रहे थे और उस तेरह वर्षीया लड़की के मन में विचलन पैदा होने लगी। बच्ची के मन में शांति नहीं है। इस कहानी में कुछ ऐसा है कि उसे बरबस अपनी ओर खींच लेता है। कदमों की आहट से उसने अपने नेत्र खोले। माँ दूध का गिलास रखकर मुड़ने ही वाली थी कि लड़की ने टोका- ''माँ, एक बात पूछनी थी; क्या ये कहानी तुम्हारे और पापा की कहानी नहीं है?''

भारती के कदम जम गये। अतीत में फेंक दिया किसी ने उसे एकदम से – ''क्या पढ़ रही हो तुम? कितनी बार कहा है ये सब पढ़ने की उम्र नहीं है तुम्हारी और मेरी पर्सनल चीजों को मत छुआ करो। '' भारती ने वापस उस पाण्डुलिपि को उठाकर अलमारी में बंद कर दिया।

''माँ, अब मैं इतनी भी छोटी नहीं रही कि चीजों को समझ न पाऊँ। लोग तरह-तरह की बातें करते हैं... कहते हैं कि तुम्हारे पापा ने तुम्हारी मम्मी को छोड़ दिया है... कि घर छोड़कर भाग गये थे।''

''सही कहते हैं लोग।''

''तो मुझे इस सत्य को जानना है कि ऐसा क्यों हुआ? तुम तो कुछ

बताती नहीं हो; शायद इन्ही कहानियों— "

"तो तुम्हें क्या लगता है, इन कहानियों से तुम्हे सच्चाई पता लगेगी?"

"मुझे लगता है ये कोरी कहानी नहीं है; जिन जगहों और लोगों के नाम इसमें लिए गये हैं, सब तो जाने-पहचाने हैं; पढ़कर ही पता चल जाता है कि कौन सी कहानी काल्पनिक है और कौन आत्मकथा।"

"लेखक लोग बहुत चालाक होते हैं; वो सत्य और कल्पना को ऐसा मिलाते हैं कि सब गोलमाल हो जाता है, यह कहानी काल्पनिक है इतना याद रखो।"

गैलरी के आरामकुर्सी पर आकर बैठ गयी भारती। पैर सामने के टेबल पर रख दिया और मष्तिष्क से सारे विचार झाड़ दिये। किन्तु विचार भी कम ढीठ नहीं थे, खोपड़ी की दीवारों को धकेल-धकेलकर उसे अतीत में खींचने लगे।

कहानी? भारती लाख इनकार करे, लेकिन वह जानती है कि यह अधूरी रचना कहानी नहीं उसी की जीवनी है। वह कैसे भूल सकती है उन पलों को, जो इन कागजों में कैद होकर अब झूठ से लगते हैं।

वो पल झूठे नहीं थे-

तुम्हारे आने से जिन्दगी छोटी लगने लगी

काश मैं समेट पाती वक्त को अपनी मुट्ठी में
इस पल को अपने पल्लू में बाँध लेती
सबसे छुपाकर, चुराकर।
जैसे तुमको छिपाया है अपने आँचल में वैसे ही।
फिर से वो तालाब सामने है, वैसी ही मुरझाई शाम है।
वृत्ताकार चाँद पानी पर मचलता हुआ, मद्धिम हवा बदन सिहराती हुई।
कुबड़े खजूर और लम्बे खामोश ताड़।
आज पीपल भी शांत है, चील की कोई शरारत नहीं।
कुछ झींगुर गाते हैं बस।
प्रेम गीत ही होगा शायद।

किसी स्वप्न की तरह लगता है हमारा मिलन। - उस दिन जब मैं घर पहुँची तो मैं, मैं नहीं रह गयी थी। मेरा शरीर तो घर पहुँच गया था, लेकिन पीछे कुछ छूट गया था। उस 'कुछ' के बगैर मेरा कोई अस्तित्व नहीं था। सभी मुझे घेरकर बैठ गये थे... भाई, बहन, चाची, दादी, माँ। माँ तो इतनी खुश थी मानो बेटी ससुराल से मायके आयी हो। सभी के पास प्रश्न थे। ढेरों प्रश्न। एक पल में जैसे सब हाल जान लेना चाहते हों। - घर कैसा है? ससुर कैसे हैं, सास कैसी हैं? जीजाजी हँसी-मजाक करते हैं कि नहीं?- किन्तु मेरा मन एकांत चाहता था। ये उस एकांतवासी का असर था या कुछ और, पता नहीं। मैं अक्सर जवाब देते समय खो जा रही थी। रुक-रुककर सोच-सोचकर। माँ ने सबको लताड़ा- "छोड़ो बेचारी को, आते आते सब रगेटना शुरू कर दिया, चैन लेने दो उसको।"

चैन कहाँ था अब मुझे।- अच्छी खासी मेरी जिन्दगी चल रही थी। कितनी खुशहाल थी मैं। क्यों मैं वहाँ गयी? न जाती, न यह रोग होता। क्यों रे छलिये क्यों मुझे इस डगर पर ठेल दिया। खुद तो साधु बन जाओगे मेरा क्या होगा?- लेकिन न जाती तो क्या होता? वो न सही कोई और होता। दोष तो मेरे चंचल मन का है, बहक जाता है... या उम्र का ही दोष हो, कौन जाने।

घर के टेलीफोन पर अगले दिन किसी का फोन आया। कुछ देर बात कर पापा ने आवाज लगायी- "भारती! लो अरुण तुमसे बात करना चाहता है।" क्या मेरे कान बज रहे हैं या यह सच है? अरुण का फोन, मेरे लिए? कह नहीं सकती कैसे मैंने खुद को सहज किया। लगा जैसे उस फोन में समा जाऊँ और उसे बाँध लूँ अपने आलिंगन में।

"मैं तुमसे कुछ कहना चाहता हूँ भारती।" बिना झिझक के उसने कहा।

'हूँ...' मेरे कंठ सूख गये थे।

"वही, जो एक लड़का, एक लड़की से कहना चाहता है; तुम समझ रही हो न?"

फोन रख दिया मैंने। मैं समझते हुए भी नहीं समझना चाहती थी। जिस

चीज को मैं कबसे सुनने को तरस रही थी, उसे सुनकर मैंने फोन रख दिया। पता नहीं क्यों? अपने आप ही हुआ था शायद, अनैच्छिक प्रतिक्रिया जैसी। फोन फिर से बजने लगा था। मेरे हाथ काँपने लगे। मैं फोन नहीं उठा सकी। प्रेम भी कितना अजीब होता है न! डर, लाज और घबराहट भी साथ चले आते हैं। मैं कहना भी चाहूँ तो नहीं कह सकती कि मैं फलाँ से प्रेम करती हूँ। मैं भूख, प्यास, सर्दी, गर्मी हर एहसास को बयां कर सकती हूँ, लेकिन प्रेम? इतना साहस मुझमे कहाँ? मैं निर्लज्ज घोषित कर दी जाऊँगी। चोरी इसके मुकाबले कम बड़ा अपराध है।

चोरी-चोरी हमारी प्रेम-कहानी आगे बढ़ने लगी। बहुत मुश्किल था उस टेलीफोन वाले दौर में बात करना। आज की तरह हर हाथ में मोबाइल नहीं होते थे। फोन आता, कभी मैं उठाती, कभी कोई और। कोई और उठाता तो फोन कट जाता। मैं समझ जाती ये अरुण का ही फोन है। डर से फोन रख देता होगा वह। पापा झुँझलाते- ''पता नहीं आजकल इतना रॉन्ग नम्बर क्यों आ रहा है?''मैं जानती थी कि ये मेरा शैतान साधू है। नयी नयी उमंग जगी थी उसके दिल में। जब तब फोन कर देता। मैं चाहकर भी एकान्त नहीं ढूँढ़ पाती। मोबाइल तो था नहीं कि लेकर बाथरूम में घुस गये या चादर में मुँह छिपाकर बात कर लिया। किसी तरह आधी-अधूरी बात हो पाती थी हमारी। कभी एकांत मिल जाये तो हमारा सौभाग्य। एक बार उसने फोन पर चुम्बन माँगा था। माँ सामने बैठी सब्जी काट रही थी।

अरुण- ''आज तुम्हें किस देना ही होगा; इतने दिन हो गये हमें बात करते, आज तक तुमने खुल के इज़हार नहीं किया, क्यों?''

मैं- ''हाँ माँ भी यहीं हैं, काम कर रही हैं और क्या, आपके जैसे खाली थोड़ी ही हैं।'' माँ मुस्कुरायी।

अरुण- ''मैं क्या पूछ रहा हूँ, तुम क्या बके जा रही हो?''

मैं- ''अब आपके जैसा बड़ा घर तो नहीं है हमारा, जो है उसी में काम चलाना पड़ता है।''

अरुण- ''तुम्हारा तबियत तो ठीक है?आर यू ओके?''

मुँह पर हथेली रखकर मैंने धीरे से कहा था- ''mom is near,

understand my dear."

दीदी (अरुण की भाभी) को शक हो गया था शायद। जो अरुण पहले किसी से कोई खास मतलब नहीं रखता था, अब फोन से चिपका रहता था। जरूर कोई बात है। बात करते समय अरुण के हाव-भाव को भी परखा होगा उन्होंने। या शायद कभी छुपकर कोई बात ही सुना हो। संयोग से एक बार मैंने फोन लगाया और फोन दीदी ने उठाया। दीदी का फोन उठाना उतना आश्चर्यजनक नहीं था, जितना उनका आवाज़ बदलकर बात करना। आवाज़ को हल्का दबाकर मर्द की आवाज़ में कहा- 'हेलो'

मैं- 'अरुण?'

'हूँ' धीरे से कहा उन्होंने।

"ओह अरुण!आज मैं अकेली हूँ घर में; तुम इतने दिन से जो सुनने के लिए तरस रहे हो आज मैं कहती हूँ- I love you, I love you, I love you. आज मैं खुल के इज़हार करती हूँ; सुन ले ये ज़माना, मैं तुमसे प्यार करती हूँ। "

"कब से चल रहा है ये सब?" दीदी अपनी आवाज़ में आ गयी थीं।

पैर के नीचे से जमीन सरकना इसे ही कहते हैं शायद। लगा जैसे भरी सभा में मैं निर्वस्त्र हो गयी हूँ। फोन रखकर मैं चेतनाशून्य बैठी रही। कुछ समझ में नहीं आ रहा था क्या हो गया, या क्या करना है। कहीं दीदी घर में न कह दे! नहीं, वह नहीं कहेगी किसी से। आखिर मेरी इज्जत उसकी इज्जत। मेरी बहन है वो। - कह भी दे तो भी ठीक ही है। अगर इस प्रेम को मंजिल मिलनी है तो एक न एक दिन सबको पता चलेगा ही... जो होता है अच्छा ही होता है।

टेलीफोन का बिल देखकर दोनों परिवार सकते में थे। अचानक इतना बिल कैसे आ सकता है। घर के सभी सदस्यों से पूछताछ शुरू हुई। अपराधी अनजान बने रहना चाहता था। इधर मेरे छोटे भाई ने मेरी तरफ उँगली उठाया- "दीदी दिनभर फोन पर लगी रहती है।" तो उधर दीदी ने अरुण को कठघरे में खड़ा किया- "हम तो अरुण को ही देखते हैं अक्सर फोन पर।" मैंने सफाई दिया था कि अभी एग्जाम चल रहा है इसलिए

सहेलियों से बार-बार बात करनी होती है। अरुण ने बहाना किया था कि नौकरी के सिलसिले में उसे फोन करने होते हैं। भाभी ने अर्थपूर्ण कुटिल मुस्कान से उसकी ओर देखा था, अर्थात मुझे सब पता है।

प्रेम की डगर पर निकल चुके राही मुश्किलों की परवाह कब करते हैं? मंजिल ही दिखती है सिर्फ। सफर नगण्य हो जाता है। तुलसीदास प्रेम में इतने अंधे हो गये थे कि सर्प को रस्सी समझ लिया था। - अरुण ने मोबाइल लेने का निश्चय कर लिया था। एक मेरे लिए, एक खुद के लिए। दो मोबाइल खरीदने के लिए जितने पैसे चाहिए थे वह पॉकेटमनी बचाकर संभव नहीं था। - झूठ! कितना मुश्किल रहा होगा उसके लिए झूठ बोलना। मैंने सुना था वह झूठ नहीं बोलता था। शायद उसने कहा था- ''छह हजार रुपया चाहिए माँ। - कॉलेज में एक मशीन का नुकसान हो गया है मुझसे... प्रयोग करते समय एक सर्किट में आग लग गयी। करीब पचास हज़ार का है उपकरण। पूरे ग्रुप पर छह-छह हज़ार का दंड लगाया गया है। ''उसने ये तरकीब अपने एक मित्र से सुन रखा था। उसे जब भी पैसे की जरूरत होती कोई न कोई नया बहाना निकालता था। - लेकिन अरुण के लिए इस ब्रह्मास्त्र का उपयोग करने की नौबत अब तक नहीं आयी थी। वह संतोषी था, संयमी था। - ये तो प्रेम ने उसे नेत्रहीन कर दिया है; नहीं, बुद्धिहीन।

उसके पिताजी गरजे थे- ''तुमसे हम परेशान हो गये हैं। कोई काम तुमसे ठीक से नहीं होता है। क्या जरूरत थी तुम्हे उस मशीन को हाथ लगाने की। जो चीज़ समझ में नहीं आता- पैसा क्या पेड़ पर उगता है?'' ग्लानि से भर गया होगा अरुण। सही और गलत के बीच झूला होगा। कुछ कुतर्कों से अपने कृत्य को अपनी नजर में सही साबित किया होगा। शायद ये सोचकर खुद को सांत्वना दिया होगा कि कंजूस बाप से झूठ न बोले तो क्या करे। आज तक खुद से तो कोई शौक पूरा नहीं किये। या ये सोचा होगा कि कौन सा मैं बार-बार झूठ बोलता हूँ। - और लोग तो झूठ का ही नाश्ता करते हैं, झूठ का ही डिनर करते हैं।

फिर से एक झूठ बोलना पड़ा अरुण को और मुझे भी। अरुण ने कहा था- ''कॉलेज में एक क्विज कम्पटीशन हुआ था। उसमे मुझे फर्स्ट प्राइज मिला है, ये मोबाइल। मैंने कहा था- ''आज मंदिर गयी थी, वहाँ ये

मोबाइल गिरा हुआ मिला; एकदम नया है। पता नहीं किस बदनसीब का है, अभी सिम भी नहीं लगा पाया था। ''फोन भी उसने मेरे एड्रेस पर नहीं भेजा था, मेरी एक सहेली के पते पर भेजा था ताकि किसी को शक न हो। सबकुछ गुपचुप तरीके से। हमारे पास अब खामोश रातें थीं। सन्नाटा और बातचीत। बहुत सारा इत्मिनान था। अब हमें मंजिल की परवाह नहीं थी। हम रास्ते एन्जॉय कर रहे थे। बस बातचीत करना, बगैर परिणाम सोचे। समय का हिसाब रखना हमने छोड़ दिया था। अचानक एक दिन खयाल आया, साल भर हो गये हमारी पहली मुलाकात को। आश्चर्य होता है सोचकर। सच में मन खुश हो तो जिन्दगी कितनी छोटी लगती है। - लेकिन मैं इस रिश्ते के भविष्य को लेकर कभी-कभी चिंतित हो जाती। एक बार मैंने अरुण से पूछा था- ''आगे क्या सोचा है?''

'मतलब?' उसने पूछा था।

''आप तो शादी करोगे नहीं, फिर हमारे इस रिश्ते का क्या भविष्य है?''

''मेरी तपस्या एक मेनका ने भंग कर दी है, अब मैं साधु कहाँ रहा।''

''तो कब? जब मैं किसी और की मेनका बन जाऊँगी तब? अब तो आप कमाने भी लगे हैं।''

''मैं अपने मुँह से अपनी शादी की बात करूँ?- एक भाभी हैं; भाभी से कई बार मैंने कहा कि भारती से मेरी बात चलाओ, वह हर बार मुस्कुरा के टाल जाती हैं। पता नहीं क्यों सब कुछ जानते हुए भी वह हमारी मदद क्यों नहीं कर रही?''

''वो नहीं करेंगी।''

'क्यों?' उसने आश्चर्य व्यक्त किया था।

''कुछ पारिवारिक बातें हैं, धीरे-धीरे आप सब समझ जाइएगा।''

पिताजी और ताऊजी के रिश्ते अब उतने मधुर नहीं रह गये थे। गाँव की जमीन मनमुटाव की वजह बनी। ताऊजी उसका कुछ हिस्सा बेचना चाहते थे। बच्चों की पढ़ाई, बेटी की शादी, ऋण पर ऋण। ऋण के कुचक्र से वह निकलना चाहते थे, इसलिए जमीन को औने-पौने भाव में बेचकर

वह इस जंजाल से मुक्त होना चाहते थे। पापा को लगता था कि जमीन का बहुत कम दाम मिल रहा है। खरीदने वाला उनकी मजबूरी का फायदा उठा रहा है। पापा जिसे बेचना चाहते थे, वो दाम तो अच्छा दे रहा था लेकिन समय माँग रहा था। - बस इसी बात को लेकर दोनों भाइयों में मतभेद हो गयी। ताऊजी को लगता था कि पापा जानबूझकर जमीन नहीं बिकने देना चाहते, ताकि उनके बच्चे पढ़-लिख के आगे न बढ़ जायँ। ताऊजी शुरू से गाँव में ही रहे, इसलिए उनके और उनके परिवार में एक हीनभावना हमेशा रही है। अब शहर में आ गये हैं, फिर भी खुद को कमतर समझते हैं हमारे परिवार की तुलना में। - ऐसे ही कड़वाहट भरे माहौल में दीदी ने एक बार अपनी माँ से कहा था- "इ भरतिया तो नाक कटाएगी अपने खानदान की... - कुछ खबर भी है तुमलोग को, रासलीला रचा रही है अरुण जी के साथ। दिनभर फोने पर बीजी रहता है दोनों कोई; जब देखते हैं अरुण को तो मुस्कुराते हुए पता नहीं क्या फुसुर फुसुर करते रहते हैं। ''

"एकदम बेचाल लड़की है; शुरू से शहर में रही है इसलिए फुटानी झाड़ती है, हमको तो उसका चाल चलन कभी अच्छा नहीं लगा। हमेशा दाँत निकाल के खी खी खी खी। - कई बार तो ये देखे हैं उसको किसी लड़का के साथ बाइक पर घूमते हुए।'' उनकी माँ ऐसे मुँह बना रही थी जैसे कड़वा नींबू मुँह में रखा हो।

"हाँ, पर है तो अपने ही घर की, कहो तो दोनों की शादी की बात चलायें। ''

"चुप रहो! तुमको जरूरत नहीं है इन सब में पड़ने की। ''

"क्या दिक्कत है?''

"तुम तो महा बेवकूफ हो। तुम ठहरी गाँव की सीधी साधी लड़की और वो है शहर की लोमड़ी; तुमको हर चीज में दबा के रखेगी। सुंदर और चालू तो है ही, कहीं तुम्हारे पति को न मोह ले; फिर तुम अपने ही घर में खंजरी बजा के कीर्तन करते रहना; सब कोई उसी का पक्ष लेगा, बातूनी जो है... अपने पैर पर कुल्हाड़ी मत मारो। ''

"तुमको भी मानना पड़ेगा माँ, हो एक नम्बर की विषखोपड़ी। ''

एक दिन पिताजी के कमरे से माँ की फुसफुसाहट आ रही थी और पिताजी पता नहीं क्यों दबी हुई आवाज़ में गुस्सा रहे थे। अरुण का नाम सुनकर मेरे कान खड़े हुए। मैं उठकर उनके दरवाजे तक गयी और कान सटाकर सुनने लगी। मैंने सुना -

''...तो मैं उसको कैसे मना कर दूँ? आता है अपनी भाभी से मिलने तो यहाँ भी आ जाता है। रिश्तेदारी है, क्या कहूँ कि मत आओ यहाँ?'' माँ, पापा से कह रही थीं।

''अपना ही सिक्का खोटा है, दूसरे को क्या कहें; इसको क्या जरूरत है- बबलू क्या कह रहा था?''

''कह रहा था कि आज माँ बाज़ार गयी थी तो देखी कि अरुणजी और अंजू दोनों हाथ में हाथ डाले एक मॉल में घुसे; ऐसे चिपके थे जैसे मियाँ बीवी हों। ''

''ले ली, ये लड़की मेरी इज्जत ले ली।''

''हम तो कहते हैं दोनों की शादी कर दी जाय, इससे पहले कि मुँह काला हो -''

'शादी?'

''क्या दिक्कत है? लड़का स्मार्ट है, इंजिनियर है, कुछ कमाता भी है। '' माँ ने खुश होते हुए कहा, मानो अचानक उनकी बहुत बड़ी समस्या का समाधान मिल गया हो।

''यही दिक्कत है; सबको लगेगा कि अच्छा लड़का देखकर हमने फाँस लिया, जानबूझकर लड़की को खुल्ला छोड़ दिया; नहीं नहीं मैं प्रस्ताव लेकर नहीं जाऊँगा... उधर से प्रस्ताव आ जाय तो अलग बात है। ''

उधर से प्रस्ताव क्यों आएगा भला! लड़के के माँ-बाप हमेशा गर्दन उठा के चलने वाले होते हैं, उन्हें लड़कियों की क्या कमी। बेटा प्रेम करता है उन्हें शायद पता नहीं था। पता भी होता तो क्या फर्क पड़ता! कोई ये तो नहीं कह सकता कि मेरा बेटा आपकी बेटी से प्यार करता है, इसलिए शादी कर दीजिये।

इज्जत भी बनी रहे और शादी भी हो जाय इसके लिए दीदी का आगे आना जरूरी था। वह चाहें तो काम बन सकता है। कई बार मैंने उन्हें हिंट दिया और एक बार तो अरुण ने माँ की उपस्थिति में ही भाभी से कहा- ''भाभी कब तक अकेले काम करते रहोगी, देवरानी ले आओ।''

''अच्छा है, चलिए आज मार्केट से अपनी देवरानी ले आते हैं।'' चवन्नी मुस्कान के साथ भाभी बोली थीं।

''फिर से मजाक!''

''देखिये माँजी, बेटा जवान हो गया है, बहू खोजिये जल्दी से।'' अरुण ने भाभी के मुँह को हथेली से दबा दिया – ''बहुत बदमाश हैं आप।''

माँ ने वहीं से चिल्लाकर जवाब दिया – ''हम कहाँ खोजें; तुम्हारे नजर में कोई है तो बताओ।''

अरुण मन ही मन बुदबुदाया – *''घर में छोरा, शहर में ढिंढोरा!''*

अच्छा! तो अब हमें ही कुछ करना पड़ेगा। लाज शर्म का चादर ओढ़े रहे तो हो गया। यूँ ही समय बीतता जायेगा और एक दिन हमारे शादी का कार्ड छप जायेगा- भारती संग बालेश्वर। कोई टकला सा होगा मोटा, तोंद वाला। सरकारी नौकरी के भार से सब दब जायेगा। अरुण ने हँसते हुए कहा था- ''अच्छा है, बच्चे का नाम तारकेश्वर रख लेना।''

''आपको मजाक सूझ रही है?- आज मैं अपने घर में खुलेआम सब बताने जा रही हूँ और आप भी अपने परिवार में आज बतायेंगे, कोई अगर-मगर नहीं।''

''- लेकिन...''

''मैंने कहा न कोई लेकिन वेकिन नहीं; अब आप मुझसे तभी बात करेंगे जब कोई नयी खबर हो, ऐसे फोन मत करियेगा।''

मेरी धमकी का असर होगा, ये तो मैंने सोचा था, लेकिन ऐसा होगा नहीं सोचा था। - मेरा बर्थडे था उस दिन। अरुण भी आया था। चुपचाप कोने में खड़ा था। केक काटा गया, तालियाँ बजायी गयीं। सबने 'हैप्पी

बर्थडे टू यू' गाया। लेकिन वह अब भी चुपचाप कोने में खड़ा था। लोग गिफ्ट देने लगे। वह अपनी बारी का इंतज़ार कर रहा था। - वह आगे आया। सबको संबोधित करते हुए बोला- ''लेडिज एंड जेंटलमैन, इस शुभ अवसर पर आज मैं एक घोषणा करना चाहता हूँ... मैं और भारती एक दूसरे से प्यार करते हैं और जल्द ही शादी करने वाले हैं। '' फिर पॉकेट से उसने एक अँगूठी निकाला और मेरी उँगुली में पहना दिया।- वाह रे मेरे अन्तर्मुखी साधू! इस रूप से तो मैं परिचित ही नहीं थी। - सब स्तब्ध... जैसे मोम के पुतले हों। फिर अचानक ही ताली बजाने लगे।- बधाई हो, congrats congrats, congratulation, मुबारक। गहमागहमी और अनियंत्रित शोर के बीच पापा न जाने कब वहाँ से गायब हो गये। - अच्छा नहीं लगा होगा उन्हें।

अरुण के पिताजी पर आज महर्षि परशुराम की आत्मा सवार थी। बस हाथ में फरसा नहीं है और सिर पर जटा नहीं है, नहीं तो आज उस फरसे से किसी का मस्तक काट धरती से एक पापी कम कर देते। - घोर पाप! अनर्थ! आज तो अनर्थ ही होगा। बस अरुण के आने की देर है। - अरुण आया तो पिताजी ने अपने क्रोध को बटोरा। कुछ देर इत्मिनान हो लिए फिर अपना दिव्यास्त्र छोड़ा- ''पटना क्यों गये थे?''

''काम था।''

''क्या काम था?''

अब अरुण ने अपने क्रोध को निगला- ''ऑफिस का काम था। ''

''तो भारती के यहाँ क्यों गये थे?''

''वहाँ जाना मना है क्या?''

पिताजी अब अज्ञात को संबोधित करने लगे – ''सुन लो इस दुष्ट को कैसे बात करता है; जवानी उफन रहा है इसका। गये थे प्रेम लीला करने! अँगूठी गिफ्ट किया है उसको। - पापी को शर्म है जरा सा? कोई पछतावा नहीं है चेहरे पर। - सोचा था बुढ़ापा चैन से कटेगी लेकिन काहे को? इज्जत का तो अर्थी निकाल दिया सुपुत्र साहब ने।''

''क्यों जलील कर रहे हैं मेरे बेटे को, अब रहने भी दीजिये।'' अरुण

की माँ आगे आयीं।

''पता नहीं कैसे सब हो गया? कई बार सही-गलत मैं सोच नहीं पाता हूँ। बस जैसे कोई शक्ति मुझसे सब करवा लेती है।'' पश्चाताप अब अरुण के चेहरे से दिख रही थी। लेकिन समय ने उसे एक और गलती करने का मौका दिया। भाभी न जाने क्यों इस वार्तालाप के बीच में घुस गयीं- ''भारती मेरी बहन है, लेकिन हम तो कहेंगे कि वह अच्छी लड़की नहीं है... हमलोग से कुछ छिपा थोड़े ही है, शुरू से साथ रहे हैं। वो भी मेरी है, आप भी मेरे हैं, लेकिन हम अपने जानते गलत राय नहीं न देंगे। अरुण योग्य हैं, कोई अच्छी संस्कारी लड़की आयेगी तो हमलोग का भी इज्जत बढ़ेगा; गलत कहते हैं?''

अरुण चिल्लाया- ''आप क्यों बीच में टाँग अड़ा रही हैं, हमको सब पता है... अपने पारिवारिक दुश्मनी को यहाँ बीच में मत लाइए; आप तो चाहती ही नहीं हैं कि हमारी कभी शादी हो ताकि आप अकेले यहाँ राज करती रहें। - बड़ी आयी हैं शुभचिंतक!'' भाभी ने उस अस्त्र का इस्तेमाल किया, जो औरत का सबसे बडा हथियार होता है। रोने लगीं। आँचल में मुँह छिपाया और सिसकते हुए वहाँ से खिसक गयीं। - अरुण के पिताजी के नेत्र क्रोध के मारे अंगार उगलने लगे। अच्छा हुआ उनके पास श्राप देने की शक्ति नहीं थी वरना उसी वक्त अपनी नेत्र ज्वाला से उस उद्दंड को भस्म कर देते। थरथराते हुए चिल्लाये- ''निकल जाओ मेरे घर से, अभी इसी वक्त!'' जवाब माँ ने दिया अपने आग्नेय नेत्रों से- ''फिर से वही गलती! भूल गये बड़का वाली कहानी?''

जवानी भी क्या चीज है! शरीर में दौड़ता गर्म खून दिमाग में चढ़ जाये तो विनाश ही करता है। जवानी है, शक्ति है, पंख उग आये हैं तो क्यों किसी की बात सुनें। अरुण आज दिखा देगा कि झुककर जीना उसने नहीं सीखा। क्यों झुके, जब कुछ गलत नहीं किया तो! - बहुत हो गया - बचपन से ही दबाते आ रहे हैं - अब और नहीं। - हुँह! निकल जाओ घर से!- इतना घमंड। अरुण ने एक बैग उठाया और धड़ाधड़ कपड़े उसमे फेंकने लगा। - अब नहीं रुकेगा वह। - लेकिन माँ के ममतारूपी पहाड़ को लाँघना आसान नहीं था उसके लिए। - अश्रुपूर्ण गीले चेहरे से वह बच निकलना चाहता था,

लेकिन माँ किसी अंगद की तरह वहाँ जम गयी। ''हटो माँ! मेरा रास्ता छोड़ो।''

''क्या पागलपन है ये? - चलो बैग रखो- माँ-बाप थोड़ा सा डाँट दिए तो घर छोड़ दोगे?''

''उनको बोलने नहीं आता है; कब क्या बोलना है, कहीं भी बच्चा जैसा डाँट देते हैं। ''

''मैं माफ़ी माँगती हूँ उनके बदले... तुम यही चाहते हो न कि माँ-बाप तुमसे माफ़ी माँगें, तो लो खुश रहो। '' अरुण की माँ ने हाथ जोड़ लिए।

''माँ !'' जोर से चीखा था अरुण ''इससे अच्छा आप मुझे झापड़ मार देतीं; इतना जालिम वक्त मुझे न दिखाओ।'' आँसू के धार में सब मालिन्य धुल गये। देर तक दोनों एक दूसरे को थामे खड़े रहे।

अरुण की माँ चाहे भी तो नहीं भूल सकती वो दिन। ऐसे ही गुस्सा कर भाग गया था उनका बड़ा लड़का। - पिताजी के घोर अनुशासन में पला वह लड़का। हमेशा दबकर रहा। डाँट, थप्पड़ और अपमान बिन बादल बरसात की तरह बरसते। आदत सी हो गयी थी। लेकिन जैसे छोटे बच्चे का मुँह दबा देने से उसका रोना बंद नहीं होता, सिर्फ उसकी आवाज़ बंद हो जाती है; वैसे ही चौबेजी के बच्चे पिताजी के सामने चुप तो हो जाते, लेकिन अंदर ही अंदर उनके एक ज्वालामुखी सुलगता रहता, विरोध की इच्छा प्रबल होती जाती। समय हमेशा एक सा नहीं रहता... उसको बदलना ही था और वह बदला भी। चौबे जी बूढ़े हो चुके थे और बच्चे जवान। ऊपर से उनकी कई बीमारियाँ, खासकर हृदय रोग और पेट की समस्या। अब वो खुद से बाइक चलाकर बाज़ार भी नहीं जा पाते थे। छोटी-छोटी चीजों के लिए भी उन्हें पुत्र पर निर्भर रहना पड़ता और जैसा कि तुलसीदास ने कहा है *'पराधीन सपनेहुँ सुख नाहीं'*, उनके भी सुख के दिन ख़त्म हो गये थे। जब वो नौकरी में थे तो बाज़ार में दोस्तों के बीच समय काटते थे... अब जबकि वह रिटायर हो चुके हैं, उनके पास समय ही समय है, लेकिन शक्ति नहीं है। कौन उन्हें रोज़-रोज़ बाज़ार ले जाये घुमाने और उतनी देर खड़ा रहे जब तक वो गप्प करें। अरुण तो बाहर रहता था राँची में; आशुतोष को ही ये सब करना पड़ता। बेचारे के पास काम –धंधा भी नहीं था और पढाई भी नहीं। उसे

लगता कि पिताजी उसका इस्तेमाल कर रहे हैं सिर्फ एक नौकर की तरह। उसके भविष्य के बारे में सोचते, तो जरूर बिजनेस के लिए पैसा देते, या फिर इनकी इतनी पहुँच है, कहीं कोई काम ही दिला देते; लेकिन नहीं, ये चाहते हैं कि मैं यहीं पड़ा रहूँ और इनका गुलाम बनकर रहूँ। विरोध की बारूद दबा-दबा एक दिन विस्फोट कर गया। पिताजी शर्ट-पैंट पहनकर और बाल झाड़कर तैयार हुए और पुत्र से कहा- "चलो गाड़ी निकालो, थोड़ा बाज़ार चलना है, कुछ जरूरी सामान खरीदना है।"

"हम आपके नौकर नहीं हैं, आपको जैसे जाना है जाइये।"

चौबे जी को अपने कानों पर विश्वास नहीं हुआ। जो लड़का आज तक उनके सामने चूँ तक नहीं किया, वो आज ऐसी बात कर रहा है; इसकी इतनी हिम्मत! न जाने उनके वृद्ध शरीर में कौन सी शक्ति आ गयी कि उन्होंने अपने जवान पुत्र को एक तमाचा खींच दिया – "बदतमीज़, दुष्ट, नालायक! यही संस्कार सीखा है तुम? भागो मेरी नज़र के सामने से, तुम्हारे जैसे नालायक की जरूरत नहीं है मुझे।" और फिर उसी आवेश में वो बाज़ार चले गये; पैदल। वो शायद दिखा देना चाहते थे कि अब भी वह उतने पराधीन नहीं हुए हैं कि किसी के आगे झुकना पड़े।

तमाचा आशुतोष के गाल पर लगा था, लेकिन चोट कहीं और लगी। इन्सान कितना भी नाकारा क्यों न हो, स्वाभिमान पर चोट बर्दाश्त नहीं कर पाता। उसे जीवन अर्थहीन लगने लगा। किसलिए वह जिन्दा है? क्या सिर्फ गाय-गोबर करने और बाज़ार से सामान लाने के लिए और बदले में क्या मिलता है, दो वक़्त का खाना। कोई नौकर भी काम करता है तो उसे मेहनताना मिलता है... उसे क्या मिलता है सिवाय खाने के? किसी भी चीज़ के लिए बाप के आगे हाथ फैलाओ। मर्ज़ी होगी तो देंगे, नहीं तो सवाल करेंगे। "अभी कल ही तो पैसा दिया था, क्या करते हो तुम इतने पैसों का? यहाँ कोई कुबेर का खज़ाना नहीं गड़ा है - करनी-धरनी कुछ नहीं और शौक नवाबों के!"ये भी कोई जिन्दगी है? इस बेमतलब की ज़िन्दगी से तो अच्छा है कि -

देर शाम जब चौबे जी लौटे तो आशुतोष को घर पर नहीं पाया। स्वाभाविक बातचीत के लहजे में उन्होंने पत्नी से पूछा। पत्नी ने भी

अनभिज्ञता जाहिर की। ''बड़ा लापरवाह लड़का है; अभी तक गाय बाहर ओस में भीग रही है लेकिन इसको कोई मतलब नहीं... लोफर दोस्त सब के चक्कर में कहीं बैठ के गप्प लड़ा रहा होगा।'' बड़बड़ाते हुए चौबे जी उठे और गाय को लाने चले। - आधा घंटा, एक घंटा, दो घंटा, तीन घंटा। रात के दस बजे तक भी जब आशुतोष नहीं आया तो पति –पत्नी चिंतित हुए। चिंतित नहीं परेशान हो गये। ऐसा आज तक नहीं हुआ; बिना बताये उनके बच्चे इतनी देर तक कभी बाहर नहीं रहे। मोबाइल का जमाना होता तो फोन कर लेते। बदहवास दोनों आस-पड़ोस में पड़ताल शुरू कर दिए। कहीं नहीं। उसके सभी खास और आम मित्रों से जानकारी ली गयी... कोई सुराग नहीं। सबने यही कहा कि शाम से उसने आशुतोष को देखा ही नहीं है। दोनों का दिल धक् से कर गया। कहाँ गया होगा। भारी भीड़ एकत्र हो गयी। लोगों के मन में तरह-तरह की आशंकाएँ उत्पन्न हो रही थीं; कहीं घर छोड़ के भाग गया हो या शायद खुदकुशी - लेकिन फिर भी लोग बदहाल दम्पति को ढाँढ़स दिए जा रहे थे। किसी ने हिम्मत करके पूछा- ''घर में कोई लड़ाई-झगड़ा तो नहीं हुआ था?''

माथा पकड़कर बैठे पिताजी की सिसकती आवाज़ आयी- ''मुझे क्या पता था कि वो इतना नाराज़ हो जायेगा, कहा-सुनी किस घर में नहीं होती?- ऐसे ही बात-बात में मैंने कह दिया कि दूर हो जाओ मेरी नजरों से- लेकिन इसका ये मतलब तो नहीं...'' थप्पड़ वाली बात उन्होंने छुपा ली थी, फिर भी पत्नी की क्रोधाग्नि से नहीं बच सके- ''आपको जरा भी दिमाग है कि जवान बेटे से कैसे बात करते हैं; जब देखो तब अपमानित करते रहते हैं... अगर मेरे बच्चे को कुछ हो गया न तो देखिएगा मैं क्या करती हूँ।''

''कुछ नहीं होगा भाभी आप इतना परेशान मत होइए; अपने रिश्तेदारों के यहाँ फोन किया? हो सकता है वो वहीं गया हो। आइये मेरे यहाँ से टेलीफोन कर लीजिये सब जगह। ''बृजमोहन सिंह इस गाँव के इकलौते टेलीफोन धारक थे और इस समय चौबे दम्पति के लिए साक्षात् भगवान थे।

जहाँ तक चौबे जी की सोच जा सकती थी, उन सभी रिश्तेदारों को फोन लगाया, लेकिन कोई फायदा नहीं। कोई खबर तो मिली नहीं, उलटे

सभी ने उनकी दुखती रग को और दुखा दिया। रोते-कलपते सभी से एक ही कहानी बार-बार उन्हें कहना पड़ा। जब उम्मीद की सभी किरण बुझ गयी तो माथा पकड़कर बैठ गये। जितने भी भगवान के नाम याद थे सबको याद किया। छोटी-छोटी बातों में मन्नत माँगने वाली पत्नी, अब तक कितने मन्नत माँग चुकी होगी कहा नहीं जा सकता। पूरे उत्साह से हर एक कॉल को कान लगाकर सुनती, फिर उतने ही निराश स्वर में भगवान का नाम लेती- "हे भोला अब आप ही कुछ कीजिये!"- "हे संकट मोचन हनुमान, कौन सो संकट मोर गरीब को जो तुमसे नहीं जात है टारो"- "हे दुर्गा माँ - हे काली माँ - हे रामजी, कौन सा चूक हो गया हमसे हे विष्णु, माफ़ कीजिये नादान भक्त को।" लेकिन भगवान के कान इतने तेज़ होते तो फिर -

कुछ तो अच्छे कर्म किये होंगे श्रीमती चौबे ने कि भगवान से उनका भरोसा नहीं उठा। सात दिन और सात रात लगातार रोने और जागने के बाद जब उनकी आँखों में उम्मीद की कोई चमक नहीं बची थी, एक दिन अचानक बृजमोहन सिंह की आवाज़ ने उन्हें हिला दिया- "आशुतोष का फोन है।" कहीं मेरे कान तो नहीं बज रहे - नहीं ये झूठ है, कोई मजाक कर रहा है मुझसे; आशुतोष तो मुझसे बहुत दूर...। लेकिन फिर से आवाज़ आयी। तब तक चौबे जी लपककर फोन उठा चुके थे।

"हम दिल्ली में हैं, माँ कहाँ है? फोन इसलिए किये कि आपलोग चिन्ता मत करें, हम यहाँ ठीक से हैं।"

"जल्दी घर आ जाओ, अभी तुरंत - (फफकते हुए) मुझसे बड़ी गलती हो गयी, लेकिन इसका ये मतलब तो नहीं कि..."

"हम आने के लिए फोन नहीं किये हैं; हम तो सोचे थे कि कभी फोन नही करेंगे- फिर माँ की याद आ गयी, सोचा एक बार बता दूँ कि मैं ठीक से हूँ... ये मेरा आखिरी फोन है।"

"- रुको, फोन मत रखना, हम तुम्हारे आगे हाथ जोड़ते हैं (जोर से रोने लगते हैं)- बूढ़े बाप पर दया करो, तुमको जो चाहिए सब ले लो, लेकिन घर आ जाओ, हम वादा करते हैं कि अब से तुमको कुछ नहीं कहेंगे... हम तो अपना हक समझ के डाँटते-बोलते थे, लेकिन मुझे क्या पता था कि मेरा बच्चा अब बड़ा हो गया है।"

उस दिन पहली बार लोगों ने इस तरह से रोते देखा था चौबे जी को। हमेशा खुद को एक मजबूत इन्सान के रूप में दिखाने वाले पुरुष का एक रूप ये भी है, कौन जानता था। क्या बुढ़ापा इन्सान के शरीर के साथ-साथ उसके आत्मविश्वास और अभिमान को भी क्षरित कर देता है? कोई यकीन करेगा कि यही चौबे जी जवानी के दिनों में गरजा करते थे- ''बेटा-बेटी क्या होता है; बेटा लायक ही निकलेगा इसका क्या भरोसा? हमको तो किसी से आशा नहीं है। बस अपना काम है ठीक से पढ़ा-लिखा देना, लायक निकलेगा तो ठीक है वरना अपना रास्ता नापो।''

* * *

हमारी शादी तय हो गयी। होनी ही थी। जब मियाँ-बीवी राजी तो क्या करेगा काजी। खुशी, अत्यधिक खुशी। मुझे अपनी किस्मत पर घमंड होने लगा था। सच में फुर्सत में लिखी हुई किस्मत है मेरी। आइने के सामने खड़ी होकर जब मैं अपने को निहारती तो खुद से इश्क हो जाता। अभिमान करने का पूर्ण हक था मुझे। सखियाँ सच कहती हैं... इन सुलझे हुए घने केशों में तुम्हारा पति उलझ के रह जायेगा। और चेहरा... हलके तिरछे होकर जब मैं आईना देखती हूँ, स्मिता पाटिल लगती हूँ। वैसा ही आनुपातिक चेहरा, श्याम वर्ण, लेकिन चेहरे पर पानी। गर्दन घुमाकर जब अपना पिछला शरीर देखती हूँ तो आत्म-संतुष्टि से भर जाती हूँ। चाची सही कहती हैं कि भारती जब चलती है तो लगता है कोई मादक हथिनी लदक लदक के चल रही है। - पूर्णता की हद तक सुंदर हूँ मैं। - और मेरे होने वाले पति? लोग तो कहते हैं मैंने जरूर कोई पुण्य किये होंगे पूर्व जनम में। राजकुमार की जो छवि आँख बंद करने पर बनती है, वैसी ही। - सरल, मृदु, भावुक, सुलझा हुआ इन्सान। ऐसा इन्सान कभी दूसरों को तकलीफ नहीं दे सकता और सबसे बड़ी बात मुझे बेइन्तहा प्यार करने वाला।

नजर लगती है कभी-कभी अपनी ही। शादी के दो दिन पहले, अपने हाथों में मेहँदी लगाकर सखियों संग मैं गीत गा रही थी। नहीं मैं गा नहीं रही थी, गा नहीं पा रही थी। बस गीत के सँग सँग अपने ख़यालो में चलती जा रही थी, कहीं दूर सबसे आगे। सब पीछे छूट जायेगा। मैं परायी हो जाऊँगी?- अपने ही घर में? नए नए रिश्ते बनेंगे। नाम बदल जायेगा।

''साजन जी घर आये, दुल्हन क्यों शरमाये।'' ये कौन बजाया? ये सुनो- 'ये लड़का हाय अल्लाह, हाय हाय रे अल्लाह'- क्या लड़की वाला गाना सब बजा रहा है। खट्ट! ''दिल की सुर्ख दीवारों पे, नाम है तेरा तेरा, नाम है तेरा तेरा।'' फिर से वही घिसा पिटा गाना। हिमेश रेशमिया को तो बैन कर देना चाहिए। कैसे सिंगर बन गया पता नहीं। ''लाल दुपट्टा उड़ गया रे मेरा हवा के झोंके से।'' मेरा भाई लाल दुपट्टा ओढ़कर लड़की बना हुआ है। इधर से उधर दौड़ता है और आँचल लहराता है, कमर लचकाता है। - बुढ़िया नानी हँसती हैं- ह ह ह, खों खों, अख्खो अक्खो। खाँसी पकड़ लेती है। - चचेरा भाई कहीं से एक माला ले आता है और भाई के गले में डालता है। दोनों कमर में हाथ डाल के नाच रहे हैं। 'मौगा कहीं का।' नानी कहती हैं। चाची को पानी सरक गया। - फोन बज रहा है। अरे आवाज़ कम करो! हल्ला के मारे कुछ सुनाई दे रहा है? कब से फोन बज रहा है!

''हेलो, कौन?''

''कौन बोल रहा है भाई?''

''अच्छा अच्छा बोलिए... क्या! कब! कहाँ! अरे बाजा बंद करो!'' पापा जोर से चिल्लाये।

''हूँ- हूँ- हूँ- ठीक है, ठीक है।''

- क्या हुआ - क्या हुआ - एक्सीडेंट? कब? किसका? - कहाँ? लड़का के भाई का?- नहीं भाई लड़का का- लड़का का?- आह! कैसे?- ''गाड़ी चला रहा था; एक दोस्त भी था साथ में... पीछे से एक तेज़ बोलेरो आया, उससे बचने के चक्कर में इसने गाड़ी को तेजी से बाएँ मोड़ा, बस एक पोल से टकरा गया। पता नहीं कितना चोट आया है। शायद पैर में चोट है; नहीं नहीं सिर बच गया। अच्छा हुआ हेलमेट पहना था। - हाँ, वहीं पास के अस्पताल में भर्ती है। शायद होश नहीं आया है अभी... चौबे जी कह रहे थे कि ज्यादा सीरियस नहीं है, फिर भी हो सकता है शादी की तिथि आगे बढ़ानी पड़े।''

वाह रे किस्मत! खूब रंग दिखाया तूने। तुझ पर घमंड क्या किया, तू खुद घमंड करने लगा। - अच्छा है, बहुत अच्छा है; ऐसे ही तुम सबको

औकात में लाते रहो। तुम्हे कौन औकात में लायेगा? तुम्हें तो खूब मजा आता होगा ऐसे किसी को एक पल में गर्व रहित कर देने में। - क्या बिगड़ जा रहा था तुम्हारा, अगर मैं खुश हो रही थी? किसी का कुछ नकसान तो नहीं किया मैंने... या फिर ज्यादा खुश रहना गुनाह है?- मेरी दुर्गा माँ आपने हमेशा मेरी पुकार सुनी है, आप पर मुझे अनन्य विश्वास है; आप गलत नहीं कर सकतीं माँ; मेरा भरोसा मत तोड़ना माँ!- या मेरी भक्ति में कोई कमी रह गयी?- मेरी भक्ति की परीक्षा है ये। रे अड़ियल किस्मत! तूने अभी मेरी दृढ़ता को नहीं देखा है, सिर्फ मेरी कोमलता को ही देखा है। तुझे बदलना होगा,तुझे बदलना ही होगा... याद रख, मेरे आग्नेय इरादों के ताप में पिघल जायेगा तू।

सच में किस्मत को झुकना पड़ा हमारे हिमालयी प्रेम के आगे। बाहर की गहमागहमी से बेखबर मैंने पूजा-कक्ष को ही अपना निवास बना लिया था। हवा ही मेरा भोजन, हवा ही मेरा पानी। समय अब रुक सा गया था। रामजी, कृष्ण जी, शिव जी, हनुमान जी, दुर्गा माँ, काली माँ जिसकी पैरवी लग जाय, सब तक मैंने अपनी बात पहुँचा दी थी। कोई तो सुन ले मेरी प्रार्थना, कहीं तो मेरी दुआ कुबूल हो... कोई तो आकर कह दे तुम्हारी फरियाद सुन ली गयी है। प्रार्थना में शक्ति होती है; सच में। कोई आकर फोन दे गया- "हजारीबाग से फोन है अरुण का।" - ओह! वो एक पल; पूरे जनम की खुशियों के बराबर था वो एक पल। मैंने सुना, वो कह रहा था- "तैयारी कैसी चल रही है?"

मैंने कहा- "आपकी आवाज़ मैंने सुन ली, अब कोई शौक शेष नहीं।

उसने कहा- "शादी तो तय समय पर ही होगी; तुम्हारी दुआओं का कवच जिसे हासिल हो, उसे क्या हो सकता है... हाथ और पैर में पट्टी बाँधकर फेरे लूँगा लँगड़ लँगड़कर।"

शादी की जब भी बात होगी तो दिल्ली वाले दिनेश भैया जरूर याद आयेंगे। सुना था उन्हें पागलपन का दौरा चढ़ता है, फिर भी बुलाये गये। अब अपने करीबी रिश्तेदार को कोई कैसे न बुलाये। बेचारे गुमसुम से बैठे रहते थे और किसी को कुछ नहीं कहते थे। सबको लगा कि ठीक हो गये हैं। लेकिन उनके मन में कुछ चल रहा था। मेंहदी रस्म के दिन जब लड़के और

लड़कियाँ एक साथ नृत्य कर रहे थे, वो अचानक से आये और लड़कों को बाहर निकालने लगे। लड़का लड़की एक साथ नाचें उन्हें पसंद नहीं था। मेरा भाई लेकिन नाचता रहा। पागल की बात पर ध्यान देने की जरूरत नहीं है। बस, दिनेश भैया ने सीडी प्लेयर उठाया और जमीन पर पटक दिया। लो नाचो अब! लोगो ने माथा पकड़ लिया कि इस पागल का क्या किया जाय। अपना ही रिश्तेदार है, कैसे मारा जाये। हद तो शादी के दिन हो गयी। वरमाला के स्टेज पर मैं सखियों के संग खड़ी थी कि तभी मेरा भाई वहाँ आया और फोटो खींचने लगा। इतने में न जाने कहाँ से दिनेश भैया सामने आ गये और लगे चिल्लाने- ''तुम फिर आ गया! साला, जहाँ लड़की देखा वही चिपक जाता है।'' इससे पहले कि लोग कुछ समझ पाते, वह स्टेज पर चढ़ गये और तड़ तड़ झापड़ बरसाने लगे। अफरा-तफरी मच गयी। हो हो, पकड़ो पकड़ो, बाँधो, मारो। लेकिन पागल के शरीर में तो हाथी का बल आ जाता है। उठाकर उठाकर सबको फेंकने लगे। डर से कोई सामने जाने की हिम्मत नहीं कर पा रहा था। दूर से रस्सी फेंककर उन्हें बाँधा गया। एक रूम में ले जाकर बंद किया गया और शादी की रस्म पूरी की गयी। अरुण ने मेरे कान में पूछा था- ''सही सलामत आज घर पहुँच जायेंगे न?''

* * *

अरुण की नौकरी लग गयी है बैंक में। एक नए सदस्य का आगमन हुआ है घर में। डेढ़ साल भर के भीतर ही दो खुशखबरी। पोस्टिंग बुलंदशहर में हुई है। अरुण ने कहा है तुम्हें भी चलना होगा। मैं झिझक रही हूँ। छह महीने की बच्ची को लेकर अकेले नये जगह में कैसे रहूँगी। फिर सोचती हूँ शुरूआत तो करनी ही पड़ेगी। झिझक को परास्त कर मैं नए जगह पर आ गयी, अपने आरामदायक खोल से बाहर... जिन्दगी की सड़क पर। - सबकुछ तेजी से बदल रहा है। जिन्दगी छोटी लग रही है। इतनी ही तेज़ भागती रही जिन्दगी, तो एक दिन थक जायेगी; फिर रुकना होगा उसे।

तीन

मैं लेखक हूँ। कुछ लिखना चाहता हूँ मैं। सामने सफ़ेद पन्नों पर कुछ आकृतियाँ, ऊटपटाँग सी खींच रहा हूँ कब से, लेकिन कोई कहानी नहीं सूझ रही है। कई बार कुछ लिखता हूँ फिर काट देता हूँ। संतुष्टि नहीं होती... नहीं ये ठीक नहीं रहेगा। इतने साधारण शब्द... कुछ जम नहीं पा रहा है। शब्दों की पुनरावृत्ति मुझे अच्छी नहीं लगती। ऐसे शब्द और मुहावरे नहीं लिखना चाहता जो प्रचलन में हो। कुछ नया सा हमेशा। कुछ ऐसा मैं लिखना चाहता हूँ जो धमाल मचा दे। अब तक कोई कहानी नहीं छपी, फिर भी पता नहीं क्यों मैं लिखता हूँ। भविष्य और उम्मीद इन दो शब्दों ने उलझाये रखा है मुझे।

कहने को तो मैं एक बैंकर हूँ, लेकिन पता नहीं क्यों मुझे रुपये-पैसे कभी आकर्षित नहीं कर पाये। अर्थजगत में रहकर भी अर्थशास्त्र की शब्दावलियाँ मुझमें चिढ़ पैदा करती हैं। मेरा बस चले तो मैं अर्थशास्त्र का ईजाद करने वाले को जिन्दा कर फिर से मार दूँ। क्रेडिट, डिपॉजिट, इंटरेस्ट, CRR, SLR, रेपो रेट, रिवर्स रेपो रेट, NPA, बिजनेस, टारगेट, इंश्योरेंस, म्यूच्यूअल फंड, इनकम टैक्स... किस अधकपारी ने इन शब्दों का ईजाद किया पता नहीं। मुझे पता होता कि बैंकिंग इतना नीरस है, तो कभी आता ही नहीं इस लाइन में। अब तो जिन्दा रहने के लिए मुझे

जूझना ही पड़ेगा इन भारी-भरकम शब्दों से। अंग्रेजी का लेखक होता तो लिखकर भी जीवन-यापन कर लेता... हिंदी के लेखक तो सिर्फ मन बहलाने के लिए लिखते हैं। - मेरी इसी असांसारिकता की वजह से लोग मुझे संत कहते हैं तो कुछ मुझे बुड़बक समझते हैं... बेवकूफ। ऊपरी कमाई की इतनी सम्भावना होते हुए भी कर्तव्य की तरह अपना काम करना बेवकूफी नहीं तो और क्या है। चलिए आप रिश्वत नहीं लीजिये, लेकिन कोई अपनी मर्ज़ी से दे रहा है तो लेने में क्या दिक्कत है? आयी हुई लक्ष्मी को कभी ठुकराना नहीं चाहिए। पैसा ही आज के ज़माने में सबसे बड़ी ताकत है। पर मुझे अपने पैसे कभी अपर्याप्त नहीं लगे तो मै बाहरी पैसे क्यों लूँ? जितना है उतना ही में खुश रहता हूँ। एक सुखद जीवन के लिए जितना चाहिए, उससे ज्यादा ही है मेरे पास। खाते में पड़े रह जाते हैं अधिकांश पैसे, खर्च नहीं कर पाता।

बुलंदशहर आने से पहले तक मुझे लगता था कि बैंकिंग का मतलब है दस से पाँच की ड्यूटी। कंप्यूटर पर कुछ खाट-खूट करो, पैसे लो, पैसे दो और फिर बैग टाँगकर घर चलो। फिर बीवी-बच्चे से मस्ती करो। लेकिन तीसरे ही दिन मेरी गलतफहमी दूर हो गयी, जब फाइलों से घिरे मैनेजर से मैंने कहा- ''ठीक है सर अब चलता हूँ। '' चशमे के ऊपर से मैनेजर ने मुझे देखा- ''कहाँ चलते हो भाई?''

'घर'

''घर? तो हम लोग क्या गधे हैं जो यहाँ बैठे हैं?''एकदम से गियर चेंज किया मैनेजर ने।

''काम खतम हो गया था, इसलिए मैंने पूछा।'' दबे स्वर में मैंने कहा।

''क्या काम खत्म हो गया था... रोज रोज ये नहीं चलेगा।'' फिर मेरे लटके हुए चेहरे को देख, आवाज़ को थोड़ा मुलायम करते हुए कहा- ''यार तुम P.O. हो, अभी बहुत कुछ सीखना है तुमको; घर जाने की जल्दी मत करो। अभी अकेले हो न? - अच्छा शादी हो गयी है... परिवार ले आये हो यहाँ? फिर बैठो आराम से।'' अपने सहकर्मी अश्विनी जी की मुखातिब हो बोलना जारी रखा- ''अभी इन लोगों को क्या पता है बैंक में कितना काम है... धीरे धीरे सब पता चल जायेगा। बहुत काम है अरुण जी।'' फिर एक

प्रिंट आउट मेरी ओर बढ़ाया- "इसमें जो सारे sub-standard, doubtful, और loss हैं सबका जोड़ करके बताओ।" मैंने कंधे से बैग उतारा, मन ही मन टकले को गाली दिया और कैलकुलेटर लेकर बैठ गया।

"हाँ, sub-standard का जोड़ बताओ।"

"एक मिनट सर, अभी हुआ नहीं"

"क्या हुआ नहीं?"जोर से डाँटा उन्होंने। "दस मिनट से लेके बैठे हो, खुटुर खुटुर; जल्दी करो।" मेरे पसीने छूटने लगे, हाथ काँपने लगे। बोली सटक गयी। मेरे हाथ से कैलकुलेटर छीना उन्होंने और तड़ातड़ टाइप करने लगे- "ऐसे किया जाता है। देख रहे हो, पाँच मिनट नहीं लगा मुझे। घड़ी देखो।"

दो तीन दिन में ही इस अधखोपड़ी कमालुद्दीन ने बैंक की जो तस्वीर पेश की, मैं सिहर उठा। साला अपनी तुलना मुझसे करता है। पागल, तुम पच्चीस साल से काम कर रहे हो, मुझे अभी दो दिन हुए हैं, जाहिर है आपकी स्पीड अच्छी होगी। अब तो ये रोज की कहानी हो गयी। मैं उनके डर से गिलहरी की तरह छिपता फिरता था। कहीं उनके नजर के दायरे में मैं न आ जाऊँ। पता नहीं कब कौन सा फरमान जारी हो जाय। लगता है उनके मन में बैठ गया है कि मैं कामचोर हूँ, इसलिए जो भी पेंडिंग काम होता मुझसे ही करवाये जाते। एक दिन बुलाकर एक मोटा सा ज़ेरोक्स मुझे थमाया- "ये क्या है?" "ये सैलरी की लिस्ट है; यहाँ के विद्यालयो के मास्टर लोग का तनख्वाह हमारे यहाँ ही आता है... ये सबका अकाउंट नम्बर है, ये अमाउंट है, यहाँ नाम लिखा है; जिसके आगे जितना पैसा लिखा है, उतना उसके अकाउंट में डालना है। - वर्मा जी से पूछ लो कैसे होगा... और हाँ, थोड़ा फ़ास्ट।" अभी आधे घंटे भी नहीं हुए होंगे कि साहब चहलकदमी करते हुए मेरे पास आये और चुपचाप पीछे खड़े हो गये।

"हुआ नहीं अभी तक?" पूछा उन्होंने।

"अभी तो टाइम लगेगा सर।" धीरे से मैंने कहा।

फिर से वो चिल्लाने लगे- "कितना टाइम चाहिए तुमको! छोटे से

छोटे काम में पूरा दिन लगाते हो, ऐसे चलेगा? I am not satisfied with you. मुझे शुरू दिन लगा था कि यंग आदमी हो, नया जोश होगा, but I was mistaken.- नहीं नहीं, नया पुराना क्या होता है, तुममें सीखने की ललक ही नहीं है। अगर कोई अल्टरनेटिव सोचा है तो ठीक है, वरना ऐसे बैंक में नहीं टिक पाओगे। Please improve yourself, otherwise I will have to report it in your confidential report. I am very honest. Please mind it.

साला ये आदमी है कि जल्लाद है, समझ में नहीं आता। क्या चाहिए इसको। लगता है ये नौ महीने की जगह सात महीने में ही पैदा हो गया था। हर चीज में जल्दीबाजी। समझ में नहीं आता इसको हमेशा जल्दीबाजी किस चीज की रहती है... टकला, खूसट, हरामी; खुद तो काम कर कर के दधीचि जैसा अस्थिपंजर हो गया है, दूसरों को भी चाहता है वैसा हो जाये। ऐसे ही आदमी के लिए एक विशेषण है workohlic. इनको काम करने में मज़ा आता है। शायद नशा चढ़ता हो। अश्विनी जी, जो हमारे ही बिल्डिंग के सामने वाले फ्लैट में रहते थे, उनसे मैंने इस मुद्दे पर बात की। ''सर ये बड़े साहब का मिजाज हमको नहीं समझ में आता है... आप भी देखते हैं, मैं कितना काम करता हूँ, फिर भी हमेशा मुझे डाँटते रहते हैं, जैसे बहाना खोज रहे हों, ऐसे मेरे पीछे पड़े रहते हैं। '' अश्विनी जी सुलझे हुए आदमी हैं। पहली ही नजर में उनमें मुझे बड़ा भाई नजर आया था। परदेस में टिकने के लिए जिस सहारे की जरूरत होती है, उन्होंने उसे पूरा किया था। हँसते हुए बोले- '' कुछ लोगों में होती है superiority complex उन्हें लगता है उनके जैसा कोई नहा... आप कितना भी कर दें इन्हें कम ही लगेगा। इन्हें बस अपनी तारीफ सुनना पसंद होता है; उनसे बहस कभी मत करो, कभी-कभी झूठी तारीफ कर दिया करो कि सर आपके जैसा हमलोग कहाँ कर पायेंगे, फिर देखो कमाल।''

यही तो नहीं होता है मुझसे, चापलूसी करना मेरे जीन में ही नहीं है। काम करने में जब मैं कोई कोताही नहीं करता तो फिर किसी से क्या डरना; धीरे ही सही करता तो हूँ। मैंने कभी किसी काम के लिए मना तो नहीं किया। - इतना डरे तो हो गया... अब तो साफ कह दूँगा कि जितना काम देना है दे

दीजिये, ये मेरी जिम्मेदारी है मैं कैसे करता हूँ, आप बार-बार टोका मत कीजिये। रिपोर्ट करना हो करे, बहुत काम हैं दुनिया में। - भूखे नहीं मर जायेंगे। इतने स्टाफ है बैंक में लेकिन इस अँधरा को मैं ही दिखाई देता हूँ। दिन भर अरुण-अरुण 'अरुण कहाँ गया' ''अरे अरुण को दे दीजिये वो तो खाली बैठा रहता है'' ''अरुण को ले जाइये साथ में'' ''अरुण का उपयोग कीजिये''। इतना भगवान या अल्लाह जपते तो तरण हो जाता। ''अरुण, कहाँ हो भई? इधर आओ।'' बकरे की माँ कब तक खैर मनायेगी। फिर से बेताल ने याद किया। ''जी सर!'' लगभग दौड़ते हुए मैं पहुँचा।

''कहाँ रहते हो आजकल! गुड़ मोर्निंग वगैरह भी नहीं करते हो।''

''कुछ काम में फँस गया था, इसलिए आपसे नहीं मिला। ''

''अच्छा... काम! काम तो तुम कुछ करते नहीं, बस बीजी रहते हो हमेशा। ''

मन तो हुआ टकले का सिर दीवाल से टकरा दूँ-ले काम, ले काम, काम काम काम! काम की पैदाइश!

''अच्छा ये देखो; ये क्या है, ये इनकम टैक्स की फाइल है... जो सारे स्टाफ का टैक्स कटता है सैलरी पर उसका साल में पूरा कैलकुलेशन करना होता है कि किसका कितना टैक्स बनता है। - ये पिछले साल का रिपोर्ट है, इसको देखकर तुम्हें इस साल का रिपोर्ट तैयार करना है, ठीक है?''

जिस काम को करने में आपका मन नहीं लगे, उसे करना कितना तकलीफदेह होता है मैं ही जानता हूँ। ऊपर से टकले का खौफ। कोई न कोई कमी तो जरूर निकलेगा। डर से मैं फाइल घर पर ही ले आया कि इत्मिनान से करूँगा। कोई टोक टाक नहीं होगी तो चैन से काम करूँगा। रात के दस बजे मैं कॉपी, पेन, कैलकुलेटर, फाइल ले के बैठा हूँ। - बच्ची रोने लगी। दिमाग एकत्र नहीं हो रहा है। इसके काँय काँय के मारे जीना दूभर हो गया है। इतना भी कोई बच्चा रोता है। जब देखो तब आँय उहाँ, आँय उहाँ, साला जिन्दगी नरक हो गया है। दिन भर काम करके आओ... चैन की एक रात नसीब नहीं। ''चुप कराओ उसको।'' गुस्साते हुए मैंने कहा।

पत्नी ने कहा कुछ नहीं। एक गुस्सैल नजर मेरी ओर डाला, फिर बच्चे को चुप कराने लगी- "चुप चुप। - ले दूध ले, आ, ले पी ले मेरा सोना, पी ले दूध। बच्ची ने देह को ताना और मुँह को फेर लिया। हाथ से मारकर बोतल गिरा दिया और जोर से रोने लगी।

"अपना ही दूध पिलाओ ना, ऊपर का दूध उसको अच्छा नहीं लगता होगा।"

"आपको नहीं पता है? मेरा दूध होता तो फिर... इसी बात का तो रोना है। इतनी जल्दी मेरा दूध सूख गया; इसका पेट नहीं भरता है इसलिए रोते रहती है।"

किस्मत किसका ख़राब है? इस बच्ची का, मेरा या मेरी पत्नी का। पाँच महीने की बच्ची, माँ के दूध से विमुख है। रोती है, चिड़चिड़ाती है। उसे चुप कराने को लेकर उसकी माँ अंदर ही अंदर रोती है। मैंने देखा है उसे कई बार सिसकते। मैं किस्मत को कोसता हूँ और सो जाता हूँ... और मैं कर भी क्या सकता हूँ।

"इसको थोड़ा बाहर घुमा दीजिये, नींद आयेगी तभी चुप होगी।" पत्नी ने कहा।

"मुझे कुछ काम है, तुम्हीं घुमा दो।"अनिच्छा से मैंने कहा।

"क्या काम है? यही कहानी लिखने से आपका घर चल जायेगा? दिन भर मैं यहाँ मर मर के काम करती हूँ, पाँच मिनट आप बच्चा नहीं सँभाल सकते।" भारती लगभग रुआँसी हो गयी थी।

अपने अंदर के क्रोध को मैंने अंदर ही दफन कर दिया। बच्ची को लेकर मैं बरामदे में निकल गया। इधर-उधर की कुछ चीजें दिखाकर मैं उसे चुप कराने की कोशिश करने लगा- "देख कबूतर। उधर देखो, दिखाई दिया?" बच्ची थोड़ा सा चुप होकर देखने लगी, हल्का मुस्करायी... फिर जैसे उसे कुछ भूला याद आया हो, अचानक रोने लगी। कबूतर के बाद बन्दर, बन्दर के बाद कुत्ता... कोई भी ज्यादा देर तक उसे आकर्षित नहीं कर पा रहा था। रोने का क्रम जारी रहा और मेरे अंदर का दफन क्रोध हरकत करने लगा। कितनी देर मैं बर्दाश्त करता। चटाक, चटाक, चटाक, चटाक

उसके नन्हे से पीठ पर मैंने थप्पड़ बरसा दिये-और रोयेगी! ले रो! मन भर रो। ले चटाक। ले धड़ाक। रोओ तुम आज मन भर। आज तुम्हारा जान मार देंगे हरामी की बच्ची... रोज रोज का नाटक ही खतम कर देंगे। ढेर रोने वाली हुई है तुम, चल रो के दिखा। देंखे कितना दम है तुम्हारे अंदर। चटाक चटाक।'' बच्ची और लम्बी साँस लेने लगी। रुलाई रुक गयी और वेग से बाहर आने के लिए। भारती दौड़ी हुई बाहर आयी और आते ही मेरे हाथ से बच्ची को छीना। एकदम पागल सी चिल्लाने लगी- ''खबरदार आज के बाद तुमने मेरे बच्चे को हाथ लगाया, ये लास्ट बार मैं बोल रही हूँ, अगर तुमने आज के बाद मेरे बच्चे को छू दिया तो सोच लेना, मैं जान मार दूँगी तुम्हारा।'' पूरा शरीर उसका काँपने लगा था। बृहद् चक्षुओं में अग्नि की लपटें। ममता के इस प्रलयंकारी रूप को देख मैं डर गया। मैं सचमुच डर गया था। साक्षात् महिषासुरमर्दिनी। कुछ भी कर सकती थी वो उस समय, अगर मैं थोड़ा भी जुबान खोलता। मूक, मतिशून्य मैं वहीं बैठ गया। बच्ची किसी सहमे हुए खरगोश की भाँति माँ के छाती से चिपट गयी थी। हुचक हुचक के उसका शरीर हिल जाता था, रुलाई रोकने के प्रयास में। और कस के वह माँ को जकड़ लेती थी। अगर संभव होता तो माँ के शरीर में समा जाती। कुछ ही देर में ममता के सुरक्षित गर्म आवरण ने उसे नींद के आगोश में ठेल दिया। बहुत देर तक मैं किसी अपराधी सा वहीं बैठा रहा और फिर किसी चोर की भाँति चुपचाप अपने बिस्तर पर जाकर पसर गया।

नहीं नहीं ऐसी जिन्दगी नहीं चाहिए थी मुझे... ये मेरे सपनों का जीवन नहीं हो सकता। किसी मिडिल क्लास व्यक्ति की तरह सुबह से शाम खटो, बॉस का डाँट सुनो, दाल सब्जी लाओ, बच्चे खेलाओ और सो जाओ। एक मशीन की तरह बस जिये जा रहा हूँ। अपने आप सब तय समय पर हो जाता है। कोई घड़ी मुझे सुबह अपने आप उठा देती है। ब्रश करता हूँ, शौच जाता हूँ, नहाता हूँ, खाता हूँ। जैसे सबकुछ अपने आप हो जाता है। तय समय पर ऑफिस पहुँच जाता हूँ। फिर तो दिन सर्र से निकल जाता है। क्या है मेरे जीवन का उद्देश्य? दुनियादारी, झमेला, बीमारी? खुद के लिए मेरे पास समय नहीं। - लेखक! मेरा घंटा। लेखक बनोगे! अरे तुम मध्य वर्ग के वो इन्सान हो जो सिर्फ दाल रोटी और कुछ मशीनी सेक्स के लिए जीता है। जो दुनियादारी के मकड़जाल में उलझा रह जाता है। जीवन को जानने और

समझने से पहले ही जीवन से मुक्त हो जाता है। क्यों मैं इस गृहस्थी के दलदल में उतरा? अब तो वापसी भी संभव नहीं। क्यों मैं इस रूप माया के जाल में फँसा? क्या ये वही मनोहारी रूप है जिसने मेरा चैन छीना था? तो आज जो दिखा वो क्या था? मैं मानता हूँ कि मैंने गलत किया, लेकिन उसकी ये खौफनाक प्रतिक्रिया कितनी सही थी? मुझे तुम ताम कर रही थी, मारने की धमकी दी; क्या यही एक पतिव्रता स्त्री का धर्म है? सच ही कहा गया है कि संतान होते ही स्त्री का प्यार बँट जाता है। मेरे लेखन से ही सबको परेशानी है। कितनी आसानी से कह दिया कि आपके लिखने से घर चल जायेगा! अच्छा, आज मैं अपने अंदर के लेखक को ही मार दूँगा। मैं उठा और अपने अलमारी के सामने खड़ा हो गया। अपने लिखे कुछ आधे कुछ पूरे कागज के पन्नों को मैंने एकत्र किया और फिर माचिस की एक तीली। भूखी अग्नि ने लपलपाकर कागज के टुकड़ों को अपने पेट में ठूँस लिया। अपने अरमान और सपनों का दाह-संस्कार कर मैं बहुत हल्का महसूस कर रहा था। इतनी संतुष्टि मुझे कभी नहीं हुई थी। लगा जैसे मैंने किसी के अहंकार को जला दिया है।

* * *

''ये लीजिये साहब, आज का नाश्ता।'' चपरासी ने एक फाइल मेरे टेबल पर रखते हुए कहा। उसका मुस्कुराना मुझे अच्छा नहीं लगा। ''क्या है ये?'' मैंने पूछा।

''अब हमको क्या पता; बड़े साहब भिजवाये हैं, कहें कि अरुण को दे दो।''

मैंने देखा उस फाइल के अंदर एक प्रिंटआउट था, जिस पर साहब ने पेन से लिखा था-Arun, modify the customer ID, wherever CROP is not obtained. कुल 490 ऐसे कस्टमर थे जिनमें CROP obtained 'N' था। लगता है सारा पेंडिंग काम मेरे लिए ही बचाकर रखा गया था। ये तो शोषण हो रहा है तुम्हारा। ऐसे काम करते रहे तो और काम तुम पर फेंका जायेगा। अच्छा, अब हम भी दिखाते हैं। हम तो अपने स्वाभाविक गति से काम करेंगे। मस्ती से गुनगुनाते हुए मैंने काम शुरू किया। बगल में वर्मा जी खैनी मलते हुए एक कस्टमर से बकझक कर रहे थे। ग्राहक से निपटने के

बाद उन्होंने खैनी को अपने मुँह के पिछले हिस्से में ठेला, फिर मेरी ओर मुखातिब हुए- ''पूरा बीजी हैं सर सुबह से, क्या काम मिल गया?''

''अरे कहाँ सर, सबको तो लगता है कि मैं कोई काम ही नहीं करता।''

''नहीं साहब, मैं तो आपको हमेशा काम करते ही देखता हूँ।''

''लेकिन बड़े साहब को लगता है कि मेरा भूत यहाँ आके मेरा काम करता है।''

''अरे गोली मारो साहब को।'' वर्मा जी लगभग पचपन साल के हैं। क्लर्क हैं। नाटा, मोटा शरीर, चमकदार चेहरा और घनी सफ़ेद मूँछ। बाल भी रूई जैसे सफ़ेद। लेकिन हमेशा खुशमिजाज़। शाखा के मजबूत स्तम्भ। सभी समस्याओं पर उनसे राय ली जाती है। ''ये तो काम करते-करते मर जायेगा एक दिन। मेरे को भी पहले बहुत काम देता था... जब देखो तब वर्मा जी वर्मा जी। एक दिन मैंने साफ बोल दिया कि साहब इतना काम मुझसे नहीं होगा, ज्यादा काम करवाना है तो वेतन बढ़वाओ, नहीं तो पाँच बजे के बाद मैं कोई काम नहीं करूँगा।'' और खुद ही अपने अंदाज में खी खी कर के हँसे।

मेरे दिल का बोझ हल्का कर दिया वर्मा जी ने। चलो कोई तो है जो मेरे दर्द को समझता है। एक दोस्ताना धौल मैंने उनके पीठ पर लगाया। माहौल हल्का हुआ। लेकिन तभी मुझे एहसास हुआ कि पीछे कोई खड़ा है। बिल्ली को देखकर एक चूहे के मन जो विचार (अगर आते हों) आते होंगे, वैसा ही विचार मेरे मन में आया। बड़े साहब थे। पता नहीं कब दबे पाँव आकर चुपचाप खड़े थे। कहीं हमारी बातचीत न सुन ली हो। वर्मा जी तुरंत किसी आज्ञाकारी छात्र की तरह अपने काम में लग गये। ऐसे लीन हो गये जैसे कुछ हुआ ही न हो।

''बहुत हँसी मजाक हो रही है... और काम कैसा चल रहा है अरुण जी?'' मेरे कंधे पर हाथ रखते हुए पूछा उन्होंने।

''बढ़िया, बहुत बढ़िया सर।''

''इनकम टैक्स वाला काम हो गया?''

''नहीं, अभी आधा ही हुआ है; कल मैं घर पर ले गया था, लेकिन बेटी इतना तंग करने लगी कि मैं पूरा नहीं कर पाया; आज हो जायेगा।''

''अच्छा और ID कितने modify हुए अब तक?''

''यही कोई पन्द्रह।'' इत्मिनान से जवाब दिया मैंने।

साहब ऐसे उछले जैसे किसी साँप पर पैर रख दिया हो- ''पन्द्रह? इतने देर में सिर्फ पन्द्रह; यहाँ बैठ के हा हा ही ही करोगे तो काम कैसे होगा; क्या इसीलिए तुम्हें वेतन मिलता है कि यहाँ बैठ के हँसी-मजाक करो; इतने देर में मैं एक सौ कर दिया होता।''

''सर एक सौ तो कोई नहीं कर पायेगा एक घन्टे में; बहुत होगा तो तीस होगा।'' इस बार दृढ स्वर में मैंने कहा।

''कर के दिखाऊँ मैं?'' साहब भी तैश में थे।

''दिखाइए, चलिए दिखाइए करके।'' मैं कुर्सी छोड़कर उठ गया और उन्हें कुर्सी पर आने का निमंत्रण दिया।

''how dare you? तुम्हारी हिम्मत कैसे हुई मुझसे इस तरह से बात करने की?'' एकदम थरथराने लगे साहब क्रोध के मारे। मुझे लगा कहीं गिर न जायें ज्यादा जोश में। ''बदतमीज़, अपने सीनियर से बात करने की तमीज़ नहीं है तुम्हें?'' फिर बाकी लोगों को संबोधित करते हुए बोले- ''ये कल का छोकरा मुझे चैलेंज करता है; इसको अभी पता ही नहीं है हमलोग कितना काम किया करते थे। एक दिन में दो सौ अकाउंट खोला है मैंने दो सौ! सौ सौ RTGS करता था एक दिन में जब मै जनपथ ब्रांच में था। ये लोग बात करेगा हमसे? अभी बच्चू को छोटा ब्रांच मिला है तो दम फूल रहा है, बड़े ब्रांच में जायेगा तो क्या होगा... सिर के बाल खुजाने की फुर्सत नहीं मिलेगी। बात करता है! अब मैं इसे और बर्दाश्त नहीं करूँगा। सभी लोग मेरे केबिन में आयें अभी तुरन्त।'' फिर दनदनाते हुए अपने केबिन की ओर निकल गये। सभी स्टाफ मेरे पास आये और धीरे से कहा- ''माफ़ी माँग लो चुपचाप, बात मत बढाओ; साहब बहुत सनकी आदमी हैं, कहीं हेड ऑफिस में कंप्लेन कर दिये तो बहुत मुश्किल हो जायेगी तुम्हारे लिए।''

''करने दीजिये, जो करना है, मैं डर डर के जीने वालों में नहीं हूँ, जो

होगा देखा जायेगा।’’

“बात मानो, अभी तुम प्रोबेशन पीरियड में हो। अभी कन्फर्म भी नहीं हुए हो। कई बार जोश में लिया गया कदम पछतावे का कारण बनता है।’’

केबिन के अंदर साहब अपने साहबी अंदाज़ में हाथ छाती पर मोड़े हुए हमारा इन्तजार कर रहे थे। जब सभी लोग बैठ गये तो उन्होंने कहना शुरू किया- “आपलोग को सब मैटर पता है, इसलिए मैं डिटेल में नहीं जाऊँगा; अब आपलोग ही बताएँ कि मुझे क्या करना चाहिए? Should I report it to higher authority or not? कहिये सक्सेना जी, आपकी क्या राय है?’’ इससे पहले कि सक्सेना जी कुछ बोलते, मैं उठ खड़ा हुआ और सीधे उनसे माफ़ी माँग लिया- ‘‘सर मुझे माफ़ कर दीजिये, मेरा मकसद आपका अपमान करना नहीं था।’’

“ये क्या बात हुई कि गलती करो और सॉरी बोल दो... ऐसे थोड़े होता है; मैं एक लेटर लिखने जा रहा हूँ, आपलोग उसमे गवाही के तौर पर हस्ताक्षर कर दीजिये।’’

अश्विनी जी ने अनुरोध किया- ‘‘सर इस बार माफ़ कर दीजिये। बेचारा सीधा है, दुनियादारी नहीं जानता है। बस जो दिल में आता है बोल देता है।’’

सभी ने एक स्वर में यही कहा एक मौका और दिया जाय। साहब के अहं की भरपूर तुष्टि हुई। मन ही मन गद्‌गद् हुए। “ठीक है, आपलोग कहते हैं तो एक मौका और देता हूँ; आपलोग इसको थोड़ा शिष्टाचार सिखाइए, नहीं तो बार-बार मैं माफ़ नहीं करूँगा।’’

* * *

तीन दिन तक हमारे बीच कोई बात नहीं हुई। एक छत के नीचे किसी अजनबी की तरह हम दोनों अपने-अपने में मगन रहते। तय समय पर नाश्ता और खाना मुझे टेबल पर पड़ा मिलता। मैं चुपचाप खाता और बर्तन उठाकर किचन में रख देता। मैं बेटी को गोद में लेता तो वह कहीं से आकर मेरी गोद से छीन लेती... कहती कुछ नहीं। मेरे नहाने से पहले ही तौलिया और बनियान बाथरूम में रख जाती। ठीक साढ़े नौ बजे बैग और टिफिन

तैयार मिलता और बैग के नीचे सामान की एक लिस्ट पड़ी होती। मैं चुपचाप उसे मोड़कर पॉकेट में रख लेता। मेरे ऑफिस से आते ही टीवी का रिमोट मेरे आगे फेंक देती और थोड़ी देर में चाय मेरे सामने होती। - मैं ऊब रहा था इस यांत्रिक जीवन से। सब कुछ तय समय पर मिल रहा रहा था, फिर भी कुछ कमी थी। कई बार मैंने चाहा कि इस शीत युद्ध को ख़त्म करूँ, फिर न जाने क्यों होठ नहीं खुलते थे। हर बार तो मैंने ही झुककर विवाद ख़त्म किया है। क्यों स्त्रियाँ इतनी हठी होती हैं? शायद उन्हें पुरुषों की कमजोरी पता होती है। लेकिन इस बार नहीं... देखता हूँ कब तक बात नहीं करती!

तीसरी रात डरते-डरते उसने मेरे कंधे पर हाथ रखा पीछे से। धक से कर गया मेरा दिल। मैं हिला नहीं, चुपचाप पड़ा रहा। मैं चाहता था कि उसके हाथ को झटक दूँ और थोड़ा भाव खाऊँ; लेकिन उस छुअन ने मेरे इरादों को पिघला दिया। वह मेरी जगह होती तो निश्चित ही मेरे हाथ को झटकती। पूर्व में कई बार वह ऐसा कर चुकी है। मैं जब भी उसे मनाने के लिए उसके पीठ पर हाथ रखता, वह हाथ झटक देती। तीन –चार बार के बाद वह खुद ही अपनी हरकत पर हँस पड़ती- ''आप बहुत दुष्ट हैं पतिदेव, मुझे ठीक से रूठने भी नहीं देते।'' और फिर वह घूमकर मेरे सीने में छुप जाती, बच्चा बन जाती। लेकिन मैं ऐसा नहीं कर सका। एक ही वार में समर्पण कर दिया। खुद को ढीला छोड़ दिया। उसकी पकड़ और मजबूत होती गयी। मजबूत, बहुत मजबूत। जैसे उन मुट्ठियों में वह पूरी पृथ्वी को निचोड़ लेना चाहती हो। जैसा कुछ भूला वह पा गयी हो ऐसे छुपा लेना चाहती थी मुझे अपने आगोश में। तड़प, बेचैनी, किसी गलती का अफ़सोस... उस पकड़ में वह सब जाहिर कर देना चाहती थी। कई बार वह प्यार के उच्चतम बिंदु पर कहती- ''मन करता है आपको चोखा बना के खा जाऊँ।'' कुछ वैसी ही तड़प आज थी। ये हमारे माफ़ी माँगने और माफ़ करने का तरीका था। न माफ़ी माँगने वाला कुछ बोलता था, न माफ़ करने वाला... बस मौन ही मौन में सब हो जाता। वह अपने स्पर्श से अपने मन की बात मुझ तक पहुँचा दी थी और मैंने भी अपने स्पर्श से ये बता दिया था कि मैं सब भूल चुका हूँ।

- बच्ची कुनमुनायी। पलंग की चरमराहट से उसकी नींद में व्यवधान

हुआ होगा। अपनी मुट्ठियों से उसने अपने नाक को मला, फिर अपनी आँख को, फिर देह को इधर उधर ऐंठा, एक दो बार पैर को पटका, फिर खँह खँह करते हुए जोर से चिल्लायी। पत्नी झट मेरे ऊपर से हटी और बच्ची को गोद में ले लिया। आ चुप, आ चुप, मेरा बाबु, मेरा सोना, चुप चुप करके उसे हिलाने लगी। लेकिन बच्ची क्यों चुप हो, वह तो मेरी सौतन पैदा हुई है। पत्नी उठकर किचन में गयी और दूध उबालने लगी। फिर उसे बोतल में भरा, उसमें चीनी डाला और फिर बच्ची को पिलाने लगी। बच्ची गुट गुट दूध पीने लगी। इधर मेरा चढ़ा मन उतर गया। कपड़े पहन मैं सोने की कोशिश करने लगा। क्रोध, निराशा, हताशा, भीतर कुछ सुलग रहा था। - बच्ची को सुलाकर भारती मेरे पास आयी। प्यार से मुझे अपने बाहु में लपेटा। किसी साँप की तरह मैंने फुफकारा- "हटो मेरे पास से, जाओ जाकर उसी नागिन के पास सोओ।''

"ऐसा क्यों बोलते हैं? मैंने क्या किया है?''

"तुमने नहीं, तुम्हारी इस चुड़ैल ने; पता नहीं किस जनम की दुश्मन है, मेरी खुशी ये देख ही नहीं सकती।''

"इतनी छोटी बच्ची आपकी दुश्मन है? आपको लगता है ये जानबूझकर आपको तंग करती है?''

"हाँ और क्या! ये जानबूझकर तंग करना नहीं तो और क्या है? जब भी मेरा मूड बनता है, ये दुष्ट जरूर दखल देती है... लगता है अलार्म फिट है इसके शरीर में, एकदम नरक बना दी है जिन्दगी।''

"छी! शर्म आती है आपसे बात करते हुए... अरे कभी इसके बारे में सोचिये, इसको क्या तकलीफ है सोचिये; इसको देखिये एक बार। आपके अंदर का दया माया सब मर गया है? आप इतने स्वार्थी कैसे हो गये अरुण। छोटे से छोटे जीव की तकलीफ आपसे नहीं देखी जाती थी, अब आपको अपनी बच्ची का दुःख दिखायी नहीं दे रहा है... सिर्फ अपना सुख...'' करवट बदलकर वह सो गयी।

डरते-डरते मैंने अपनी बच्ची का चेहरा देखा। शांत, मासूम, निरीह, निर्विकार, अबोध। माँ के गर्म सान्निध्य में आनन्द से सोई हुई, जैसे क्षीर

सागर के किसी कमल पुष्प पर विश्राम करते विष्णु भगवान। मैंने नजर हटा लिया। मुझमे साहस नहीं उस मासूम को देख पाने का। मैं छत की ओर भागा। छत के इसी कोने में मुझे शांति मिलेगी। जब भी मैं व्याकुल होता हूँ, इसी कोने की शरण में आता हूँ। सबसे एकांत जगह। दुनिया की नजर से छुपा हुआ। ऊपर खुला आसमान, जहाँ से मैं ईश्वर से बात करता हूँ। - रेलिंग पर हाथ रख मैंने शहर को देखा। पीली रौशनी और कुहासे में मटमैला सा लगता हुआ। स्ट्रीट लैंप पर कीड़े मँडराते हुए। लगभग शांत शहर... कुछ इक्के-दुक्के वाहन निकल जाते हैं सनसनाते हुए। - मेरे पुण्य ख़त्म हो गये हैं? क्या मैं एक भोगी इन्सान बन गया हूँ? उस बच्ची को कितने कष्ट दिए मैंने। लोग मुझे इन्सान कहना छोड़ देंगे, अगर मेरी सच्चाई जान जायें तो। दुश्मन वो नहीं, मैं हूँ उसका। जब तब उस पर अपनी खीझ उतारी, कभी ये नहीं सोचा कि उसको क्या तकलीफ है। बेजुबान ही तो है। सिर्फ रुलाई ही उसकी जुबान है। पेट दर्द हो तो भी, मच्छर काट ले तो भी, भूख लगी हो तो भी; सिर्फ रो ही सकती है वो। ऊपर से माँ का दूध नसीब नहीं। कभी खुद को उसकी जगह रखकर सोचा मैंने? नहीं। कोई यकीन करेगा कि मैं उसे ट्रेन से फेंकने जा रहा था? बुलंदशहर आते वक्त वह लगातर रोये जा रही थी ट्रेन में। कोई भी तरकीब काम नहीं आ रही थी। आस-पास के सारे यात्री परेशान हो गये थे। मैं झेंप महसूस कर रहा था। मेरे चलते सारे यात्री परेशान हो रहे हैं, ऐसा मुझे लग रहा था। मैंने बच्ची को उठाया और टहलाते हुए दरवाजे तक ले आया। तेज़ गति से भागती ट्रेन के दरवाजे पर मैंने उसका मुँह कर दिया। हवा के तीव्र झोंके से वह अकबकाने लगी। डर से वह अपना मुँह मेरी ओर करती, मैं फिर उसे हवा के झोंके में ठेल देता। आत्मिक संतुष्टि मिली, कोई बदला पूरी होने जैसी। न जाने किस दैवीय प्रभाव से पत्नी सामने आ गयी थी। मेरे हाथों से बच्ची को छीना और सिसक-सिसक के रोने लगी। उस बार उसकी आँखों में क्रोध नहीं, नफरत थी, घृणा थी। जैसे वह कहना चाहती हो, थू है तुझ पर। पूरे रास्ते फिर दोनों अजनबी बन गये थे। तप करना होगा, तपस्या से ही मेरे अंतःकरण की शुद्धि होगी। इस सम्भोग ने मुझे पतित किया है। सम्भोग को कभी मैं समझ नहीं पाया। सच में भोग उस बादल की तरह है, जो विवेक रूपी चाँद को ढँक देता है। भोगी इन्सान का विवेक मर जाता है।

क्या मिलता है सम्भोग से? पहाड़, चढ़ाई और ऊंचाई और ऊंचाई, आसमान... फिर अंतहीन खाई। बार-बार जीव उस अज्ञात की तलाश में निकलता है, भटकता है... हासिल होती है क्षणिक शान्ति। फिर से जीव उस शांति की तलाश में सम्भोग के पास जाता है, उस कुचक्र में उलझा रह जाता है। शांति तो कहीं और है। मुझे तप करना होगा, तप से ही मुझे शांति मिलेगी। -

-क़दमों की आहट मैंने सुनी। भारती है। मुझे इतनी रात इस एकांत में योग-मुद्रा में बैठे देख उसे आश्चर्य हुआ होगा। कहती है- ''क्या पागलपन है ये, नीचे चलिए।''

''मुझे अकेला छोड़ दो भारती; मैं पापी हो गया हूँ, पतित हो गया हूँ; मेरे सारे पुण्य ख़त्म हो गये हैं... वरना मैं इतना स्वार्थी होता? देह सुख के लिए मैं इतना तत्पर होता? मैं इन्सान नहीं हूँ, मुझे पुण्य अर्जित करने दो; मुझे तप करने दो; खुद को कष्ट देकर ही मेरी अंतरात्मा शुद्ध होगी... मुझे...

''आप नीचे चलिए पहले। नहीं मैं कुछ नहीं सुनना चाहती; पहले नीचे चलिए, फिर अपनी बकवास कीजिए। ''

''मैं बकवास कर रहा हूँ? बकवास? मेरी प्रायश्चित को बकवास को कहती हो तुम... जाओ यहाँ से, मुझे अकेला छोड़ दो। ''

मेरे पैरों पर गिर पड़ी वो- ''मुझे मत इतना तंग कीजिये अरुण, हाथ जोड़ती हूँ। इतनी कम उम्र में मुझे इतने मानसिक कष्ट मत दीजिए; इस तरह की जटिल परिस्थितियों का सामना करना मैं नहीं जानती, मैंने तो बस खेलना-कूदना और हँसना सीखा है; खुद को कष्ट देंगे तो क्या मैं सुख से रह पाऊँगी?''

''ठीक है मैं चलता हूँ नीचे; लेकिन अब तुम मेरा एक नया रूप देखोगी... मैं इन्द्रियों को जीतने वाला बनूँगा, गृहस्थ में रहकर भी संन्यासी जीवन बिताऊँगा; कामवासना पर मैं विजय प्राप्त कर के रहूँगा। ''

* * *

स्थानान्तरण आदेश आ चुका है। आज बड़े साहब तो बहुत खुश

होंगे... मुझसे मुक्ति मिली। मैं खुश होते-होते रह गया। एक पल में सारी खुशी, सारे उत्साह पर ग्रहण लग गया। कोयंबटूर! नाम तो सुना है, लेकिन ये है कहाँ? शायद कर्नाटक में। नहीं नहीं केरल में। अरे नहीं भाई तमिलनाडु में है कोयंबटूर। इतना भी नहीं पता। मुझे कभी जरूरत ही नहीं पड़ी। मैं क्यों कोयंबटूर के बारे में पता करने लगा। लेकिन अब तो कोयंबटूर के बारे में सब कुछ पता करना होगा। हवा-पानी से लेकर गाड़ी घोड़ा सब कुछ। शाम को मुझे भारत के नक्शे पर कुछ ढूँढ़ते देख भारती ने पूछा- "क्या देख रहे हैं, ट्रान्सफर हो गया क्या?" भारती तो जैसे अगमजानी है, उससे क्या छुपाना। 'हूँ' धीरे से कहा मैंने।

'कहाँ?' अत्यधिक उत्साह से पूछा उसने।

'कोयंबटूर'

"ये कहाँ है?"

"तमिलनाडु में।" और फिर मैंने उसे नक्शा दिखाया। यहाँ बुलंदशहर है और यहाँ कोयंबटूर। बाप रे! इतना दूर! आश्चर्य के मारे उसका मुँह भी 'इतना बड़ा' हो गया था। - होली का सारा उत्साह खत्म हो गया। दो दिन बाद होली है। घर में जैसे मातम, मनहूसियत पसर गयी। दोनों अपने-अपने विचार में खोये हुए। रुकी-रुकी बातचीत होती है। ढेरों प्रश्न होंगे भारती के मन में, लेकिन वह सँभल-सँभल के पूछती है। कहीं मैं भड़क न जाऊँ। "यहाँ से डायरेक्ट ट्रेन है कोयम्बटूर के लिये?" पूछा उसने।

"पता नहीं, देखना होगा। पहले तो दिल्ली जाना होगा ट्रेनिंग के लिये।"

"फिर वहीँ से कोयम्बटूर?"

'हाँ'

"तब तो मेरा घर जाना ही सही रहेगा; मुझे कहाँ आप ढोते चलेंगे इधर- उधर; साथ में छोटी बच्ची।"

"मैंने भी यही सोचा है... शायद नौ महीने के लिए देगा साउथ पोस्टिंग, किसी तरह काट लूँगा... फिर कन्फर्मेशन के बाद नयी जगह

पोस्टिंग होगी; विदिशा भी तब तक बड़ी हो जायेगी, तब हमलोग फिर हमेशा साथ रहेंगे।''

''क्या खाक साथ रहेंगे! इतना जल्दी-जल्दी कहीं ट्रान्सफर होता है।''

''कन्फर्मेशन के बाद तीन साल एक जगह रखेगा।''

''- रिक्वेस्ट करके पोस्टिंग चेंज नहीं हो सकता है?'' सहमते हुए उसने पूछा।

''जो चापलूस है, उसका हो सकता है; जो यूनियन लीडर को हमेशा दुआ सलाम करते रहता है, उसका हो सकता है।''

''वही न आपसे कहती हूँ, थोड़ा बाहर में जान-पहचान बढ़ाइये, लीडर से बात करके देखिये।''

''मुझसे नहीं होता है ये सब।''

''क्या दिक्कत है? छोटे हो जायेंगे बात करने से? थोड़ा झूठ-सच बोल के अगर काम बन जाय तो क्या दिक्कत है? कह दीजियेगा माँ की तबियत खराब रहती है, पिताजी नहीं हैं, इतनी दूर माँ को कैसे ले जाऊँगा वगैरह वगैरह।''

ये पूर्ण झूठ भी नहीं था। पिताजी का स्वर्गवास तो हो ही चुका है और बीमारी किसे नहीं होती। माँ को बीमार बताया जा सकता है। मौका भी मिल गया मुझे। संयोग से हमारी शाखा में क्षेत्रीय प्रबन्धक का आगमन हुआ अगले दिन। सभी से परिचय के दौरान मुझसे भी परिचय हुआ। मालूम नहीं क्यों मेरे मुँह से निकल गया- ''सर मेरा ट्रान्सफर हो गया है कोयंबटूर।''

'तो?' अधिकारी भाव से उन्होंने कहा।

''सर आप चाहें तो बहुत दूर है, थोड़ा नजदीक में हो जाता तो अच्छा रहता।''

''अरे अभी तो जवान हो, घूमो पूरा इंडिया, क्या दिक्कत है?''

''सर फेमिली में...''

''फेमिली की बात मत करो, सब के फेमिली में कुछ न कुछ दिक्कत

है। ''

''एक बार कोशिश करके तो देख लीजिये सर। ''

साहब शायद मन ही मन मेरी धृष्टता से नाराज़ हुए। उनके दिमाग में कई और टेंशन रहे होंगे। फाइल से नजर हटा उन्होंने मेरी ओर देखा- ''कहाँ जाना चाहते हो ?''

''कहीं भी, इधर ही''

''असम चलेगा ?''

''नहीं सर असम नहीं''

''जम्मू-कश्मीर ?''

''नहीं सर। ''

''तो एक काम करो, इंडिया का मैप ले आओ और बताओ कहाँ-कहाँ तुम जा सकते हो और कहाँ-कहाँ नहीं... कहो तो घर में बैंक खुलवा दें, दिन भर बीवी को देखते रहना और काम भी करना। ''

साला! अफसर गिरी झाड़ता है... अरे नहीं करना है मत करो, किसी का मजाक तो मत उड़ाओ। कहता है घर में बैंक खुलवा दें! अच्छा, मेरा भी दिन आयेगा।

* * *

लम्बी जुदाई से पूर्व वाली रात। भारती, सामानों के बीच घिरी हुई है। दो दो पैकिंग करनी है उसे। उसे पापा के साथ पटना जाना है और मुझे दिल्ली। मेरे सामानों को पैक करते अचानक उसे कुछ याद आया जैसे- ''अरे, आपकी वो पर्सनल फाइल कहाँ है, जिसमें आपने कुछ कहानियाँ लिखी थी; कागज, डायरी कुछ भी नहीं है। ''

ये कौन सा क्रूर प्रश्न कर दिया तुमने अंजलि! न जाने शरीर का कौन सा तार तुमने छू दिया कि पूरा शरीर गनगना गया। इस प्रश्न का क्या जवाब दूँ मैं? ''होगा कहीं इधर-उधर। मेरे बैग में रखा होगा तुमने या शायद मैंने ही रखा हो। ''आलसीपन से जवाब दिया मैंने।

''न, बैग में नहीं है। '' बैग को उलट-पुलट के देखा उसने।

''छोड़ो न, क्यों उस बेकार चीज के लिए इतना परेशान हो रही हो; कुछ खास कागजात नहीं थे। ''

''लेकिन गया कहाँ? मैंने छुआ नहीं, आपने छुआ नहीं।''

''क्या करोगी जानकर?''

''मतलब? कहीं गुस्से में आपने फेंक तो नहीं दिया?''

''जला दिया। ''

''what? What do you mean?" अचरज और भय का मिश्रित भाव चेहरे पर आया उसके। जैसे किसी अनिष्ट की आशंका से दहल उठी हो। ''ये क्या कह रहे हैं आप!''

'' उस दिन जब तुमने मुझे कहा कि आपके कहानी लिखने से घर चल जायेगा; फिर मुझे मारने की धमकी दी, तो मैं... मैं बहुत निराश हो गया था। अपनी किस्मत पर इतना गुस्सा आया कि मैं देर तक ग्लानि और हताशा में बैठा रहा... कहीं तो गुस्सा निकलना ही था। अपनी प्रिय चीज को जलाकर एक तरह से मैं आत्महत्या वाला सुख पा रहा था। ''

शांति, शांति, शांति। माथा पकड़कर वह शांत बैठी रही और मैं शांत होकर भी अंदर से उबल रहा था। कुछ बाहर आने के लिए मचल रहा था। अफ़सोस भरे शब्दों में उसने शुरू किया- ''कितने बड़े पागल हैं आप! आप अजीब नहीं महाअजीब हैं। इतने इमोशनल कि खुद की मेहनत को ही जला दिया... ओफ्फ़, ओफ्फ़! अगर आप बच्चे होते तो थप्पड़ मार-मार के गाल सुजा देती, लेकिन-''

मत करो ऐसी भावुक बातें प्रिये! भावुकता मेरी कमजोरी है... मैं अंदर से फूलता जा रहा हूँ, जैसे कोई हवा भर रहा हो टायर में। मैं फूलता ही जा रहा हूँ। ज्यादा फूला तो फट जाऊँगा। अपने दोनों होंठो को मैंने आपस में चिपका लिया है। मुँह से कोई उद्गार न निकल जाय। अंदर ही अंदर मैंने बाढ़ की नदी को रोक दिया है।

''सबको दिखाती थी मैं आपकी रचना, पेपर की कटिंग्स। अहा

जिन्दगी में छपी आपकी कविता। सबसे कह दिया था मैंने कि ये एक उपन्यास लिख रहे हैं। माँ जी कितनी खुश थीं; पापा बोल रहे थे कि सरस्वती का वरदान है दामाद जी को, देखना एक दिन बहुत बड़े लेखक बनेंगे।''

विस्फोट! धमाका! हवा के अत्यधिक दबाव से टायर फट गया। उसकी गोदी में मैंने अपना सिर धँसा दिया। अपने आँचल में उसने मुझे छुपा लिया। आँसुओं की बाढ़ में आज सब जलमग्न हो जायेगा, सब धुल जायेगा। इस बाढ़ के हाहाकार में सब बाँध टूट जायेगा... कोई शपथ, कोई कसम कुछ भी नहीं बचेगा। मेरी ब्रह्मचर्य की प्रतिज्ञा में इतनी ताकत नहीं कि इस सैलाब को रोक सके। जैसे वर्षों के बिछुड़े मिल गये हों, इतनी बेकरारी। इतनी तड़प कि एक दूसरे के शरीर में विलीन हो जाना चाहते हैं। एक दूसरे के शरीर में कोई गुप्त ख़ज़ाना गड़ा हो जैसे, ऐसे पागलों की तरह बेचैन हुए जा रहे हैं। अमृतवर्षा! इन्द्र के किसी उपवन से अमृत वर्षा हो रही है। शरीर का अणु-अणु उस अमृत से सराबोर है। शांति, शांति, शांति। समय रुक गया है।

छाती के बाल में उँगली उलझाते हुए उसने कहा- ''आप एक दिन बड़े लेखक बन कर दिखायेंगे, प्रोमिस कीजिये।''

''मैं भी कितना अजीब इन्सान हूँ; बहुत कष्ट दिए हैं मैंने तुम्हें और अपनी बच्ची को भी। खुद को कष्ट देने के नाम पर मैंने ब्रह्मचर्य की प्रतिज्ञा ली, लेकिन ये नहीं सोचा कि तुम्हे कैसा लगता होगा। पिछले एक महीने से एक छत के नीचे एक बेड पर हम दोनों किसी अजनबी की तरह रहते आये हैं। तुमने मन ही मन जरूर ग़म खाये होंगे; बहुत मेहनत से तुमने अपने आँसुओ को मुझसे छिपाया होगा।''

''- मेरे ताने भी किसी भाले की तरह आपके सीने मे चुभ गयें होंगे, तभी आपने ऐसा कदम उठाया होगा... मैं भी कितनी पागल...

''नहीं, तुम्हारी जगह कोई भी होता तो यही कहता। घर के कामों से मैं हमेशा दूर रहा; तुम कितनी परेशान होती होगी अकेले। छोटी सी बच्ची, रात-रात भर चिल्लाती थी।''

''आप भी थकते होंगे... सुना है बहुत खूसट था आपका बॉस; दिनभर दिमाग में हज़ार टेंशन लेते होंगे; फिर घर पर भी बच्चे की चीं-पीं, मेरी खिच खिच। कभी आपके पैर नहीं दबाये मैंने।'' आँखों को हथेली से पोंछा उसने।

''तो मैंने कौन सा तुम्हारे काम में हाथ बटाया। विदिशा रोती रहती थी, तुम हाथ में आटा लगाये आकर उसे उठाती थी; मेरे पास तो वो कभी रहना ही नहीं चाहती थी, जैसे स्पर्श पहचानती हो।''

आज की रात ख़त्म नहीं होगी।

* * *

प्रिय अंजलि!

कोयंबटूर जगह अच्छी है। प्राकृतिक खूबसूरती और शहरी भव्यता दोनों का आनंद है यहाँ। लेकिन बस पर सवार होकर जब मैं अपने गंतव्य की ओर चला, तो लगा मैं सिंदबाद की तरह किसी नये टापू पर पहुँच गया हूँ, जहाँ आदिम प्रजाति के लोग रहते हैं और मुझे बलि देने के लिए ले जाया जा रहा है। लुंगी पहने, हाथ में कड़ा पहने, जब कोई विकराल पुरुष बस में बकझक करता, तो मैं डर से सिहर जाता। बस राम राम जपे जा रहा था कि बैंक पहुँच जाऊँ किसी तरह। ब्रांच मैनेजर अच्छा है; क्रिस गेल की तरह निर्विकार भाव से बैठा रहता है, कुछ कहता नहीं है। उसकी कमी डिप्टी मैनेजर पूरा करता है। काम में जल्दीबाजी नहीं करता है, लेकिन इतने काम ठेल देता है कि पूरा करते-करते शाम के सात बज जाते हैं; कभी-कभी आठ। फिर भी उसको चैन नहीं है। सुबह जल्दी आने को कहता है। मैं कितनी भी जल्दी जाऊँ वह अपनी सीट पर विराजमान मिलता है। मुझे देखते ही अपनी घड़ी देखता है और बुरा सा मुँह बनाता है। मैं शर्म के मारे अगले दिन जल्दी जाता हूँ... वह फिर से बैठा मिलता है। वह मन ही मन मुस्कुराता है अर्थात कितनी भी जल्दी आओ, मुझसे पहले नहीं आ पाओगे। मैंने सोचा-ऐसे ही लोगो ने बैंकिंग जॉब को नीरस बना दिया है। ज्यादा देर बैठने की एक आदत हो जाती है।

कभी-कभी बहुत उदास हो जाता हूँ। युधिष्ठिर ने सच ही कहा था-

''जो दिन के पाँचवें या छठे पहर में यथा उपलब्ध साग पका के खा लेता है, जिस पर कोई क़र्ज़ नहीं है और परदेस में नहीं रहता, वही सुखी है।''
इन्सान भी कितना मजबूर हो जाता है। यहाँ एक पल भी मेरा मन नहीं लगता। लगे भी तो कैसे... न खाना समझ में आता है न बोली भाषा। अंग्रेजी सब कोई नहीं समझते हैं। हाथ के इशारे से सामान माँगता हूँ। होटल में खाना खाता हूँ। खाना को सापड कहते हैं और पानी को तन्नीर। पता नहीं केले के पत्ते पर क्या क्या उझल देता है। हर चीज में नारियल का बुकनी डाल देता है। कोई डनटी का सब्जी और एक सफेद मीठा सा पेय भी देता है, जो मैं छूता भी नहीं। बस पापड़ और दही का सहारा है। चावल के साथ साँभर और एक खट्टा चीज जिसे 'पोड़ीकोलाम' कहते हैं, अच्छा लगता है। सुबह नाश्ते में या तो इडली खाओ या 'मेदू वडाई' और साथ में वही नारियल की चटनी। हर वक्त नाक के नीचे नारियल तेल महकता रहता है। शाम को नाश्ते में 'बोंडा' या 'भज्जी' मिलता है, जो अपने पकौड़ी जैसा होता है। गिनती सीख गया हूँ-उन्ने, रेंडे, मून, नाले, पत्ते, उम्ब्द। एक दो बोली सीख गया हूँ जो ग्राहक को बोलता हूँ- 'नाले के वांगा' अर्थात कल आना। 'पत्ते मनी वांगा' अर्थात दस बजे बैंक खुलेगा। 'रेंडे मुकल' अर्थात पौने तीन।

कुछ लिखना चाहता हूँ मैं, लेकिन दिनभर किसी आदिम भाषा से उलझते-उलझते दिमाग रिक्त हो जाता है... उसमें कुछ भी शेष नहीं बचता कि उसमें से निकलकर कागज पर उतरे। कागज कोरा रह जाता है और मेरा दिमाग नए दिन के संघर्ष के लिए विश्राम में चला जाता है। बैंक से घर और घर से बैंक... खाना और सोना, बस यही मेरी जिन्दगी हो गयी है। कभी कभी सोचता हूँ सब कुछ छोड़ के कहीं भाग जाऊँ। जिन्दगी में इतना संघर्ष क्यों है।

चार

दर्द। हर शब्द जैसे आँसुओ में डुबोकर लिखे गए हों स्याही की जगह। हर पल का जैसे साक्षी रहा हो लेखक, इतना प्रभावशाली है लेखन। लिखने वाला कोई सपाट वैरागी नहीं हो सकता।

विदिशा की सुसुप्त याद्दाश्त में कुछ धुँधली तस्वीरें उभरती हैं। इन पलों को जिया है उसने, ऐसा लगता है। फाइल को मोड़कर उसने सीने पर रखा और छत पर उद्देश्यहीन नजरें जमा दीं। अब उसकी माँ मना नहीं करती है उस अधूरी कहानी को पढ़ने से।

"इसके बाद क्या हुआ था माँ?" बगल में लेटी अपनी माँ से उसने पूछा। माँ जैसे आधी नींद से जागी और बड़बड़ाने लगी- "कहाँ क्या हुआ था?चलो लाइट बंद करो और सो जाओ।"

विदिशा उठी और लाइट बंद कर वापस माँ के बगल में लेट गयी। पीछे से माँ को पकड़ा और डरते-डरते पूछा – "इसके आगे के पन्ने कहाँ हैं माँ?"

"हजारीबाग में होंगे शायद।" माँ ने टालने वाले अंदाज़ में कहा।

"तो तुम ही कह दो इसके आगे की कहानी; तुमने जरूर पढ़ा होगा।"

"कल; अभी सोने दो।"

पढ़ा नहीं जिया है उसने उस कहानी को-

जाने कहाँ गये वो दिन। लगता ही नहीं मैंने ये पल गुजारे हैं कभी। एक ख्वाब सा आँखों के सामने आता है... बंद पलकों के नीचे धुँधला-सा। तीन वर्ष में समय ही नहीं बदला, जैसे सब कुछ बदल गया हो। क्या ये वही तुम हो, जो मेरे प्यार के लिए पिता से झूठ बोलकर मोबाइल लिए थे, मेरे बर्थ डे पर रिंग पहनाये थे, चोटिल होकर भी शादी के लिए तैयार हो गये थे, फ्लाइट पकड़कर कोयंबटूर से आ गये थे मुझसे मिलने? प्रोबेशन पीरियड में ज्यादा छुट्टी नहीं मिलती, इसका भी खयाल नहीं रखा। वेतन नुकसान सहकर मुझसे मिलने आये; कहाँ गयी तुम्हारे प्यार की वो तड़प, गर्माहट? बर्फ सा जम गया है हमारे रिश्ते पर। डर तो मुझे इस बात का लगता है कहीं मैं भी न बदल जाऊँ। तुम्हारे साथ रहते-रहते मैं भी लगता है बदल रही हूँ। इससे पूर्व कि मैं पूरी तरह बदल जाऊँ, खुद को बदल लो मेरे लिए। ...बाहर वही मौसम है सावन का... वैसी ही बारिश की तिरछी रेखाएँ बरामदे में टपाटप चोट कर रही हैं। वैसी ही सिहरन वाली हवा, शरीर में कोई छेद किये जा रही है। लेकिन ये हवायें क्यों दिल तक नहीं पहुँच पा रही हैं? मैं कुर्सी पर बैठी इस सावन को व्यर्थ जाते देख रही हूँ और तुम पता नहीं किताबों में सिर गड़ाए कौन सा खजाना ढूँढ़ रहे हो। सुना था समय के साथ प्यार और गहराता जाता है, लेकिन अब तो लगता है जैसे तुम मुझे बिल्कुल प्यार नहीं करते, सिर्फ नाम के हम दोनों पति-पत्नी हैं। तुम इस पति शब्द को शिद्दत के साथ जिए जा रहे हो और मुझे भी 'पत्नी' हो जाने के लिए मजबूर कर रहे हो। बस काम करना, सामान लाना और पत्नी की जरूरतों को पूरी कर देना ही पति का कर्तव्य नहीं है। पत्नी के भी कुछ ऐसे अरमान होते हैं जो जुबां पर नहीं आते, ये तुम कब समझोगे? उसे भी समय चाहिए... कोई ऐसा जो उसकी बात सुने, अपनी बात कहे।

कोयंबटूर में बनवास काटने के बाद लगा था घर वापसी होगी, लेकिन पता नहीं था कि अज्ञातवास अभी बाकी है। कोयंबटूर से गिरे तो गुजरात में अटके। कन्फर्मेशन के बाद फिर पोस्टिंग हुई और इस बार गुजरात दर्शन भाग्य में लिखा था। मैंने अरुण से बहुत झगड़ा किया- ''आपको इसी तरह भारत के एक कोने से दूसरे कोने में पटकता रहेगा और आप चुपचाप जाते रहेंगे... आप सोर्स पैरवी क्यों नहीं लगाते?'' उन्होंने कहा था- ''यूनियन के

एक लीडर से बात तो किया है मैंने, देखो शायद काम बन जाय।'' काम क्या खाक बनेगा! इनका सोर्स और इनकी पैरवी। इनको तो मुँह खोलने में भी भार पड़ता है। ठीक से अपनी बात रखने भी नहीं आती। नतीजा, गुजरात आना पड़ा। शुरू में मैं बहुत घबड़ा रही थी, लेकिन इस बार माँ जी भी साथ आयी थीं। माँ जी को तो जैसे जन्नत मिल गया था यहाँ। गैलरी के सामने ही नीम का बड़ा सा पेड़ था... देखकर उनका हृदय गदगद हो गया था। शाम को कुर्सी निकाल के बैठ जाओ, झुर झुर करके पवन चलती है और दतुअन तो अब नीम से ही होगा। सुबह-सुबह मन प्रसन्न हो जाता है नीम के दातुन से... साथ ही यहाँ का धार्मिक वातावरण। महिलायें संध्या भ्रमण के नाम पर मंदिर जाती थीं। मंदिर में भजन-कीर्तन, सत्संग। ढेर सारी सहेली बन गयी थीं माँ जी की। गाय यहाँ खुला घूमती हैं और कुत्तों को भी यहाँ खाना खिलाया जाता है, ये जानकर वो कितनी खुश हुई थीं। सच में स्वर्ग है ये जगह।

और जब उन्हें पता चला कि यहाँ से द्वारिका और सोमनाथ नजदीक ही हैं तो उनकी खुशी की कोई सीमा नहीं थी। शैलेश भाई ने विस्तार से सब बताया था। शैलेश भाई पड़ोस में ही रहते थे और अरुण से उनकी जम गयी थी। जमी इसलिए, कि वो बातूनी थे और टोक टोककर बात करने वालों में से थे। मिलनसार आदमी थे, वरना अरुण खुद से नए दोस्त बना लें ऐसा तो हो नहीं सकता। शैलेश भाई का टूर एंड ट्रेवल का व्यवसाय था, इसलिए सारे जगहों का भूगोल और इतिहास उन्हें पता था। बहुत इत्मिनान से डिटेल में सब बताते- ''आपको- द्वारका जाने का है न! तो एक काम करो, आप यहाँ से दस बजे रात में निकलो, पन्द्रह मिनट में स्टेशन; यहाँ पर सोमनाथ एक्सप्रेस पौने ग्यारह में आ जाती है। रिजर्वेशन मिल जायेगा। बहुत ज्यादा भीड़ नहीं चलती। ये ट्रेन आपको सुबह में साढ़े चार में वेरावल स्टेशन उतार देगी। वहाँ से थोड़े ही दूर पर है सोमनाथ। ऑटो कर लेना। - सोमनाथ के बाद आप जूनागढ़ फोर्ट चले जाना, सोमनाथ नहीं जाने का। मेरी बात सुनो, आपको तीन दिन में सब हो जायेगा। छुट्टी नहीं है? कोई बात नहीं... द्वारका के लिए यहाँ से लोकल मिल जायेगी, दिन में दो बजे। रिजर्वेशन की कोई जरूरत ही नहीं है इसमें, आराम से सोते हुए जाना, पूरी ट्रेन खाली रहती है। ये आपको अगले दिन सुबह चार बजे उतार देगी। दिन

भर घूमना और फिर रात में उधर से वापस।''

मैं सिर्फ अरुण का चेहरा निहारती, जब शैलेश भाई बोल रहे होते। उनके चेहरे पर बनते-बिगड़ते भावों को देखकर मुझे हँसी रोकना मुश्किल होता। साफ पता चलता कि वह ऊब रहे हैं और मन ही मन मना रहे हैं कि जल्दी से मेहमान विदा ले। कभी कान में पेन घुमाते, कभी नाक में उँगली। बस हूँ हूँ करते रहते और बीच में चौंककर मुस्कुराते। ये एहसास दिलाने के लिए कि मैं यहीं पर हूँ। पर मैं जानती थी कि वह मन ही मन किसी और दुनिया में हैं। शायद कोई कहानी सोच रहे हों। लेकिन शैलेश बेचारे इतने पारखी नहीं थे, अपना वक्तव्य जारी रखते। मुझे और माँ जी को बहस में शामिल होना पड़ता उनका मन रखने के लिए। बाद में अरुण ने कहा था – ''छोड़ो न, इसको तो कोई काम धंधा है नहीं, रोज-रोज कोई कितना दिमाग चटवाये... अब क्या बात करें इससे। अपने उम्र का हो तो एक बात, अब इस बुढ़ऊ से क्या बात करें?'' लेकिन माँजी जो उनकी पत्नी की अच्छी सहेली थीं, ने शैलेशजी का पक्ष लिया- ''बेचारा अपना टाइम निकाल के तुमसे मिलने आता है, हर चीज में तुम्हारी मदद करता है और तुम हो कि...''

''टाइम निकालता है! दिन भर तो इधर से उधर घूमते रहता है चश्मा लगा के; इस उम्र में भी स्टाइल कम नहीं हुआ है।''अरुण ने कहा।

''कुछ आप भी सीखिये; आप तो इसी उम्र में बुढा गये हैं, कोई चीज में इंटरेस्ट ही नहीं है।'' मैंने कहा था।

सच में बोरियत इन्सान हैं अरुण... महा बोरियत। हर जगह घुमा दिया उन्होंने हमें, लेकिन हर जगह उनके चेहरे पर एक ही भाव। मुझे गुस्सा आता कि भइ घूमने आये हो तो थोडा एन्जॉय करो, चेहरा ऐसे क्यों बनाये रहते हो जैसे कोई मर गया हो। तो उनका जवाब होता- ''एन्जॉय तो कर ही रहा हूँ, अब क्या डांस करूँ खुश दिखने के लिए? मेरा चेहरा ही ऐसा है तो क्या करूँ।'' कभी चेहरे पर स्माइल नहीं आती इनके, इसलिए सारे फोटो में मरियल सा दिखते हैं। फोटो खिंचवाने में भी नानी मरती है और खींचने में भी। द्वारिका, सोमनाथ, अक्षरधाम, काँकरिया लेक, अम्बा जी मंदिर, चोटिला मंदिर और भी न जाने क्या क्या सब घूम आये, लेकिन इनका

चेहरा हर जगह लटका ही रहा। कुछ जगहों पर जबरदस्ती मुस्कुराने की कोशिश में होंठ ज्यादा ही फ़ैल गया जो फोटो में साफ पता चलता है। शैलेश भाई हर बार एक नयी जगह के बारे में बताते और इस खूबसूरती से उसकी तारीफ करते कि माँ जी और मैं मचल जातीं। लेकिन अरुण ने कान पकड़ा- ''धार्मिक जगह अब और नहीं। एक तो सारा धार्मिक जगह किसी ऊँचाई या पहाड़ पर है। इतने मेहनत से वहाँ जाओ, फिर लाइन लगो... लाइन भी इतना धीरे-धीरे घिसकता है कि दिमाग गरम हो जाता है। फिर वहाँ पहुँचकर स्त्री और पुरुष अलग-अलग लाइन में लगो। फिर बेल्ट, जूता, पर्स और मोबाइल जमा करो। सब जगह से निबटकर अंदर जाओ तो एक पत्थर की मूर्ति मिलती है। उसको हाथ जोड़ो और चलते बनो। निकासी भी किसी और द्वार से होती है। बाहर आकर फिर खोजो एक दूसरे को; अब और नहीं। एकदम अनसा गये हैं।'' माँ जी हँसते हुए कहा था- ''मंदिर में मूर्ति नहीं रहेगी तो और क्या रहेगी?''

मैंने कहा था- ''एक काम कीजिये, आप हमलोग को पहुँचा दिया कीजिये; हमलोग मंदिर घूमेंगे और आप बाहर की हरियाली देखते रहिएगा।'' अरुण ने गुस्से से देखा था मुझे... अर्थात पिटायेगी तुम।

* * *

शैलेश भाई एक दिन एक नए सज्जन को लेकर हमारे घर पर आये। कुछ इधर-उधर की बातें की, उनका परिचय कराया और फिर असली मुद्दे पर आये- ''अरुण जी, वैसे तो मैं किसी की सिफारिश नहीं करता, लेकिन ये कहने लगे कि आपकी मैनेजर साहब से जान-पहचान है तो लोन दिलवा दीजिये। मैंने कहा कि मैं बात करा देता हूँ, बाकी लोन देना या न देना तो साहब के हाथ में है।''

अरुण- ''किसलिए चाहिए लोन?''

शैलेश- ''इनका पहले डेयरी का बिजनेस था; इधर कुछ दिनों से धंधा मंदा चल रहा है तो सोचे कि एक टेम्पो खरीद लें... आप चलके इनका घर बार देख लीजिये, समझ में आये तो कीजिये वरना कोई बात नहीं।''

अरुण- ''अरे आप कह रहें हैं तो फिर क्या सोचना है; हो जायेगा।''

शैलेश- ''नहीं ऐसी कोई जबरदस्ती वाली बात नहीं है साहब; ये सब अलग है और हमारी दोस्ती अलग है।''

अरुण- ''आप कोटेशन, आई.डी. प्रूफ वगैरह लेते आइये बैंक में, कर देंगे।''

कुछ ही दिन बाद शैलेश जी एक और ग्राहक लाये... फिर कुछ दिन बाद एक और... और फिर कुछ दिन बाद एक और। एक महीने के अंदर चार ऑटो फाइनेंस करवाया उन्होंने। अरुण शर्म के मारे कुछ कह नहीं पाता था, फिर भी मन ही मन उसके कुछ खटक रहा था। एक बार मुझसे कहा था- ''पता नहीं ये शैलेश भाई कैसा आदमी है, कुछ समझ नहीं आता... पहली बार जब उस आदमी का लोन करवाया तो लगा कि उसका दोस्त है... लेकिन ये तो पीछे ही पड़ गया है; जब-तब किसी को लेकर आ जाता है और लोन के लिए सिफ़ारिश करता है; कहीं ये बीच में कमीशन तो नहीं खाता?''

''कुछ बात हुई है क्या?'' डरते-डरते मैंने पूछा।

''जो पाँच ऑटो इसके कहने पर मैंने फाइनेंस किये, उसमें से तीन NPA होने वाला है।''

''क्या मतलब?''

''मतलब गाड़ी का क़िस्त नहीं आ रहा है। तीन महीने तक किसी लोन का क़िस्त न आये तो वह NNPA हो जाता है।''

''तो शैलेश को पकड़िये; कहिये कि आपने लोन दिलवाया है तो वसूली भी करवाइए। कहिये कि जब तक पहले वाले का पैसा नहीं आता, नया लोन नहीं करूँगा।''

''इस पर मुझे शुरू से भरोसा नहीं था, पता नहीं कैसे इसके बातों में आ गया।''

जब अरुण, शैलेश को लेकर पहले ग्राहक के पास गया तो पता चला कि वह घर पर नहीं है। ''क्या पता कहाँ गये हैं, हमको कहकर थोड़े जाते हैं।'' लापरवाही से उसकी पत्नी ने उत्तर दिया।

''कहाँ मिलेंगे?''

''नहीं बता सकते भैया।''

''गाड़ी कहाँ है? कौन चलाता है गाड़ी?'' अरुण ने पूछा।

''भैया हमको कुछ नहीं पता; जब आयेंगे तब उन्हीं से पूछ लीजियेगा।''

''तो आपको पता क्या है?'' अरुण इस बार जोर से चिल्लाया। ''आपके पति कहाँ रहते हैं, क्या करते हैं, गाड़ी कहाँ है, कुछ नहीं पता तो आप ये घर भी आपका है या किसी और का?''

''हमसे ज्यादा मत बोलिए, हम कुछ नहीं बतायेंगे।'' और खटाक् से उसने दरवाजा बंद कर दिया।

दोनों निराश होकर वहाँ से चले। अभी कुछ दूर गये होंगे कि करसन भाई दिखाई दिये जुआ खेलते हुए। देखते ही उसने सलाम किया।

''गाड़ी छोड़कर जुआ खेल रहे हो, शाबाश! गाड़ी कहाँ है और पैसा क्यों नहीं जमा कर रहे हो?'' एक साथ कई प्रश्न किये अरुण ने, लेकिन वह बिल्कुल शांत था। इशारे से बैठने को कहा और फिर बोलना शुरू किया संयत स्वर में - ''क्या बतायें साहब, मेरी गाड़ी एजेंसी वालों ने जब्त कर लिया है- मार्जिन मनी जो चालीस हज़ार जमा करना था, उन्हीं लोगों ने दिया था, ये कहकर कि एक महीने में जमा कर देना। मेरा एक खेत बिकने वाला था, लेकिन बिक नहीं पा रहा है... उसको पैसा नहीं मिला तो गाड़ी पकड़ लिया है।''

''लेकिन गाड़ी नहीं चलेगी तो क़िस्त कैसे चुकाओगे?''

''वही तो साहब; एक महीने से मेरी गाड़ी खड़ी है, मेरी गाड़ी दिलवा दीजिये।''

''यार तुमलोग का लोन भी करो, तुम्हारा झगड़ा भी सुलझाओ, तुम्हारे पीछे भी दौड़ो; कहो तो ताश भी खेल लें तुम्हारे साथ।''

''हें हें हें साहब, आप लोग बड़े आदमी हें हें हें।'' करसनभाई ने दाँत खिसोर दिये।

* * *

एक सफ़ेद सी गाड़ी आकर रुकी हमारे फ्लैट के सामने। एक युवक लगभग तीस बत्तीस का उतरा उसमें से और पीछे की सीट से एक महिला उतरी हाथ में छोटी सी एक बच्ची लिए। एक वृद्ध दम्पति और एक बच्चा लगभग पाँच साल का, पीछे-पीछे आये। मकान मालिक उनलोगों को नीचे का फ्लैट दिखाने लगे। लगता है नया किरायेदार हैं। खूब हलचल हो रही है। ''देखिये साब, आपलोग बैंक वाले हैं, इसलिए कम कर दे रहे हैं... कितने लोग आते हैं देखने के लिए, लेकिन हम ऐसे वैसे लोग को देना नहीं चाहते। सरकारी नौकरी वाला क्या है, ज्यादा लफड़ा नहीं करता है, अपना काम से काम रखता है। ऊपर में भी एक बैंक वाला रहता है, बहुत सीधा आदमी है... नहीं नहीं, चार हज़ार से कम नहीं होगा, आप रूम देखिये पहले; पैंतालिस सौ इसका रेट है लेकिन आपके लिए कम कर दिया। बिजली का अलग से, जो बिल आयेगा दे देना।'' मकान मालिक के जाने के बाद सब खुसर फुसुर करने लगे। उनकी बातचीत से लग रहा है सब बहुत खुश हैं। उस युवक ने धीरे से कहा था- ''पाँच हज़ार से कम का रूम नहीं है; इतना बढ़िया फिनिशिंग, टाइल्स, वुडेन वर्क। तीन रूम, सामने बरामदा, इतना सारा ओपन स्पेस, मस्त है। '' उसकी पत्नी ने मुझे देखकर हल्का सा मुस्कुराया, कुछ कहना चाहती थी। मैंने ही पूछ दिया- ''पसंद आया रूम?''

''हाँ अच्छा है; आप ऊपर रहती हैं?''

''हाँ, आप बिहार से हैं क्या?''

''हाँ, क्यों?''

''बातचीत से लगा; हमलोग भी बिहार से ही हैं। ''

''वाह क्या बात है! बिहार में कहाँ से?''

''पटना... और आप?''

''हम लोग हाजीपुर से हैं। ''

''तब तो हम लोग पड़ोसी हुए। ''

कितनी खुशी होती है दूर परदेस में अपने लोगों को देखकर; अपनी भाषा को सुनकर। जैसे कान में अब तक कोई पर्दा लगा हुआ था। वह पर्दा हट गया है और हवा बेरोक आ रही है। तृप्ति वाला एहसास। अब तक खाली फाफड़ा, खाखरा, ढोकला और खमन सुन सुनके कान पक गये थे। पता नहीं क्यों उसने मुझे दीदी कहना शुरू कर किया। शायद उसकी कद काठी मुझसे छोटी थी इसलिए। दीदी ये दीदी वो, दीदी आओ, दीदी चलो, दीदी ये देखो, दीदी वो दिखाओ। अपनापन वाला एहसास। लगता ही नहीं था कोई नयी पहचान है। बचपन की कोई बिछड़ी सहेली मिल गयी हो जैसे। वैसे ही बच्चे आपस में घुल गये और बूढ़े आपस में। दोनों बैंकर भी शाम को आते तो बरामदे में जमावड़ा होता। सब कुछ सही था अब।

ऐसे ही खुशनुमा माहौल में मकान मालिक की बेटी की शादी तय हो गयी। गुजराती शादी अब तक धारावहिकों में ही देखा था। सामने वाले मैदान में रोज डाँडिया नृत्य होता। बड़े गले की ब्लाउज और सीधे पल्ले की साड़ी में महिलायें इस खूबसूरती से ताल पर कमर घुमातीं कि समां बँध जाता। कुँवारी लड़कियाँ भी साड़ी पहने झूम झूमकर नृत्य करतीं। लगता वृन्दावन की गोपियाँ कहीं से उतर आयी हैं। यहाँ के लड़के भी कितने शिष्ट हैं... साथ में नृत्य करते हैं लेकिन मन में कोई दुर्भाव नहीं। एक पवित्र माहौल। मैं और मेरी सखी (नीति नाम था उसका) भी उस नृत्य में शामिल होते। एक एक लहँगा चोली भी हमने ले लिया था विशेष रूप से शादी के लिए। हम दोनों गयी थीं बाजार, उसने मेरा ड्रेस पसंद किया और मैंने उसका। और शादी के दिन की मस्ती तो भूले नहीं भूलती। हमारे बिहार में शाम से खिलान-पिलान होता है, यहाँ तो दिन से ही स्टाल लग गया है। और स्टाल भी इतने कि कोई गिन न पाये। नाम भी ऐसे-ऐसे कि याद न हो। पर हमें नाम से क्या मतलब, हमें तो स्वाद से मतलब था। मुझे मीठा पसंद है और यहाँ अधिकतर चीजों में मीठा मिलाया जाता है। बड़े से मैदान में एक तोरणद्वार से अंदर प्रवेश कर जाओ। फिर उसी में भुलाते रहो। इतनी वैरायटी, इतनी वैरायटी कि मैं कंफ्यूज हो गयी थी कि कौन सा मैंने खाया है और कौन सा नहीं। दिन भर सुस्ता सुस्ताकर हमारा मुँह चलता ही रहा था।

लेकिन अरुण और उसके बैंकर मित्र सुनील पता नहीं क्यों अब थोड़े दूर-दूर रहते थे। मैंने पूछा तो अरुण ने बताया- "क्या बात करें इससे? एक

नम्बर का भाँजने वाला है। खाली अपना डींग हाँकते रहता है; एक बार मैंने कहा कि मेरे बैंक में बहुत काम है, तो कहने लगा मेरे जितना नहीं होगा; एक बार मैंने कहा कि मैंने बहुत सफर किया है, तो कहने लगा मेरे जितना नहीं घूमे होंगे। सामने वाला का बात ही नहीं सुनता है, बस अपना राम कहानी। झूठ मूठ का कहीं फोन लगा देगा और स्टाइल मारेगा-MLA साहब से मिलना है तो कभी DM के साथ मीटिंग है। आज इसको हड़का दिए तो कल उसको चमका दिए, फेंकू साला।''

''आपको तो हर किसी में कमी ही नजर आती है; आप कैसे जानते हैं कि वह झूठ ही बोल रहा है, हो सकता है इतनी पहुँच हो उसकी।''

गुस्से भरी निगाह से अरुण ने मुझको देखा- ''तुमको तो ऐसे ही लोग पसंद आयेंगे। खुद भी वैसी ही हो।''

* * *

अरुण अब शैलेश भाई की छाया से भी बचकर चलता है। जब भी उसके क़दमों की आहट होती, अरुण अन्तर्धान हो जाता। माइक्रो सेकेण्ड का भी समय नहीं लगता। ठीक सामने से भी आता दिखाई दे तो भी इस सफाई से इग्नोर करता जैसे सामने कुछ है ही नहीं, बस वायुमंडल है। इतनी अनदेखी होने के बाद भी शैलेश का जिगर लोहे का ही होगा, तभी एक दिन ब्रांच में पहुँच गया। बिना सिर उठाये अरुण ने शैलेश का अनुभव कर लिया। बिना नजर मिलाये चवन्नी भर मुस्कुरा दिया। शैलेश ने जोश में हाथ बढ़ाया, अरुण ने मरियल सा हाथ छुवाया। ''और साहब मज़ा मा!'' गर्मजोशी से पूछा उसने।

'हूँ'

''आजकल दिखायी नहीं देते हो, काम बहुत ज्यादा है क्या?''

'हूँ'

''कल मैं आपके घर गया था, आप थे नहीं।''

'हूँ'

''उसका पैसा जमा हुआ कि नहीं? क्या नाम, करसन भाई का...''

'उहूँ'

"साले चिरकुट सब, इनलोग का हेल्प ही नहीं करने का था। "

'हूँ'

"अच्छा चलता हूँ, लगता है आप बहुत बीजी हैं। "

'हूँ'। जोर से साँस खींचा अरुण ने। लगा जैसे किसी ने उसके नाक पर से हथेली हटा लिया हो। अपने आस-पास का सारा ऑक्सीजन सोख लेना चाहता हो जैसे।

शैलेश भाई अब सुनील के करीब आने लगा है। अक्सर दोनों साथ दिखाई दे जाते थे। अरुण से अपमानित होने के बाद शैलेश ने नया ठिकाना ढूँढ़ लिया था और पता नहीं उसने क्या कान भरा कि सुनील भी अब अरुण से दूर जाने लगा था। बात दुआ सलाम खत्म होने से शुरू हुई, तो यहाँ तक आ गयी कि दोनों आमने-सामने से बिना मुस्कुराये निकल जाते थे। कभी कभी कोई जरुरी बात हो तो टोक लेते थे। कोई बात सुनील के मन में खटक रही थी ऐसा लगता है। कुछ कहते-कहते रुक जाता है। लगता ही नहीं यह वही इन्सान है जिसने विदिशा के बीमार पड़ने पर इतनी दौड़धूप की थी। अपनी पत्नी की एक कॉल पर वह ऑफिस से छुट्टी लेकर आ गया था और तब तक रुका रहा था जब तक कि अस्पताल से छुट्टी नहीं मिल गयी थी।

जो बात उसे खटक रही थी, एक दिन सामने आ गयी। एक हाथ में झाड़ू और दूसरे में बाल्टी लेकर वह बरामदे की सफाई कर रहा था कि तभी मकान मालकिन ने उसे टोक दिया- "भाई साहब, इधर भी साफ कर दो, देखो कितना गंदा हो गया है।" झाड़ू पटकते हुए वह चिल्लाया- "हम क्या पूरे मकान का जिम्मा लिए हैं? रोज-रोज हमको टोका मत करो। "

"इधर तो आपलोग ही आते-जाते हैं, तो साफ कौन करेगा?"

"नौकर लगवा लो। साला दिन भर ऊपर पेड़ से पत्ता गिरते रहता है, चींटी –कीड़ा गिरता है, दिन भर हम साफ करते रहेंगे?"

"जबसे आप लोग आये हैं तभी से इतना गन्दा रहता है, पहले इतना गंदा नहीं होता था। "

''तो हम गंदा कर देते हैं? दिमाग ख़राब मत करो मेरा।''

''आपको तो बात करने की भी तमीज़ नहीं है; एक उपर वाले भाई साहब हैं इतने अच्छे से बात करते हैं।''

''तो जाकर उसका मुँह चाट लो, बहुत अच्छा है तो।'' घर के सारे सदस्य बाहर निकल आये थे। आस-पड़ोस के लोग भी अपने छत पर आ गये थे। मैं और मेरी माँ भी रेलिंग पर खड़े थे। मकान मालिक ने गुस्साते हुए कहा- ''बदतमीज आदमी! मेरा मकान खाली करो, अभी खाली करो।''

''नहीं खाली करेंगे, हमको क्या अरुण समझ लिया है कि दबा दोगे... हम अरुण नहीं हैं, हमको अरुण जैसा सीधा समझ लिया है साला!'' बड़बड़ाते हुए वह अपने रूम में चला गया। मेरी माँ जो कुछ दिन पहले ही यहाँ आयी थीं, उनको बहुत बुरा लगा कि उनके दामाद का नाम वह क्यों ले रहा है वो भी अपमानजनक तरीके से। उन्होंने मुझसे कहा और मैंने अरुण से, जो उस वक्त नहा रहा था- ''इसको जाकर बोलिए तो... लड़ाई किसी और से कर रहा है और नाम आपका ले रहा है।'' गीले बाल और तौलिया लपेटे अरुण दनदनाते हुए नीचे गया और सीधे-सीधे सुनील से बोला- ''आप मेरा नाम क्यों ले रहे हैं? जो करना है कीजिये, हमको काहे बीच में घसीट रहे हैं।''

सुनील हैरान रह गया होगा। उसने सोचा भी नहीं होगा कि अरुण इस तरह से लड़ने आ जायेगा। हकलाते हुए बोला- ''स... स सब गन्दा करता है यहाँ... हाँ, आपके गाड़ी से गंदा होता है, आपके बच्चे ऊपर से कागज-पन्नी फेंकते रहते हैं।''

''तो हम इधर का साफ भी कर देते हैं।'' अरुण ने कहा। सुनील की पत्नी बीच-बचाव करने की नीयत से अरुण को एक ओर ले गयी और बोली- ''अरुण जी अभी आप चुप हो जाइये, इनका मूड ठीक नहीं है; इनको जब गुस्सा आता है तो...''

''मूड ठीक नहीं है तो ठीक कर लें, बहुत देखे हैं इनके जैसे।''

''तुम हमसे बात करेगा रे अरुण!'' सुनील अब तुम ताम पर उतर

आया था- ''तुम्हारा औकात क्या है... उस दिन होस्पिटल में लाइन लगा के खड़ा थे; जल्दी एडमिट नहीं कर रहा था... हम फोन किये विधायक जी को तब जाके तुरंत काम हुआ, तुमको तो घुसने भी नहीं देता केबिन में। ''

''हाँ एक आप ही तो हैं इस धरती पर, आप न होते तो मेरी बच्ची थोड़े बचती।'' अरुण ने व्यंग्य से मुँह टेढ़ा किया और वहाँ से चल दिया। पीछे से अब भी बड़बड़ाने की आवाज आ रही थी। अरुण ने दरवाजा अंदर से बंद कर लिया- ''बात करने के लायक नहीं है ये आदमी, किसी की सुनता ही नहीं है।''

शीतयुद्ध अब शुरू हो चुका था। सुनील अब बहाने खोजता रहता था लड़ने के लिए। मकान मालिक की हिम्मत वह देख चुका था और अरुण भी उससे टकराने से बचता था। सुनील ने कहा कि मेरे रूम के आगे कोई बाइक खड़ा नहीं करेगा। अरुण ने चुपचाप मान लिया कि कौन इससे उलझने जाय। फिर उसने एक दिन कहा कि ऊपर कपड़ा मत पसारो, नीचे पानी टपकता है। मुझे गुस्सा आया था कि ये तो एकदम मुँह में उँगली कर के लड़ने वाली बात हुई... लेकिन अरुण चुप रह गया था। नतीजा ये हुआ की वह खुद को शेर समझने लगा था। अब वह छाती निकाल के बरामदे में टहलता था और हर आते-जाते को टोकता था। कभी बरामदे में दो चार लड़कों को बिठा लेता और जोर जोर से हा हा ही ही करता... और किस्मत का खेल देखिये उसे बहाना मिल भी जाता था। एक दिन अचानक हमारे किचन का नल टूट गया। भरभराकर पानी पूरे रूम में फैलने लगा। पानी की धार इतनी तीव्र थी कि रोके नहीं रुकता था। अरुण एक पतली लकड़ी लेकर उसमे ठूँसने लगा, लेकिन पानी के प्रचंड वेग में पूरा नहा गया। तब तक मकान मालकिन आवाज़ सुनकर दौड़ी आयी और आते ही अपनी बेटी को बोली कि दौड़कर ऊपर जाओ और नल बंद करो। फिर मुझसे बोलीं- ''ओ बहनजी, आपको पहले ऊपर का नल बंद कर देने का था न, ऐसे सारा पानी बह जायेगा।'' लड़की ने नल बंद कर दिया। पानी की धार कम होते होते रुक गयी। पाइप के छेद में अरुण ने एक लकड़ी में कपड़ा लपेटकर ठूँसा। अच्छी तरह छेद बंद करने के बाद वह ऊपर गया और नल खोल दिया। अब सब ठीक था।

थोड़ी देर बाद नीचे से शोरगुल की आवाज़ आने लगी। सुनील और उसकी पत्नी परेशान थे। उनके नल में पानी नहीं आ रहा था। उसने मोटर चालू किया। मोटर उसके ही रूम में था। दस-पन्द्रह मिनट मोटर चलने के बाद भी उसके यहाँ पानी नहीं आ रहा था। परेशान होकर वह ऊपर गया। टंकी खोलकर देखा, पानी लबालब भरा हुआ। फिर पानी नीचे क्यों नहीं जा रहा। इधर-उधर दिमाग लगाने के बाद उसे दिखाई दिया-उसके रूम में जाने वाले पाइप का नल ही बंद किया हुआ है। नल ऑन करते ही हरहराकर पानी नीचे जाने लगा। वह नीचे आया और आते ही चिल्लाने लगा- ''साला, नल बंद किया हुआ था हमलोग का, इतना देर से हम परेशान हो रहे हैं कि पानी काहे नहीं आ रहा है।''

''और कौन बंद करेगा, यही लोग का काम होगा।'' उसकी पत्नी ने जोड़ा।

''इ तो हम सोचबे नहीं किये, सही कहती हो तुम, अपने आप नल कैसे बंद हो जायेगा।''

''इ लोग जानबूझके हम लोग को परेशान करता है कि हम लोग तंग होके रूम खाली कर दें... हर दिन कुछ न कुछ लफड़ा। ''

''हमलोग रूम छोड़ देंगे? साले का ### नहीं फाड़ देंगे!'' सुनील अब फिर से गँवार मुद्रा में आ चुका था- ''साला $$### कौन मेरा नल बंद किया रे ###। यही सब छुछुर बुद्धि वाला काम करता है तुमलोग? @@@ में दम नहीं है तो छिछोरा हरकत करता है?'' भीड़ जमा हो गयी। वह और उग्र हो गया- ''देखिये आपलोग अब किस तरह से हमको परेशान किया जा रहा है; मेरा पानी बंद किया जा रहा है; साला देह में साबुन लगा के हम बीस मिनट से इन्तेजार कर रहे हैं कि अब पानी आयेगा, अब पानी आयेगा। लेकिन काहे को। ऊपर से नल बंद है तो पानी क्या घंटा से आयेगा?''

मैं डर गयी थी। मैंने अरुण से कहा- ''कितने गंदे तरीके से बात कर रहा है ये, इसको तो मार के यहाँ से निकाल देना चाहिए; ये सोसाइटी में रहने लायक आदमी है।''

''मकान मालिक डरपोक है, नहीं तो बाहरी आदमी इतना धौंस से

रहता?'' अरुण ने कहा।

''डरपोक नहीं लालची हैं; इन लोग का क्या है, बस किराया मिलते रहना चाहिए, दिक्कत तो हमलोग को होती है। ''

मकान मालिक ने आवाज़ लगाया- ''ओ मनेजर साहब! ऊपर वाले साहब, थोड़ा नीचे आओ।'' अरुण नीचे गया तो उन्होंने पूछा- ''- ये भाई साब कह रहे हैं कि किसी ने इनका नल बंद कर दिया।

अरुण- ''तो? आप कहना क्या चाहते हैं कि मैंने बंद किया?''

सुनील- ''तो अपने आप कैसे बंद हो जायेगा?''

अरुण- ''आपसे मुझे बात नहीं करनी, आप बात करने के लायक नहीं हैं। ''

सुनील- ''तो हम कौन सा तुमसे बात करने को मरे जा रहे हैं? तुम है कौन बे! क्या औकात है तुम्हारा?

मकान मालिक- ''एह! ऐसा बच्चा जैसा मत लड़िये आपलोग, मुद्दे पर आइये। आपलोग का झगड़ा सुलझाना - तो आपने नल बंद नहीं किया अरुण? ठीक है, फिर कौन हो सकता है?

अचानक मेरे दिमाग में कुछ स्ट्राइक किया। नल तो मकान मालिक की बेटी ने बंद किया था... कहीं उसने ही... मैं दौड़ी दौड़ी नीचे गयी- ''डिम्पल (मकान मालिक की बेटी, दस वर्ष उम्र) को बुलाइयेगा जरा। जब वह सामने आयी तो मैंने पूछा- ''तुमने कौन सा नल बंद किया था बाबु?''

''वहाँ पर दो नल थे तो मैंने दोनों बंद कर दिया था।'' उसने बताया।

अब सारी बात स्पष्ट हो चुकी थी। बंद डिम्पल ने किया था दोनों; खोला अरुण ने था, सिर्फ अपना वाला। शायद उसे ध्यान न रहा हो। गलतफहमी में ही सारा बवाल हो गया। सच ही कहा गया है, खोजने वाले को लड़ाई मिल ही जाती है। सुनील का अभी मन नहीं भरा था शायद। अब भी कुछ बड़बड़ा रहा था। किसी अज्ञात को सुनाते हुए उसने कहा- ''पता नहीं कैसे कैसे लोग मैनेजर बन जाते हैं। ''

एक दिन विदिशा के हाथ से बिस्कुट का एक टुकड़ा नीचे गिर गया।

वह रेलिंग पर लटककर बिस्कुट खा रहीं थी। जोर से चिल्लाया था वह- "कौन फेंका है यहाँ बिस्कुट! जल्दी साफ करो, अभी।" धक धक करने लगा था मेरा दिल। अरुण था नहीं घर में और एक मर्द के सामने आकर उसकी बात मानना, अपमानित जैसा महसूस हुआ। मैंने अंदर से ही कहा- "आपको जो कहना है अपनी पत्नी से कहवाइए, आपसे मुझे बात नहीं करनी।"

"मेरी पत्नी बाहर आके लड़ती नहीं है आपके जैसे; यहाँ मैं जो बोलता हूँ वही होता है।"

"तो इनसे बात कर लीजियेगा जो कहना है।" ऊपर से मैं दृढ़ होने का ढोंग कर रही थी, लेकिन मन ही मन डरी हुई थी। मैंने दरवाजा बंद कर दिया। बाद में मैंने चुपके से जाकर सफाई कर दिया था।

भीतर ही भीतर मैं सुलग रही थी। अगर अरुण थोड़े दबंग होते तो आज ये दिन नहीं देखना पड़ता। कितनी बार मैंने इनसे कहा कि थोड़े एक्टिव बनिये। सीधेपन का टैग हटाइए। जहाँ जाते हैं वहीं सीधेपन का लेबल चिपक जाता है। बाहर में थोड़ा बहुत दिखावा करना पड़ता है... लेकिन इनको कौन समझाये। इनका तो चेहरा देखकर ही समझ में आ जाता है कि इन्होंने कभी किसी से लड़ाई-झगड़ा नहीं किया होगा। ठीक है आदमी को बुरा नहीं होना चाहिए, लेकिन इतना सीधा भी नहीं होना चाहिये कि...। सीधे पेड़ ही अक्सर काट दिये जाते हैं। घर ही बदलना होगा। रोज-रोज के झंझट से मुक्ति का यही एक उपाय है। ये तो रूम खाली करने से रहा। अब तो मकान मालिक भी कुछ नहीं बोलता उसे। उसकी पत्नी कितनी घुल-मिल गयी है मकान मालकिन से। साथ में मिल के दोनों ने करवाचौथ का व्रत किया। हमें ही यहाँ से हट जाना चाहिए, तभी इज्जत बचेगी। अरुण तैयार नहीं था इसके लिए- "कहीं नहीं जायेंगे हम; क्या गारंटी है कि वहाँ कोई दिक्कत नहीं होगी... इस तरह से भागते रहे तो हो गया।"

"तो क्या अपमानित होकर जीते रहें? आप तो यहाँ रहते नहीं हैं... ये जल्दी ऑफिस से आ जाता है और अपने दोस्तों को बिठाकर हँसी-मजाक करता है, बात बात में पत्नी के बहाने मुझ पर कमेंट करता है। पत्नी को कह रहा था कि औरों की तरह तुम भी मुँहफट हो गयी हो क्या। एक दिन कह

रहा था-क्या तुम भी लाल लाल पहन लेती हो औरों की तरह। उस दिन मैंने लाल ड्रेस पहना था। फिर एक दिन दोस्तों से कह रहा था-यहाँ तो लोग पत्नी को आगे कर देते हैं लड़ाई के समय कि औरत से कौन लड़ेगा। आप नहीं जानते, हर दिन कुछ न कुछ। आज ही एक बिस्कुट के टुकड़े के लिए इतना सुना दिया। इस तरह अपनी ही नजर में गिरकर नहीं जीना चाहिए अरुण; कुछ कीजिये या फिर रूम ही चेंज करिये।''

''बस अब इसके पाप का घड़ा भर गया है... आज की गलती उसकी आखिरी गलती है; आज के बाद अगर उसने तुम्हें कुछ कहा या कुछ भी रंगबाजी किया तो मैं उसका मर्डर कर दूँगा। मैं सीधा हूँ, लेकिन सीधा आदमी जब बदमाश बनता है तो बहुत खतरनाक हो जाता है; उसके बाद जो होगा देखा जायेगा।''

अरुण की आँखों में मैंने उस वक्त जो अग्नि देखी, उस अग्नि में सब कुछ भस्म हो जाता है। प्रतिशोध की अग्नि। वह अंदर ही अंदर काँप रहा था। शरीर तन गया था, मुट्ठियाँ भिंच गयी थीं। सचमुच इस अवस्था में आदमी आगे-पीछे नहीं सोचता होगा... जेल, कैद या फाँसी कुछ भी नहीं। पत्नी या बच्ची कुछ भी नहीं... सिर्फ प्रतिशोध। उस वक्त शायद खून के फव्वारे देखकर कलेजा शीतल होता होगा। किचन से एक चाकू उठा ले आया अरुण। उसे हाथ में लेकर विचित्र नज़रों से देखने लगा। घुमा-फिरा कर, मोहित होकर। जैसे उस चाकू को पकड़ते ही कोई शैतान जाग उठा हो उसके भीतर... डरावना। इस रूप को देखकर मैं सिहर गयी थी।

''आप पागल तो नहीं हो गये! आप सोच रहे हैं कि हत्या क्या होता है? आपकी पूरी जिन्दगी जेल में और मेरी पूरी जिन्दगी कोर्ट कचहरी के चक्कर में... बच्चों का भविष्य तो चौपट ही समझो... किसलिए? सिर्फ एक मामूली से झगड़े के लिए।''

''ये सब सोच-विचार के नहीं होता; अगर यही सब होना लिखा है तो होकर ही रहेगा''

* * *

मालूम नहीं क्या हुआ था। शाम से ही नीचे बहुत ज्यादा गहमागहमी

थी। कभी सुनील अंदर आता, कभी उसकी पत्नी बाहर आती। गेट धड़ाम धड़ाम बजता। दोनों जोर-जोर से कुछ बोलते। दो या तीन बाइक सरसराते हुए आईं, कुछ लोग उतरे। फिर झाँव झाँव, काँव काँव। कुछ समझ नहीं आ रहा था क्या हुआ। मैंने सुना सुनील कह रहा था- ''साला हमको औकात का बात बोलता है!अभी दिखाते हैं औकात।''

धक् धक करने लगा मेरा कलेजा। झट से मैंने अरुण को फोन किया- ''आज आप से कुछ बात हुई है क्या सुनील की?''

''नहीं तो, क्यों?''

''पता नहीं किसको खूब गाली दे रहा है और कह रहा है कि औकात दिखा देंगे।''

''फेंकू आदमी साला, छोड़ो जाने दो।''

''लेकिन इ है लपटा, कहीं हम लोग को भी इसमें न लपेट ले?''

मेरा अनुमान सही था। उसकी पत्नी अब जोर-जोर से चिल्ला रही थी- ''ये लोग कम्प्लेन कर करके मकान मालिक का कान भर दिया था। जब देखो तब कुछ न कुछ शिकायत बच्चा जैसा; कभी बिजली बिल के लिए, कभी पानी के लिए, कभी ये कभी वो।''

''हाँ, तो जाते-जाते इनलोग को भी सबक सिखा जायेंगे; बहुत दुलारा हुआ है न मकान मालिक का!'' सुनील ने कहा। मैं दौड़ी दौड़ी मकान मालकिन के पास गयी – ''क्या हुआ है दीदी, ये लोग इतना क्यों हल्ला कर रहे हैं?''

''बहनजी क्या बतायें; हमलोग इतना किरायेदार रखे, लेकिन इसके जैसा पागल नहीं देखे। आज ये इनके दुकान पर गया था; बिजली बिल को लेकर कुछ मनमुटाव हुआ था। कह रहा था इतना बिल कैसे आ सकता है? कि हम इतने जगह रहे कहीं इतना बिल नहीं आया। तो ये बोले कि बिल हम तो लिख के नहीं देते, जो आया है वो तो आपको देना ही होगा, आप दोनों रेन्टर का अलग मीटर है, हमारे से कोई कनेक्शन नहीं है तो हम पर क्यों चिल्ला रहे हो? तो सुनील चिल्लाने लगा कि पता नहीं आपलोग क्या लसढ़-फसढ़ करते हैं कि इतना बिल आ जाता है... ऊपर वाला का तो

इतना बिल नहीं आता, मेरा कैसे आ जाता है? तो ये गुस्सा में बोल दिए कि रूम खाली कर दो, तुमसे उलझने का दिमाग नहीं है मेरे पास। अब ये क्या किया कि चार आदमी लेकर दुकान पर पहुँच गया अपना पावर दिखाने के लिए; दबाव बनाने के लिए। लेकिन जब उ लोग दुकान पहुँचा तो देखा कि ये तो जोशी जी का दुकान है। उलटे सब इसी को डाँटने लगा। बोला कि जोशी जी जैसे सीधे आदमी के खिलाफ तुम हमलोग को भड़काता है? खूब जलील किया और बोला कि रूम खाली करो तुम एक सप्ताह के अंदर; इसीलिए ये तिलमिलाया हुआ है।

"ये है बदमाश, सँभलकर रहियेगा आप लोग भी।" मैंने कहा।

"बदमाश है तो अपनी जगह... अगर एक बार हमलोग बोल दें न, तो पूरा गाँव उठ के आ जायेगा, फिर इसको भागने का भी मौका नहीं मिलेगा। वो तो हमलोग झंझट में नहीं पड़ना चाहते थे इसलिए, नहीं तो कभी का भगा दिए होते इसको।"

अगले दिन सुबह-सुबह जब मैं बेसिन में बर्तन धो रही थी कि पानी ख़त्म। अंदर टॉयलेट से अरुण ने आवाज़ लगाई – "अरे पानी ख़त्म हो गया क्या! जरा देखो तो।" मैं नीचे गयी। देखा मोटर तो चल रहा है, लाइट जल रही है... फिर पानी क्यों नहीं आ रहा है। अरुण ने छत पर जाकर देखा-ऊपर का नल बंद किया हुआ था। "मैंने अभी अभी सुनील को ऊपर जाते देखा था, उसने ही बंद किया होगा।" अरुण ने बताया।

"बताइए इ जानबूझकर बदमाशी! उस दिन तो अनजाने में हमलोग से गलती हो गयी थी... कमीना इन्सान!" मैंने भड़ास निकाला। थोड़ी देर बाद हमने फिर से सुनील को छत पर चढ़ते देखा, थाप थाप चप्पल बजाते हुए। अभी वो नीचे उतर ही रहा था कि पानी की धार कम होने लगी। मैंने आवाज लगाया- "ऐ जी! फिर से पानी ख़त्म, जरा देखिये तो।" अरुण ऊपर गया और भुनभुनाते हुए नीचे आया, लेकिन अपने रूम में आने के बजाय सीधे नीचे चला गया। जिस अंदाज में वह नीचे गया था, मुझे अनिष्ट की आशंका हुई। पीछे पीछे मैं भागी। अरुण ने जाते ही सुनील का गर्दन पकड़ लिया- "साला ### बहुत दिन से देख रहे हैं तुमको, पानी काहे बंद किया रे?" और फिर दो तीन थप्पड़ चटाचट उसके गाल पर जमा दिए। सुनील

क्यों चुप रहे, वह तो गालियों का उस्ताद था। दोनों ओर से ताबड़तोड़ गाली और चटाचट थप्पड़। अरुण ने एक डंडा उठा लिया तो सुनील ने प्लास्टिक की एक पाइप। मैंने अरुण का हाथ पकड लिया और खींचकर अलग करने लगी। इसी बीच सुनील ने पाइप से कई वार कर दिए। चोट खाकर अरुण बिलबिला गया- ''रुक साले अभी बताते हैं तुमको, आज तुम्हारा जान मार देंगे रे ####।'' और वह ऊपर की ओर भागा। मैं भी भागी पीछे पीछे। अरुण अभी चाकू लेकर निकल ही रहा था कि मैंने बाहर से दरवाजा बंद कर दिया। उसने जोर जोर से दरवाजा पीटना शुरू कर दिया- ''दरवाजा खोलो। - खोलो दरवाजा, धाँय धाँय खोलो।''

''आप पागल हो गये हैं। आपके सिर पर खून सवार है।''

''तुम खोलोगी कि नहीं दरवाजा!''

''आप यही खून खराबा करने आये है यहाँ? सोचिये आपको या उसको कुछ हो गया तो मेरा क्या होगा?- इस परदेस में कौन है मेरा... छोटी सी बच्ची लेकर मैं होस्पिटल और पुलिस के चक्कर लगाऊँ?''

''तुम जल्दी खोलो नहीं तो तुम्हारा खैर नहीं है आज।'' और जोर जोर से दरवाजा पीटने लगा। मकान मालिक और कुछ आस-पड़ोस के लोग आवाज़ सुनकर जमा हो गये। भीड़ बढने से और समझाने से वह धीरे-धीरे सामान्य हुआ।

धर्मम् शरणम् गच्छामि

याद नहीं इन मंदिर की सीढ़ियों से होकर कितनी बार गुजरी हूँ मैं। संगमरमर की इन चिकनी शीतल सीढ़ियों पर मेरे कदम कई बार पड़े, लेकिन कभी कुछ अलग नहीं लगा... हर बार वैसी ही अनुभूति। अच्छ लगता था। बस अच्छा ही लगता था, कभी अद्भुत नहीं लगा। आज जैसे मैं अपने घर आ गयी हूँ। बाजार की भीड़-भाड़ और शोरगुल से मन जैसे थक सा गया है। जैसे घर आकिर जो शांति मिलती है वैसी ही शांति। एक कोने में जाकर बैठ गयी मैं। कोई भजन गाया जा रहा था। मन शीतल होने लगा। जैसे तपती दुपहरी से पस्त हुए शरीर को कोई वृक्ष मिल जाय। झाल-मृदंग के ताल पर ताली बजाते मुग्ध लोगों के साथ एकाकार होने लगा मन।

अद्भुत शांति, सुकून, राहत, ठहराव। मैं इतनी तल्लीन हो गयी कि पता ही नहीं चला कब भजन समाप्त हो गया, कब लोग उठ उठकर जाने लगे। मैं अकेली रह गयी थी। किसी की आवाज़ से मैं वापस इस दुनिया में आयी- ''माताजी बुला रही हैं तुम्हें।'' मैंने देखा एक आदमी मुझे ही कह रहा है। माताजी अर्थात इस मंदिर की मुख्य पुजारिणी।

''क्या कष्ट है तुम्हें पुत्री, मुझसे कह।'' अपने सिंहासन पर पद्मासन में बैठी माताजी ने अधखुले नेत्रों से देखते हुए मुझसे पूछा। बगुले की तरह झकझक सफेद साड़ी में लिपटी ममतारूपी मूर्ति, देदीप्यमान चेहरे पर अलौकिक स्थिर मुस्कान, खिचड़ी बाल।

''कुछ भी नहीं माता, मुझे तो यहाँ बैठना अच्छा लग रहा था, बस इसीलिए।''

''असत्य वचन मत कह पुत्री, मेरे केश धूप में पके हुए नहीं हैं। ''

माताजी के इन शब्दों ने कितना सुकून दिया मैं ही जानती हूँ। मेरे हृदय के जख्मों पर कोई ठंडा मलहम रख दिया उन्होंने। लेकिन उनसे मैं क्या कहूँ? उनसे क्या कहूँ कि मेरे पति सस्पेंड हो चुके हैं या ये कहूँ कि मुझे रात-रात भर नींद नहीं आती... या ये कहूँ कि मुझे बीसियों रोग हो गये हैं... या ये कहूँ कि मेरे पति अवसाद में चले गये हैं। दुःख की कहानी कहके मैं किसी को उबाना नहीं चाहती, लेकिन पता नहीं माताजी में मुझे ऐसा क्या दिखा कि मैं खुलती चली गयी-

चोट और अपमान खाकर सुनील ने मकान खाली तो कर दिया, लेकिन जाते-जाते ये धमकी दे गया-याद रखना पछताओगे। मैं ये कभी समझ नहीं पायी कि हमारा झगड़ा किस बात का था। हमलोग भी परदेस में, तुम भी परदेस में, अपना कमाओ अपना खाओ। आज हमलोग यहाँ हैं कल कहीं और होंगे तुम कहीं और होगे। झगड़ा किस बात का? हर बार तो हमें बेवजह ही लपेटा गया झगड़े में। पहली ही लड़ाई उसकी मकान मालिक से हुई थी। अरुण उसमें कूदा था तो सिर्फ इसलिए कि बार-बार उसका नाम अपमानजनक तरीके से लिया जा रहा था। उस वक्त अगर सुनील माफ़ी माँग लेता तो कभी बात आगे नहीं बढ़ती। लेकिन वह तो दम्भ में चूर था, माफ़ी क्यों माँगता। फिर तो हमेशा अपमानित करना, ताने मारना। नहीं नहीं वह

बुरा ही था। उसके नजरिये से भी सोचकर देख लिया मैंने। बच्चे अगर कुछ गंदा कर देते हैं तो इस तरह से लड़ाई नहीं किया जाता। नल वाली लड़ाई भी गलतफहमी से ही हुई थी। तब भी सुनील कह सकता था –चलिए कोई बात नहीं, गलती सबसे हो जाती है। किन्तु उसने क्या कहा-पता नहीं कैसे कैसे लोग मैनेजर बन जाते हैं। और आखिरी लड़ाई तो बिल्कुल थोपी हुई लड़ाई थी। खुलेआम वह नल बंद कर रहा था, कि कौन मेरा क्या उखाड़ लेगा... बदमाश! पूर्णतः बदमाश।

'दुश्मन का दुश्मन दोस्त होता है' इस कथन को सही साबित करने के लिए सुनील और शैलेश भाई ने हाथ मिला लिया। दोस्ती तो पहले से ही थी, अब और प्रगाढ़ हो गयी, जब पता चला कि दोनों का दुश्मन एक ही है। ऊपर से शराब की बोतल, गोंद की तरह दोस्ती को और चिपका देती है। शैलेश भाई जिस तरह से इग्नोर होकर अरुण के चेम्बर से निकला था, मन ही मन बहुत नाराज था। इधर सुनील ने हाथ बढ़ाकर उसका स्वागत किया था।

''इसका कुछ करो शैलेश भाई, साला हमको घर से निकलवा दिया मकान मालिक से कम्प्लेन कर करके; कलेजा जलता है मेरा। साला मेरे ऊपर हाथ उठा दिया था। ''

''तो पुलिस में कम्प्लेन कर देते हैं।''

''क्या होगा इससे? मकान मालिक उसके पक्ष में खड़ा हो जायेगा और सोसाइटी वाले भी उसी का साथ देंगे; सीधेपन का चिप्पी सट गया है उसपर।

''फिर आप ही कुछ बताओ, मैं हमेशा आपके साथ हूँ।''

''कुछ तो करना ही पड़ेगा; कुछ ऐसा कि साले का गुमान झर जाये... बहुत घमंड है उसको ईमानदारी का और सच्चाई का। कुछ ऐसा लपेटो कि नौकरी से हाथ धो बैठे। ''

''रिश्वतखोरी के इल्जाम में फँसा देते हैं।''

''ऐसे कोई किसी को थोड़े फँसा देगा; पुख्ता सबूत चाहिए। ''

''आप निश्चिन्त रहो साहब, सब हो जायेगा। '' गिलास में एक और

पैग डालते हुए शैलेश भाई ने कहा।

संयोग से उसी वक्त NPA अकाउंट की जाँच करने के लिए हेड ऑफिस से दो अधिकारी आये। एक साल के भीतर ही तीन अकाउंट NPA हो गये थे, इसलिए स्टाफ जिम्मेदारी तय करनी जरूरी थी। प्रारंभिक जाँच के बाद दोनों ने एन.पी.ए ग्राहक के यहाँ जाने की इच्छा जताई। पहले ग्राहक सफदर भाई के यहाँ जब सब पहुँचे, तो देखा वह बगान में मिट्टी कोड़ रहा है। आते ही उसने अनिच्छा से सलाम किया। ''पैसा क्यों नहीं जमा कर रहे हो?'' कड़कते हुए अरुण ने पूछा।

''पैसा रहेगा तब न जमा करेंगे।'' उसने भी बेरुखी से जवाब दिया।

''गाड़ी से जो इनकम होता है उसका क्या करते हो?'' एक अधिकारी ने पूछा।

''कौन सी गाड़ी? मेरे पास कोई गाड़ी नहीं है। ''

तीनों चकित थे। ''लोन लेकर जो गाड़ी लिया था, वो गाड़ी... कहाँ है?'' अरुण चिल्लाया।

तीनों को एक खाट पर बैठने का इशारा कर वह खुद एक पत्थर पर बैठा और फिर बताना शुरू किया- ''देखिये मैं शुरू से बताता हूँ। एक दिन एक आदमी मेरे पास आया और बोला कि वह मुझे दस हज़ार रुपये देगा, बदले में मुझे बैंक चलकर कुछ पेपर साइन करने होंगे बस। वह मुझे लेकर साहब (अरुण) के पास गया। साहब ने मुझसे कहा कि हम तुमको लोन दे रहे हैं, तुम दस हज़ार लो और ऐश करो, तुम्हें लोन चुकाना नहीं पड़ेगा, हम माफ़ करवा देंगे।''

''साला! हरामी का बच्चा! तुम हम पर ऐसा इलज़ाम लगाएगा?'' अरुण ने गर्दन दबोच लिया उसका। दोनों ऑफिसर ने उसका गर्दन छुड़वाया। अरुण को डाँटा कि तरीके से पेश आओ।

''सर, ये एकदम झूठ बोल रहा है; आपको लगता है मैं ऐसा कर सकता हूँ?'' अरुण हद से ज्यादा विचलित था। सफदर भाई की ओर उँगली उठाकर बोला- ''अरे शर्म करो पापी इन्सान! मेरे पास हाथ जोड़कर गिड़गिड़ा रहे थे कि साहब बहुत गरीब आदमी हूँ, एक गाड़ी फाइनेंस कर

दीजिये ताकि एक रोजी रोटी का इन्तजाम हो जाये... उस दिन कैसे पैर पर गिर रहे थे... छी, एहसानफरामोश!''

''कण्ट्रोल अरुण कण्ट्रोल, इलज़ाम लगाने से कुछ नहीं होता। '' ऑफिसर ने कहा और फिर सफदर भाई से पूछा- ''जो तुम कह रहे हो, लिखकर दे सकते हो?''

''इसमें क्या है साहब; जो सच है उसे लिखने में क्या डर है।''

अरुण के लिए राहत की बात थी कि पैसा डी.डी. के माध्यम से दिया गया था। अगर पैसा ऑटो एजेंसी वाले के पास गया है तो गाड़ी उसने ग्राहक को क्यों नहीं दिया? एजेंसी वाले से पता करना होगा। कोटेशन और बिल में अंकित पते पर जब तीनों पहुँचे तो पता चला कि इस नाम का कोई फर्म यहाँ है ही नहीं। मतलब बहुत बड़ा फ्रॉड हुआ था। नकली कोटेशन और बिल के माध्यम से सिर्फ कागज पर गाड़ी खरीदी गयी थी... हकीकत में गाड़ी का कोई अस्तित्व ही नहीं था। तब तो एक और गाड़ी जो इसी फर्म से खरीदी गयी थी, उसकी भी यही कहानी होगी।

''आपने पोस्ट इंस्पेक्शन नहीं किया था अरुण? इतने दिनों में एक बार भी चेक नहीं किया कि गाड़ी किस पोजीशन में है?'' ऑफिसर ने पूछा।

अरुण मूक हो गया था। उससे गलती हुई थी, बहुत बड़ी गलती। उसने सिर्फ ग्राहकों के कथन पर विश्वास कर लिया था। जब भी वह फोन करता था, उधर से जवाब मिलता- ''हाँ साहब कल दिखा देंगे, परसों दिखा देंगे- गाड़ी अभी फलाने जगह गयी है, गाड़ी पलट गयी थी, रिपेयर हो रहा है।'' ऐसे करते करते पाँच महीने हो गये। उसे खुद ही जाकर देखना चाहिए था, किन्तु अब तो गलती हो गयी है।

दूसरे ग्राहक ने भी वही किस्सा सुनाया, जो पहले ने सुनाया था... हू-ब-हू वही। उसने भी अरुण पर सीधे-सीधे इलज़ाम लगा दिया कि दस हज़ार देकर उसे जबरदस्ती लोन दिया गया है। अरुण चकित था। एक ही कहानी दोनों कैसे कह सकते हैं! जरुर कोई कॉमन लिंक है। शैलेश भाई! जरूर उसकी ही चाल है ये सब। या फिर सुनील हो सकता है। आजकल

दोनों बहुत साथ दिखाई देते हैं। तो सुनील है इस पूरे घटनाक्रम का मास्टरमाइंड। लेकिन अरुण साबित कैसे करेगा कि उसे फँसाया जा रहा है। तीसरे ग्राहक के पास गाड़ी थी, लेकिन उसने सीधे-सीधे कहा- "बैंक वाले और एजेंसी वाले मिल के मेरा पैसा खा गये, एजेंसी वाले ने मुझसे पचास हज़ार मार्जिन मनी के रूप में लिया। लोन हुआ दो लाख का, गाड़ी है दो लाख तीस हज़ार का सब पेपर लेकर, बाकी का बीस हज़ार क्या हुआ?"

"तुम पैसा किसको दिए थे पचास हज़ार?" अरुण ने पूछा।

"एजेंसी वाले को।"

"तो फिर उससे पूछो तुम्हारा पैसा क्या हुआ; हमसे क्या पूछते हो।"

"लेकिन उन्होंने ही कहा था कि बैंक में कमीशन लगता है। "

फिर से अरुण के पैरों के नीचे से जमीन खिसक गयी। आज हो क्या रहा है। इस धरती पर सत्य बचा है कि नहीं। इतनी आसानी से उसे घेर लिया गया और वह कुछ कर नहीं पा रहा है, जैसे चेकमेट हो गया हो। असहाय। वह हज़ार सफाई दे दे, लेकिन दोनों अफसर मन ही मन क्या सोचते होंगे उसके बारे में। धुआँ वहीं उठता है, जहाँ आग लगती है।

शाम को अरुण, शैलेश के यहाँ गया। शैलेश ने मुस्कुराते हुए अरुण का स्वागत किया- "इधर कैसे साहब? आपने तो मुझे कभी बैठने को नहीं बोला, लेकिन मैं ऐसा नहीं करूँगा... बैठिये।"

कुछ देर की चुप्पी के बाद अरुण ने कहा- "कितने पैसे में बिके हो?"

"क्या मतलब?"

"मतलब मुझे भी पता है और आपको भी। ये संयोग नहीं हो सकता कि आपके सभी ग्राहक एक ही भाषा बोलें... और आपने ये गलत लोन क्यों दिलवाया फर्जी कागजात पर? लोन का पैसा आखिर गया कहाँ?"

"इतना गरम मत होइए साहब, दिमाग पे असर करेगा... और मुझे क्या कह रहे हैं; आपको देख समझ के लोन देने का था न; मैंने तो नहीं कहा कि इसको दे ही दीजिये... मैंने तो तब भी कहा था कि आपको समझ में आये तो दीजिये, वरना कोई बात नहीं। "

''लेकिन आपने पैसा लिया कि नहीं सभी से, सच सच बोलिए और सभी को भड़काया कि नहीं मेरे खिलाफ़ सुनील के कहने पर?''

''बस बहुत हो गया; मैं आपसे इज्जत से पेश आ रहा हूँ और आप मुझ पर ऊलजलूल आरोप लगाये जा रहे हैं; कोई और होता तो मैं धक्के मार के भगा देता, आपसे यही रिक्वेस्ट है कि आप चुपचाप चले जायें यहाँ से।''

-उस दिन को याद कर आज भी सिहर उठती हूँ। अरुण ने एक लेटर बढ़ा दिया था मेरी तरफ। मैं क्या समझ पाती... अंग्रेजी में था। बस ये समझ आया कि कोई ऑफिशियल लेटर है। उससे ही पूछा, क्या है ये?

''मैं सस्पेंड हो गया हूँ।'' सहजता से उसने कहा। मेरे हाथ उठ ही गये थे लगभग उसे मारने को- ''फिर से ऐसी बकवास मजाक मत करना; मजाक में भी ऐसा नहीं बोलते।'' लेकिन उसके चेहरे की उड़ी रंगत ने सचमुच डरा दिया मुझे। वह सोफे पर धीरे से बैठ गया। गला साफ करते हुए धीरे से बोला- ''सुनिलवा आखिर अपना बदला ले ही लिया। किसी और को क्या दोष देना, मैं हूँ ही बेवकूफ; अपनी बेवकूफी की सजा तो मिलनी ही थी मुझे।''

''ऐसे कैसे कोई किसी पर इलज़ाम लगा सकता है? वो तीन आदमी खड़ा करके आप पर इल्जाम लगा रहा है, आप दस खड़े कर दीजिये... आप तीन तीन ब्रांच में काम किये हैं, किसी को शक है तो वहाँ से पूछ ले, आप के बारे में कौन नहीं जानता है।''

''मुझे कुछ साबित नहीं करना है; ये दुनिया मेरे लायक है ही नहीं... मेरे सपनों की दुनिया नहीं है ये। मैं चाहता था लोग हँसी-खुशी रहें... खुद भी चैन से रहें और दूसरों को भी शांति से रहने दें, लेकिन यहाँ तो लोग मौका मिलते ही दूसरे का हक मार लेते हैं। कैसे क्या हड़प लें, क्या खसोट लें। छल-प्रपंच, झूठ-फरेब, विश्वासघात, लूट-खसोट, स्वार्थ; कितनी क्षुधा है लोगों की, कि मिटती नहीं। भ्रष्टाचार नस नस में बह रहा है लोगों के। समाज इसे इतने सहज भाव से स्वीकार कर चुका है कि हैरानी होती है। मुझे ग्लानि होती है इस दुनिया में जीने में... या फिर मैं ही इस दुनिया के लायक नहीं। इस दुनिया से मोहभंग हो रहा है मेरा।''

गहरी साँस लेकर माताजी ने कहना शुरू किया- ''बेटा, जीना तो इसी दुनिया में है; ऐसा कोई विकल्प तो नहीं है हमारे पास कि मुझे धरती पसंद नहीं, मुझे चाँद पर भेज दो। वो गाना है न, दुनिया में आये हैं तो जीना ही पड़ेगा, जीवन अगर जहर है तो पीना ही पड़ेगा। दुनिया में काँटे ही काँटे भरे हैं, चुनने लगो तो चुनते ही रह जाओगे... पैर में जूते पहन लो तो कोई दिक्कत नहीं। सीखना पड़ेगा; जिन्दगी जीना सीखना पड़ेगा। कुछ खुद की ठोकर से लोग सीखते हैं कुछ दूसरों के अनुभव से।''

''वह तो गहरे अवसाद में चले गये हैं माताजी; किसी से नहीं मिलते, किसी से कुछ नहीं बोलते, बस चुपचाप बैठे रहते हैं। पहले कुछ लिखते-पढ़ते थे, अब वो भी नहीं; जैसे जिन्दगी का कोई मकसद नहीं। उन्हें देख-देखकर मैं भी कुढ़ती रहती हूँ... नींद नहीं आती।''

''मैंने कहा न, जीना सीखना पड़ेगा। हमें देखो; सारे सुखों को त्याग कर भी हम खुश रहते हैं और कुछ लोग हैं हर सुख-सम्पदा जुटा ली है, फिर भी खुश नहीं हैं हर पल कोई बेचैनी उन्हें घेरे रहती है, मन शांत नहीं होता। - उन्हें लेकर मेरे पास आओ।''

वो क्यों आने लगे? सब बकवास है ऐसा कह दिया। अपने आगे किसी को कुछ समझते ही नहीं। लेकिन मुझे एक नशा लग गया था मंदिर जाने का। सत्संग, प्रवचन, भजन, कीर्तन। मन वैरागी होने लगा। कहते हैं जो जिस संगत में रहता है, वैसा ही हो जाता है। मेरा भी स्वभाव बदलने लगा था, बिना इसका एहसास हुए। कब मुझे दुनिया अर्थहीन लगने लगी पता ही नहीं चला। बस एक ललक जग गयी थी मोक्ष की। माताजी ने कहा था चौरासी लाख योनियों से गुजरने के बाद मनुष्य योनि प्राप्त होती है, इसे व्यर्थ नहीं जाने देना चाहिए। लालच, इर्ष्या, मोह, काम, जैसे अनेक रुकावट हैं इस मोक्ष-प्राप्ति के मार्ग में। हमें सतत प्रयास से इन दुर्गुणों से बचना चाहिए। पता नहीं फिर कब मनुष्य योनि मिले। अगर ये जीवन यूँ ही दुनियादारी के चक्कर में व्यर्थ चला गया तो फिर से जन्मों के दुष्चक्र से गुजरना होगा... फिर से कीड़े-मकोड़े की जिन्दगी; गाय, बकरी या मछली बनकर कष्ट सहो। जानवर तो कोई सत्कर्म भी नहीं कर सकते। फिर से मनुष्य योनि का इन्तजार करना होगा। माताजी के शब्दों में जादू था। कभी

कभी मन करता, अगर परिवार की जिम्मेदारी नहीं होती तो यहीं शरण ले लेती।

मेरे मन में भगवान तो बचपन से थे। ऐसा कोई दिन नहीं गुजरा होगा, जब मैंने उन्हें याद न किया हो; अब और करने लगी थी। शायद मेरी भक्ति में कोई कमी रह गयी हो, ऐसा लगता था... इसलिए 'कर्म ही पूजा है' की जगह अब पूजा ही कर्म हो गया था। - निर्वाण की ओर मेरे कदम चल पड़े थे। दिन-रात भक्ति में रहने के कारण। पासा अब पलट चुका था। अपने अवसाद से ऊबकर अरुण धीरे-धीरे दुनिया में आने लगा था और मैं धीरे-धीरे वैराग्य की ओर बढ़ने लगी थी। अब एकांत अच्छा लगने लगा था मुझे। विदिशा, नानी के पास चली गयी थी। अरुण की भी कोई ज्यादा फरमाइश नहीं थी, इसलिए मेरे पास समय ही समय था। कभी कोई माला लेकर मन्त्र जपती तो कभी कोई धार्मिक पुस्तक लेकर पढ़ती रहती। गाना भी बजाती तो कोई धार्मिक। अनुराधा पौडवाल अब मेरी फेवरेट हो चुकी थी। सुबह से लेकर शाम तक धार्मिक माहौल से अरुण चिढ़ा रहता था। एक दिन गुस्सा कर उसने कहा था- "तुम्हे क्या हो गया है आजकल? न खाना बनाने में मन लगता है तुम्हारा न और कोई काम में; न मेरा खयाल रखती हो, न मुझसे बात करती हो; खाली दिन भर राम-कृष्ण, ऐसे कैसे चलेगा?"

"- तो क्या करूँ? जिसके किस्मत में इतने कष्ट लिखे हों वह राम कृष्ण ना करे तो क्या करे? शायद भगवान ही कुछ मदद करें।"

"तुम मंदिर नहीं जाओगी कल से!"

"आप क्या मना करेंगे, मेरी तो किस्मत ही मेरी बैरन है, कुछ न कुछ रोग लगा ही रहता है। जाड़ा शुरू होते ही पूरे शरीर में फुन्सी जैसा हो जाता है, फिर फुन्सी सूखकर दाग छोड़ जाते हैं, समाज में बैठने लायक भी नहीं रह जाती हूँ। लोगों की चुभती नजर और भावुक प्रश्न अंदर तक धँस जाते हैं; एक सहारा मिला था मंदिर के रूप में, वो भी अब -

क्रोध भरी नजर से उसने कुछ कहा। उसने क्या कहा मैं जानती थी। वह पहले भी कह चुका था- "इन छोटी छोटी चीजों को अनदेखा करना चाहिए।" कोई क्या जानेगा मेरा दर्द। जिसपर बीतती है वही जानता है।

आईने के सामने खड़ी होकर खुद को देखती हूँ तो देख नहीं पाती। इतनी ग्लानि होती है। कोई शौक के कपड़े नहीं पहन पाती। औरों को स्लीवलेस कपड़े और हॉट पैंट पहने देखती हूँ तो भीतर से कुढ़ जाती हूँ। मेरे तो सारे शौक मिट्टी में मिल गये हैं। गुरूजी का ही श्राप लगा होगा। अरुण को इन चीजों पर कोई श्रद्धा नहीं है। गुरूजी भी शायद लालची ही थे। हमेशा कुछ न कुछ पाने की आशा रखते थे। जब तब आ जाते और सेवा करवाते। अरुण अब उनसे कन्नी काटने लगा था। जब भी आने को होते, अरुण कोई बहाना मार देता। फोन भी नहीं उठाता। फिर भी गुरूजी एक दिन पधार गये थे। अरुण ने ढंग से गुरूजी का सत्कार नहीं किया और चुपचाप बाहर चला गया। मैं जब उनसे आशीर्वाद लेने गयी तो आशीर्वाद के बजाय उन्होंने कटु वचन कहे- "तुम तो कष्ट भोगोगी, तुम शरीर से हमेशा परेशान रहोगी।" मैं डर गयी थी। अरुण से कहा कि माफ़ी माँग लो गुरूजी से; तपस्वियों को रुष्ट नहीं करना चाहिए। लेकिन ये क्यों मानने लगे... उपहास से कहा था- "तपस्वी! ढोंगी कहींका।"- अब देखो नतीजा; शरीर में पचहत्तर ठो बीमारी है।

दुःख को नाप सकने में मैं समर्थ होती, तो अरुण के हिस्से का दर्द भी मुझे महसूस होता। मैं तो अपने ही दुःख के एक घेरे में सिमटी थी। बाकी लोग क्यों कर दुखी होंगे? उस दिन मैंने जब अरुण को गलत काम करते देखा तो मुझे खुद से घृणा हो गयी। पत्नी के रहते... आखिर उसकी जरूरतों को मैं क्यों नहीं समझ पायी? वह आया था। जब भी वह मेरे पास आना चाहता, मैं खुद को उससे दूर कर लेती। अपना नग्न शरीर मैं खुद ही नहीं देख पाती थी... किसी और के सामने निर्वस्त्र होना। कई रात यूँ ही वह निराश होकर मेरे पास से लौटा था। आज मैं उससे नजर मिलाने के लायक भी नहीं रही। पीछे से उसे इतने जोर से पकड़ लिया, जैसे मैं अपने स्पर्श से ही उसे अपने मनोभाव कह देना चाहती थी। वह कुछ असहज हो रहा था। मेरी पकड़ छुड़ाना चाहता था, लेकिन पश्चाताप के मजबूत पकड़ में वह धीरे-धीरे ढीला होना लगा।

"मुझे माफ़ कर दो अरुण! अपने बारे में सोचते-सोचते कभी ये नहीं सोच पायी कि दूसरों के भी कुछ अरमान होते होंगे। लेकिन मैं तो इतनी अभागिन हूँ कि किसी और को क्या सुख दूँगी; आप दूसरी शादी कर

लीजिये अरुण, मेरे शरीर का सारा आकर्षण खत्म हो चुका है।''

अरुण ने खुद से मुझको अलग किया और हाथ ढीले कर एक थप्पड़ लगाया। न ज्यादा जोर से, न धीरे... संतुलित मार। ये उसका अंदाज था। इस थप्पड़ ने मुझे कितना सुख दिया मैं ही जानती हूँ। अगर वह मुँह से कुछ सांत्वना देता या प्यार जताता, तो इतना असरदार न होता। थप्पड़ मारकर उसने मुझे मेरे अस्तित्व का एहसास करा दिया। शरीर की पूर्ण शक्ति से मैं उससे चिपक गयी। मुझे याद आया, एक बार अरुण ने गुस्से में मुझे थप्पड़ मारा था। मैंने तिलमिलाकर हाथ में लिए मोबाइल को जमीन पर पटका था और फुफकारते हुए कहा था- ''फर्स्ट एंड लास्ट! आज के बाद अगर मुझपे हाथ उठाया तो सोच लेना; मैं पुराने ज़माने की औरत नहीं हूँ कि मार खा के चुप रह जाऊँगी।''- और आज का थप्पड़। चोट गाल पर लगी, असर कहीं और हुआ।

वो थप्पड़ भूले नहीं भूलती। अपने गाँव गये थे हम बहुत दिनों के बाद। कोई पुरानी मन्नत याद आ गयी थी माँ जी को। उस मन्नत के अनुसार अरुण को मकरध्वज पर्वत पर चढ़कर चाँदी का त्रिशूल चढ़ाना था देवी के चरणों में। उन्होंने अपने जीवन काल में इतने मन्नत माँगे थे कि खुद उनका हिसाब नहीं रख पाती थीं। शुक्र है ये मन्नत उन्हें याद आ गयी। अरुण की बीमारी से परेशान होकर कुछ साल पहले मन्नत माँगा था। मलेरिया रह-रहकर परेशान करता था... एक बार तो हालत बहुत ही ख़राब हो गयी थी। किसी झाड़-फूँक वाले ने बताया था कि बहुत भारी ग्रह है इसके ऊपर। डर से पिताजी ने कहे अनुसार झाड़-फूँक करवाया था और माँ जी ने मन ही मन ये भारा भख दिया था। अरुण ने बाद में गुस्से में कहा था- ''क्या उलजलूल मन्नत माँगती है माँ! और कुछ नहीं मिला तो पहाड़ पर चढ़ने का मन्नत माँग लिया, कहाँ से लाती हैं इतने इनोवेटिव आइडिया?''- सब कुछ सही चल रहा था। हम सबलोग गये थे मकरध्वज पहाड़। हँसी-खुशी दिन कट रहे थे। एक दिन दीदी (अरुण की भाभी) माँ जी से कह रही थीं- ''आप पैसा क्या सिर पर लाद कर ले जायेंगी? बेटा यहाँ मर-मरके काम कर रहा है, लेकिन अपना पेंशन का पैसा नहीं देंगी!''

मैंने हँसते हुए कहा- ''हाँ माँ जी, आप पैसा दीदी को भी नहीं देतीं,

मुझे भी नहीं देतीं, तो करती क्या हैं?''

माँ जी ने कहा- ''मैं बाज़ार जाती हूँ, शौपिंग करती हूँ, सिनेमा जाती हूँ; मेरे शौक नहीं हैं क्या?''

दीदी- ''देख रही हो न इनके तेवर, ऐसे ही टेढ़िया के बात करती हैं; घमंड हो गया है इनको।''

मैं- ''क्यों माँ जी, आखिर आपका पैसा तो आपके बच्चों का ही है, आप करती क्या हैं पैसों का?''

माँ जी गुस्सा गयी थीं- ''तुम लोग को हिसाब चाहिए मेरे पैसों का! मैं क्या तुम लोग से हिसाब माँगती हूँ?'' और फिर गुस्से से अपना पासबुक फेंक दिया हमारे सामने- ''देख लो, कोई हिसाब है मेरे खर्चे का? जब-तब घर में कोई न कोई काम लगा ही रहता है। इतने बड़े हाथी को पालना आसान काम है? कभी यहाँ सीमेंट, कभी वहाँ पेंट... कभी खिड़की, कभी लोहा, कभी छड़; कभी गेट लगवा दीजिये, कभी बगान घेरवा दीजिये। ''

मुझे बुरा लगा था। दीदी किस सफाई से माँ जी के सारे पैसे घर में लगवा रही थीं। आखिर फायदा उन्हें ही होना था। उन्हें यहाँ परमानेंट रहना है; मुझे क्या फायदा इस घर से। आज यहाँ कल वहाँ... बैंकर की नौकरी, खानाबदोश की जिन्दगी। मैंने कहा- ''अच्छा होगा कि आप एक महीने का पैसा एक बेटा को दे दें, तो अगले महीने का दूसरे बेटा को; आखिर इस घर से मुझे क्या फायदा है?''

दीदी ने गुस्से में कहा- ''क्यों, घर से फायदा नहीं है तो यहाँ आती क्यों हो?''

मैं- ''तो आप मुझे यहाँ आने से रोकोगी? ये घर जितना आपका है उतना ही मेरा भी है, लेकिन परमानेंटली तो आपको ही रहना है, हमें तो बाहर में किराया देकर रहना पड़ता है। ''

दीदी- ''लेकिन एक महीना ये बेटा अगले महीने वो बेटा वाला हिसाब सही नहीं है... जब माँ जी हमारे पास रहती हैं तो तुम्हे क्यों पैसा देंगी? हमलोग यहाँ उनका खर्चा उठाते हैं। ''

अरुण को ये सब किचकिच अच्छा नहीं लगता था। पैसे का तो जिक्र

भी नहीं सुनना चाहता था। अपने रूम से ही चिल्लाया- ''क्या लड़ाई हो रहा है? चलो इधर आओ अंजलि।'' लेकिन मैं क्यों आने लगी। अरुण को अनसुना कर लड़ाई जारी रखा- ''तो हमलोग कब मना किये हैं माँ जी को साथ रखने से? अब अगर ये वहाँ नहीं रहना चाहतीं तो हमारी गलती है?'' अरुण सामने आ गया था- ''फिर से तुम पैसा-पैसा करने लगी?''

''तो क्यों न करें? आपको मतलब नहीं है तो आप चुप रहिये, हम अपना हक नहीं छोड़ने वाले?'' मैं जोश में आ गयी थी। पता नहीं क्यों माँ जी इस लड़ाई में कूद पड़ीं- ''कितना पैसा चाहिए तुमको? बोलो कितना चाहिए?'' मैं भी तैश में आ गयी- ''ज्यादा गर्मी मत दिखाइए पैसा का, पैसा काम नहीं देगा, हमी लोग काम देंगे।'' माँ जी एकदम मेरे मुँह के सामने अँगुली लेती आयीं और कहा- ''तुम मुझसे ऐसे बात करोगी? मुँह तोड़ देंगे तुम्हारा।''

मैंने भी क्रोध में कह दिया- ''तो आप मुझे अँगुली दिखाएँगी? अँगुली तोड़ देंगे आपका।''

चटाक! सुन्न हो गया मेरा गाल और कान के नीचे का प्रदेश। अपनी हथेली में सम्पूर्ण शरीर का शक्ति बटोरकर थप्पड़ जड़ा था अरुण ने। एक पल के लिए वक्त ठहर गया। सब जड़ हो गये। अरुण कभी मुझ पर हाथ उठा सकता है, कोई सोच भी नहीं सकता था। मैं तो स्वप्न में भी नहीं। चोट खायी हुए नागिन की तरह मैंने फुफकारा था- '' फर्स्ट एंड लास्ट! आज के बाद अगर मुझपे हाथ उठाया तो सोच लेना, मैं पुराने ज़माने की औरत नहीं हूँ कि मार खा के चुप रह जाऊँगी'' और दनदनाते हुए मैं वहाँ से हट गयी थी।

पाँच

''माँ, मैं हजारीबाग जाऊँगी, मैंने तय कर लिया है।'' विदिशा ने कहा।

पिता के प्यार के बगैर पली लड़की समय से पहले वयस्क हो गयी थी। जिस उम्र में बच्चे टीवी, मोबाइल और खिलौनों में उलझे रहते हैं, उसने किताबों में खुद को उलझाया। धार्मिक और पौराणिक पुस्तकों के लिए वह दीमक बन गयी थी। धर्म और अध्यात्म में उसकी रुचि देख माँ डरती थी... कहीं पुत्री भी पिता की राह पर...

''मैं उनके अधूरे सपने को पूरा करूँगी; उनकी कहानी को मैं अपने तरीके से लिखकर छपवाऊँगी, देखना ये कहानी धूम मचा देगी।''

''उसके लिए हजारीबाग जाने की क्या जरूरत है? तुम यहाँ भी लिख सकती हो, कहानी तुम्हें पता ही है।''

''नहीं, सिर्फ दिमाग में उपजी कहानी मैं नहीं लिखना चाहती। जब तक कहानी को महसूस न करो, जज्बात नहीं उभर पाते। मैं उस परिवेश और उन पलों से होकर गुजरना चाहती हूँ, जिनसे गुजरकर पिताजी ने वैराग्य अपनाया।''

''उस गाँव से अब मेरा कोई रिश्ता नहीं है।''

"क्यों? आखिर क्यों? हमारा अपना घर है वहाँ... मुझे लगता है उसी घर से हमें पिताजी के बारे में कोई सुराग मिलेगा।"

"व्यर्थ है; जिस शख़्स को वापस आना होता वो कब का आ चुका होता... जो खुद ही गुमशुदा हो जाय उसे कोई कैसे ढूँढ़ सकता है?"

"नसीब के खेल निराले होते हैं माँ; शायद तुम्हारा वनवास अब पूरा होने वाला हो।"

नसीब के खेल सचमुच निराले होते हैं। दस वर्ष पूर्व जब भारती इन रास्तों से गुजरी थी तो गोद में एक छोटी सी अबोध बच्ची थी, जो टुकुर-टुकुर ताकती थी। अब वह बच्ची माँ के सिर को गोद में रखे सहलाये जा रही है।

विदिशा ने पिताजी की बंद पड़े अलमारी से उपन्यास का आखिरी हिस्सा निकाला और पढ़ना शुरू किया-

खुद से मैं दूर हुआ

कोई यकीन करेगा कि यह वही स्टेशन है। बाप रे! एकदम कायाकल्प हो गया है। एक नया प्लेटफार्म भी बन गया है... एक नहीं दो। दो-दो फुटओवर ब्रिज भी बन गया है। एस्केलेटर भी है। वेटिंग रूम, जन आहार, जगह-जगह पेयजल। कोई विश्वास करेगा कि पाँच साल पहले यहाँ कुत्ते दौड़ा-दौड़ी करते थे... मुश्किल से दस लोग नजर आते थे। पूर्ण परिवर्तन। पहले बाहर निकलकर बहुत दूर तक जाना होता था, तब गाड़ी मिलती थी... अब गेट पर ही ऑटो वाले छेक ले रहे हैं। कमांडर या जीप मुझे आरामदायक लगती थी, ये टेम्पो तो खटर-खटर करता है, उछालता भी बहुत है। कई बार लोहे से सिर टकराया। - गाड़ी गाँव की ओर जाने वाली कच्ची सड़क पर खड़बड़ा कर चल रही है। ऊबड़-खाबड़ रास्ते पर हिचकोले लेते हुए धीरे-धीरे। कोई अनजानी सुगंध। सच में हर जगह की अपनी खुशबू होती है। शायद धान के खेत से आ रही है खुशबू।

भारती को यहाँ लाने के लिए मनाना कितना मुश्किल था। उसे जब भी सूनी पथरायी आँखों से शून्य में नजर उलझाये देखता तो लगता वह सचमुच

मुझ जैसी बन गयी है। नहीं... मुझ जैसी नहीं; मेरी तो यह आदत ही है। मैं चुपचाप बैठकर भी बोर नहीं होता। स्वयं में ही खुश रहता हूँ। वह तो डिप्रेशन में चली गयी थी। निरुद्देश्य-सा जीवन जी रही थी। एक दिन मैंने उससे कहा - "सोचता हूँ कुछ दिन के लिए अपने गाँव ही चला जाय, बोरियत भर गयी है जिन्दगी में; जब तक कुछ फैसला न आ जाये"

"अपना गाँव? मेरा वहाँ है ही क्या? न घर अपना है न लोग अपने हैं; बस कुछ मेरा सामान वहाँ पड़ा है, जिसका मोह होता है, नहीं मेरा तो दिल ही उचट गया है उस जगह से।"

"पुरानी बातों को भूल जाओ, छोटी-मोटी बातों को भुला देना ही बेहतर होता है।"

"कैसे भुला दूँ और क्या-क्या भुला दूँ? मेरी याद्दाश्त इतनी कमजोर नहीं है; भूली नहीं हूँ मैं वो थप्पड़।"

"तो कब तक चिपकी रहोगी उन यादों से? इसीलिए तुम कुढ़नी हो गयी हो, दिन भर कुढ़ती रहती हो पुरानी बातों को सोच-सोचकर। अरे यार आगे बढ़ो, बार-बार पीछे क्या मुड़ना?"

"पता नहीं, कुछ समझ में नहीं आता... आप नहीं जानते वहाँ जाते ही मैं झगड़ालू हो जाती हूँ; ये सोचकर जाती हूँ कि इस बार कोई झमेला नहीं होगा, लेकिन परिस्थितियाँ कुछ ऐसी हो जाती हैं कि-"

"मैं चाहता हूँ कि तुम चंचल बनो, जीवंत बनो, मेरे जैसा मत बनो। दोनों कोई एक जैसे हो जायेंगे तो कैसे चलेगा? मुझे वही झगड़ालू, गुस्सैल और नटखट भारती चाहिए, ये धीर-गंभीर मुद्रा तुम पर नहीं शोभती।"

"मैं तो सचमुच बदल गयी हूँ आपके साथ रहते-रहते... आपको तो मैं नहीं बदल पायी लेकिन मैं ही बदल गयी। साधू बाबा, सच में जो भी आपके साथ रहे वो वैरागी हो जाय।"

"तो चलो उस गाँव में फिर से, जहाँ मैं अपना साधु-व्रत तोड़कर तुम्हारे प्रेमजाल में उलझ गया था। सब कुछ भुलाकर कुछ दिन मैं भरपूर जिन्दगी जीना चाहता हूँ... पेड़-पौधे, गाय-बछिया, हम-तुम, तालाब और खंडहर।

"वो देखो! लगता है मेले की तैयारी हो रही है।" उत्साहित होते हुए भारती ने कहा। बहुत दिनों के बाद उसका ये रूप दिखा मुझे। तत्काल समय कुछ पीछे खिसक गया। ढेर सारी खुशनुमा यादें।

यहाँ मेला लगता है छठ में। बहुत दूर-दूर से लोग यहाँ आते हैं। पूरे एक सप्ताह चलता है मेला। मौत का कुआँ, ब्रेक डांस वाला झूला, ड्रैगन वाला झूला, जादूगर वाला शो। भारती को वही गगनचुम्बी झूला ही पसंद आता था। डरती भी उतनी ही थी, लेकिन चढ़ती जरूर थी। झूला जब ऊपर से नीचे आता, तो भय और रोमांच से वह मुझे पकड़ लेती। मैं डाँटता- "जब इतना ही डर है तो चढ़ती क्यों हो?" पिछले मेले में वह तीन बार चढ़ी थी बैक टू बैक।

गाड़ी, तालाब के पास से गुजर रही है। छठ की तैयारियों के चलते तालाब की सुन्दरता निखर गयी है। आस-पास के कचड़े हटा दिए गये हैं। मिट्टी काटकर सीढ़ी जैसा बनाया गया है, जिस पर लोग डाला-सूप रखेंगे छठ पर्व में। कुछ लकड़ी के खम्भे गाड़े गये हैं... झालर बत्ती और ट्यूबलाइट लगेगा इसमें। पिताजी का बनवाया मंदिर भी सज गया है। लाल रंग से पेंट किया हुआ है। सामने चबूतरे पर तुलसी लहलहा रही है। एक बाँस के खम्भे में लाल पताका। रामनवमी में लगा होगा। पीपल का पेड़ बुला रहा है मुझे। चील नहीं है।

आस-पड़ोस के लोग एकत्र हो गये गाड़ी की आवाज सुनकर। अपने अपने दरवाजे से सभी झाँक रहे हैं मुस्कुराते हुए। राजेश माई टोकना नहीं भूलतीं। अपने अंदाज में छेड़ती है- "कौन हैं भाई आप लोग? कहाँ जाना है?" सभी हँसते हैं। मैं सामान उतारने लगा। "इतने दिन पर आइयेगा तो कौन पहचानेगा... बीच-बीच में आते रहना चाहिए। मैंने वही सड़ा हुआ बहाना किया- "समय कहाँ है चाची; डेढ़ दिन तो आने में लगता है, डेढ़ दिन जाने में। कम से कम दस दिन की छुट्टी हो तभी न आयें।" किशुन ने दूर से ही सलाम किया और फिर पास आकर बोला- "आँय अरुण! सुने कि तुम्हारे नौकरी में कुछ दिक्कत हो गयी है; क्या हुआ है?" राजेश माई ने डाँटा उसे- "ए चुप रहो! आते-आते आपको यही बात मिला।" बच्चे

शरमा रहे हैं, अपनी अपनी माताओं के आँचल में छुप रहे हैं। धीरे धीरे घुलेंगे एक दूसरे में।

अपना घर। कहने को तो ये घर अपना नहीं था... किसी कम्पनी का परित्यक्त भवन था, किन्तु जहाँ मैंने चलना सीखा, बोलना सीखा, बचपन गुजारा और बचपना छोड़ वयस्क हुआ, उसे मैं अपना घर न कहूँ तो क्या कहूँ। लोग चाहे जो कहें, मेरे दिल से जुड़ा था ये घर। गर्मी के दिनों में जब भी स्कूल से आता, पोंछा लगाये हुए फर्श पर उघारे देह लेट जाता था पंखा चलाकर। और रात... छत पर बिछावन बिछाकर तारों पर मोहित होते बीतता था। बरसात के दिनों में बरामदे में बैठकर भूँजा खाना और बारिश देखना। माघ की ठिठुरते शाम में बोरसी जलाकर उसके इर्द-गिर्द सभी भाई-बहन बैठ जाते थे। कुछ आलू आग में डाल दिए जाते। गर्म-गर्म आलू को छिलका सहित खाने का स्वाद... रात को रजाई में दुबककर पढ़ाई करना या टीवी देखना। हर मौसम में इस घर ने माँ की तरह अपने छाँव का सुख दिया है। इसकी हर दीवार पर हर कोने से मेरी याद जुड़ी है। इस बार मेरी यादों को ही जैसे मिटा दिया गया हो। अपना ही घर किसी पराये की तरह लग रहा था। मेरी कोई भी वस्तु बाहर वाले कमरे में नहीं थी। वो लकड़ी की अलमारी, जिसमें मेरी पुस्तकें रहती थीं, अब पुराने कपड़ों ने ले लिया था। घर के स्टोर रूम में सारे पुस्तकों को छितरा दिया गया था। मेरी यादों का सारा सामान स्टोर रूम में बिखरा पड़ा था-पुराने कैसेट, कैरम बोर्ड, टेप रिकॉर्डर, टूटे हुए बैट, जंग लगी सायकिल, पुरानी पाठ्य-पुस्तकें दिमाग में कोई एक जगह होती है, जो पुरानी चीजों को देखकर खुश होती है। बहुत सारी यादें धड़धड़ाते हुए दिमाग में आती हैं और समय को पीछे धकेल देती हैं।

सूनापन इस घर की स्थायी पहचान रही है... फिर भी कभी ये घर पराया नहीं लगा। पता नहीं क्यों इस बार घर में घुसते ही लगा, जैसे मैं किसी पराये घर में जा रहा हूँ। क्या पिताजी नहीं रहे इसलिए? शायद। पिता, घर का वो मजबूत स्तम्भ होता है, जिस पर पूरा घर टिका होता है। पिता के नहीं रहने पर घर सिर्फ एक मकान रह जाता है। पूरे घर को आपस में चिपका देने की गोंद वाली शक्ति माँ में नहीं होती। माँ को देखकर लगता है जैसे उनका मोह फट गया है अपने परिवार से। खोयी-खोयी-सी,

बनावटी हँसी, बनावटी प्यार। अपना अस्तित्व खो देने वाली... अभिमान रहित। मैं जानता था इस घर में उनकी क्या इज्जत है! फिर भी पता नहीं क्यों वह इस घर को छोड़ना नहीं चाहतीं। कई बार मैंने कहा था कि माँ मेरे साथ चलो अगर यहाँ दिक्कत है तो... लेकिन नहीं; उनके नजरिये से मैं सोच नहीं पाता। शायद कोई बात उनके दिल में इतने गहरे उतर गयी है कि वह मुझसे भी दूर होती जा रही हैं।

कहीं गुजरात वाली बात तो नहीं? बात तब की है, जब माँ हमारे साथ रहती थीं। एक बार विदिशा की तबियत ख़राब हो गयी थी। माँ और विदिशा को अपनी बाइक पर बिठाकर मैं डॉक्टर के पास ले गया था। डॉक्टर को दिखाने के बाद जब हम वापस लौट रहे थे तो एक साड़ी की दुकान के पास माँ ने मुझे रुकने को कहा- ''जरा रुकना अरुण! बहुत दिन से सोच रही थी एक साड़ी ले लूँ।'' मैं खुशी-खुशी उन्हें दुकान में ले गया। मुझे साड़ियों के प्रकार और क्वालिटी का कोई अनुभव नही था, किन्तु रंग की समझ तो थी ही। बहुत सारी साड़ियों के ढेर में से मैंने एक बैगनी रंग की साड़ी चुनी। चमकीली भी थी। दाम सुनकर माँ थोड़ी असहज हो रही थीं, किन्तु मैंने कहा- ''पैक कर दीजिये।'' मैंने देखा माँ के चेहरे पर गर्वीला संतोष उभर गया था। खुशी उनके चेहरे पर दिख रही थी। घर आकर मैंने साड़ी का डिब्बा भारती की ओर फेंका और खुशी से कहा – ''देखो, माँ के लिए साड़ी लाया हूँ।'' एक तिरछी नजर भारती ने साड़ी पर डाला और उठकर अपने रूम में चली गयी। उसके पीछे-पीछे मैं भी गया- ''क्या हुआ, साड़ी अच्छी नहीं है?''

कोई जवाब नहीं। ''अब तुम्हारे जैसे एक्सपर्ट तो हैं नहीं, जो अच्छा लगा ले लिये।'' मैंने कहा।

''आप किसलिए बाज़ार गये थे?'' संयत स्वर में उसने पूछा।

''विदिशा को दिखाने।'' मैंने कहा।

''तो फिर ये साड़ी क्यों लिए?''

''माँ की इच्छा थी तो ले लिये; क्या दिक्कत है?''

''अरे आपकी माँ तो हिरोइन हो गयी हैं। आप लोग को थोड़ा भी शर्म है! दो दिन से विदिशा की तबियत ख़राब है; रात-रात भर मैं चिन्ता से जागी

रहती हूँ और आपलोग को कोई टेंशन है? इतने बार मैंने कहा तब जाकर उसे डॉक्टर के पास ले गये। आपलोग को थोड़ी भी इस बच्ची की फ़िक्र होती तो इस तरह शॉपिंग नहीं करते। आप को तो बेटी से कोई मोह नहीं है, लेकिन उनको कोई फ़िक्र है अपनी पोती की?''

''धीरे बोलो, माँ सुन लेंगी।'' मैंने धीरे से कहा।

''सुन लें... कोई डर नहीं है मुझे; और कितने की है साड़ी?''

''दाम जानकर क्या करोगी? पन्द्रह सौ।''

सिर पकड़ लिया भारती ने- ''आप पागल तो नहीं हो गये? आज तक मुझे कभी इतनी महँगी साड़ी नहीं दिए। फैशन सूझ रहा है उनको इस उम्र में... चटकदार साड़ी ले आयीं, उम्र का भी खयाल नहीं है।''

''अरे एक शौक से खरीद ही दिया तो कौन-सा पहाड़ टूट गया?'' गुस्साते हुए मैंने कहा। माँ ने शायद सब सुन लिया था। हमारे कमरे के दरवाजे पर आकर साड़ी का डिब्बा फेंक गयीं- ''तुम लोग खुश रहो, मेरे चलते मत लड़ो।''

उसके अगले दिन से ही माँ घर जाने की जिद करने लगीं। अब दिन भर किसी से कुछ नहीं बोलती थीं... बस एक ही धुन- ''टाइम निकाल के मुझे गाँव पहुँचा दो।'' कई बार मैंने उन्हें समझाने की कोशिश की, कि छुट्टी नहीं मिल रही है, थोड़ा तो धैर्य रखो, यहाँ पानी में नहीं भीग रही हो। लेकिन माँ के मन में ठेस लग गयी थी। एक दिन उन्होंने उस दिव्यास्त्र का इस्तेमाल किया, जिसके आगे मैं निहत्था हो गया। काफी देर तक शून्य में उन्हें उदासी से ताकते देख जब मैंने इसका कारण पूछा तो बहुत ही भावुक अंदाज में उन्होंने कहा- ''औरत का जनम ही तो कष्ट भोगने के लिए होता है अरुण; तुलसीदास जो कह गये हैं –पराधीन सपनेहुँ सुख नाहीं' सो झूठ थोड़े ही कहे हैं; अनुभवी आदमी थे। औरत हमेशा परआसरा होती है, इसलिए कष्ट भोगती है। आज मैं अगर मर्द होती तो तुम्हारे छुट्टी का इन्तजार तो न करती, चुपचाप बैग उठाती और चल देती।'' इस अस्त्र के बाद मुझे समर्पण करना ही पड़ा। अगले ही दिन मैंने उन्हें गाँव पहुँचा दिया।

* * *

अपने रूम का हाल देख भारती का पारा गरम हो गया है- ''कैसे हैं ये लोग... इतना भी नहीं सोचे कि हमलोग आने वाले हैं तो थोड़ा साफ-सफाई करा दें। सफाई क्यों, यहाँ तो और कचड़ा भर दिया गया है... सारे घर का फालतू सामान मेरे ही रूम में...'' अपने शोकेस में लगी धूल-मिट्टी को झाड़ते हुए उसने कहा।

''तुम्हारी ही दीदी है; तुम बोलती थी कि हमलोग सगी से बढ़कर हैं।'' मैंने कहा।

''मैंने तो कभी उनको अलग नहीं समझा, पता नहीं क्यों उनके मन में मेरे प्रति ईर्ष्या है; शायद कम पढ़ी-लिखी हैं इसलिये। उनके मन में असुरक्षा की भावना होगी। पर मैंने कभी अपना अव्वलपन उन पर नहीं झाड़ा।'' हाथ में झाड़ू लेकर वह एक टेबल पर चढ़ी और दीवार के जाले साफ करने लगी। मैंने दीवान खोलकर गद्दा निकाला। बहुत दिनों से समेटकर रखे कपड़े से जो गंध आती है, वैसी ही गंध कमरे में फ़ैल गयी। ''बाहर धूप में डाल दीजिये थोड़ी देर, रूम स्प्रे मारना होगा।'' भारती ने कहा। गद्दे निकालकर धूप में डाल दिए मैंने। अलमारी खोलकर भारती ने तकिये के दो खोल निकाले... नये-नये और एक नया चादर फिनाइल की सुगंध बिखेरता। ''वाह! तुम तो सारा इन्तजाम रखती हो।'' मैंने कहा।

''तो किसी और के भरोसे रहूँगी मैं? हर सामान रखती हूँ मैं।'' इतरा कर उसने कहा।

उसकी आँखों में जो शरारती चमक देखी मैंने, मैं उसका कायल हो गया। कितने दिनों के बाद इस तरह से उसको बलखाते देखा। मेरी पुरानी भारती... शोख, चंचल, लड़ने वाली, इतराने वाली, रूठने वाली, गुस्साने वाली, मुँह फुलाने वाली, ठठाकर हँसने वाली, मुँह के छत्तीस विन्यास बनाने वाली। मैं तो भूल ही गया था उसका ये रूप। कितनी मासूम है उसकी हँसी। उठकर मैं उसके करीब गया और हाथ के घेरे में उसे लपेट लिया। ''ऊँहू छोड़िये मुझे; पूरे शरीर में डस्ट लगा हुआ है।'' छुड़ाने की कोशिश में उसने कहा। मैं फिर से रोमांचित हो गया उसके इस इनकार से। धकेल कर उसे पलँग पर गिरा दिया और एकटक उसे देखने लगा। ''क्या देख रहे हैं ऐसे?'' उसने पूछा।

"थैंक यू! थैंक यू भारती, मुझे मेरी पुरानी भारती लौटाने के लिए।"
मैं उसे इस तरह देखे जा रहा था जैसे कोई खोयी वस्तु मिल जाने पर करता
है। उलट-पुलटकर देखता है, बार बार देखता है। उसे यकीन नहीं होता है
कि उसकी चीज मिल गयी है।

"अब हटिये, मैं भागी नहीं जा रही हूँ, आपके ही पास रहूँगी।" मुझे
धकेलते हुए उसने कहा।

* * *

"अच्छा हुआ आपलोग इस बार छठ में आ गये; पता है आपकी माँ ने
भारा भखा है आपके लिए... आपको सूप लुटाना पड़ेगा इस बार।" हँसते
हुए भाभी ने बताया।

"अब क्या हो गया? क्यों भारा भखा है माँ ने?" मैंने भी हँसते हुए
पूछा।

"इतनी बड़ी बात हो गयी और पूछते हो क्या हुआ... जब पता चला
कि तुम्हारे नौकरी में कुछ दिक्कत आ गयी है तो हमलोग यहाँ एकदम
परेशान हो गये; चिन्ता के मारे मुझे तो बुखार आ गया। दिन रात यही
सोचते रहते थे कि तुमलोग कैसे रह रहे होगे। अब मेरे हाथ में कुछ था नहीं;
बस भगवान का ही सहारा था, इसलिए भारा भख दिये।" माँ ने बताया।

"माँ जी मन्नत स्पेशलिस्ट हैं, नहीं!" भारती ने चुटकी लिया।

"ठीक है भारा भखे, लेकिन मेरे को लेकर क्यों भखती हैं; मुझे इन
सब चीजों में कोई श्रद्धा नहीं है और ऐसे भी अभी मन्नत पूरा कहाँ हुआ है?
थोड़ा झल्लाते हुए मैंने कहा।

"दिक्कत क्या है सूप लुटाने में? कौन सा भारी काम है।" माँ ने
कहा- "व्रत तुमको करना नहीं है, बस सूप ही तो लुटाना है; कुछ सौ रुपये
खर्च होंगे बस। फिर कब तुमको फुर्सत मिलेगी... संजोग से आ गये हो तो
ये भगवान की ही मर्जी होगी।" माँ को तर्क में पराजित तो किया जा सकता
है, लेकिन उनकी जिद के आगे झुकना ही पड़ता है।

नहीं, माँ की ममता ख़त्म नहीं हुई है। मेरा आकलन गलत था। अगर
पूर्ण निर्मोही हो गयी होतीं तो मेरे लिए मन्नत क्यों माँगतीं, मेरे लेखन में

इतनी रुचि क्यों लेतीं। मेरी आधी-अधूरी रचनाओं को भी चाव से पढ़तीं और सबको पढ़वाती थीं। अब भी उसी अधिकार से मुझे आदेश देती हैं जैसे बचपन में देती थीं। शायद भारती की वजह से उनका मन उखड़ गया हो। कितनी खुश रहती थीं गुजरात में शुरूआती दिनों में। एक दर्प दिखायी देता था उनके चेहरे पर। कमाऊ पुत्र के साथ घूमने की खुशी, मैनेजर की माँ कहलाने की खुशी। सत्संग-प्रवचन, भजन-कीर्तन... उस धार्मिक माहौल को पाकर जैसे उनका जीवन सफल हो गया था। लेकिन परिवार है तो नोकझोंक और लड़ाई तो होगी ही, मनमुटाव होगा ही। दोनों लड़तीं और मैं दाल की तरह दो पाटों के बीच पिसता। किसका पक्ष लूँ! अगर माँ का पक्ष लेता तो भारती किसी मरखाह गाय की तरह फों-फों करती... और भारती का पक्ष लेता तो माँ के ताने सुनने पड़ते। और कुछ झगड़े तो ऐसे भी होते हैं जिसमें ये निर्णय करना मुश्किल हो जाता है कि गलती किसकी है। इसलिए मैं अब तटस्थ रहने लगा था। लड़ो तुमलोग जितना लड़ना है। औरतों की लड़ाई... सुबह लड़ेंगी, शाम को हँसेंगी! लेकिन मेरा ये तटस्थ रास्ता भी माँ को रास नहीं आया। उन्हें लगा होगा कि मैं जानबूझकर चुप रहता हूँ ताकि बीवी सिर चढ़ जाय। एक दिन मैंने उन्हें समझाने की नीयत से कहा- "छोड़ो न माँ, क्यों बहस करती हो; बहस का कोई अंत है? बहस से सिर्फ बहस ही पैदा होती है।" लेकिन माँ को मेरा ये सुझाव पसंद नहीं आया। उलटे मुझे सुना गयीं- "जाकर उसको सिखाओ ये सीख... लेकिन उसको क्यों सिखाओगे, उसके तो मुट्ठी (मुट्ठी दिखाते हुए) में कैद हो गये हो तुम।" ऐसा प्रत्यक्ष आरोप। झनझना गया था मेरा मस्तिष्क। मुझे खुद नफरत हो गयी थी माँ से उस वक्त। सही कहते हैं भैया भाभी, कि माँ सठिया गयी हैं। हर लड़ाई में मैंने उनका ही पक्ष लिया। मेरा मन ही जानता है कि मैंने कभी मन में कोई दुर्भाव नहीं पाला। भैया खुलेआम पत्नी का पक्ष लेकर माँ को डाँटते रहे हैं, लेकिन कभी माँ ने उन्हें नहीं डाँटा। सही कहती है भारती, कि माँ जी इज्जत के लायक ही नहीं हैं, इनको कितना भी कर दो कम ही लगेगा।

फिर माँ के नजरिये से मैंने घटनाओं को पुनः जिया। खुद को उनकी जगह रखकर सोचा। एक साठ साल की विधवा... पति नहीं है, शरीर थक गया है, ऊपर से औरत जात। मन में हज़ार विचार आते होंगे, लेकिन कोई

सुनने वाला नहीं। जब तक पति रहता है, घर की मालकिन रहती है, फिर पुत्र मालिक बन जाता है... वैचारिक- मतभेद होते हैं, पीढ़ी-संघर्ष होता है। नयी पीढ़ी उसे पथभ्रष्ट लगती है। वह अपने विचार थोपना चाहती है, लेकिन नयी पीढ़ी इंकार कर देती है। नयी पीढ़ी अब मालिक बन गयी है। विधवा को अपना अस्तित्व अर्थहीन लगता है। वह संघर्ष करना चाहती है लेकिन उसके नाखून और पंजे कमजोर हो चुके हैं। वह हारती है, टूटती है और फिर नये रोल में खुद को ढालकर जीना सीखती है। बुढ़ापा! मैं कैसे जान सकता हूँ उसका दर्द, जो मैंने जिया ही नहीं। हो सकता है मुझसे ही कोई चुक हुई होगी। कुछ चीजों की व्याख्या इतनी आसान नहीं होती।

* * *

अमरूद का पेड़ अपनी ही जगह पर खड़ा है, सालों से अपनी जड़ों को पकड़े हुए। उसके समीप जाते ही वक्त भी चलना छोड़ देता है। नहीं, वक्त पीछे चलने लगा है। कुछ साल पीछे जाकर अटक जाता है। मैं देख रहा हूँ एक बारह वर्ष का बालक हाफ पैंट पहने, इसके तना पर उचककर चढ़ता है। अमरूद उसकी पहुँच से दूर हैं, वह टहनियों पर चढ़ने लगता है। पतली टहनियों पर बेझिझक अपना कौशल दिखाते हुए। नीचे से माँ और दीदी चिल्लाती हैं- ''देखो तो इसको! जरा भी डर है; चलो नीचे उतरो।'' वह हँसता है माँ और दीदी की नादानी पर- ''ये अमरूद का पेड़ है, कोई जामुन का नहीं; देखो मैं इसपर लटक भी जाऊँ तो कुछ नहीं होगा।'' माँ और दीदी उसके हीरोगिरी से प्रभावित नहीं होती हैं, डाँटना जारी रखती हैं। वह भी उस डाँट से अप्रभावित, अमरूद तोड़ना जारी रखता है। बच्चे जमा हो गये हैं और कुछ बच्चों की माएँ भी। सबको अमरूद चाहिये, वो भी अपनी पसन्द वाला। ये नहीं वो, नहीं नहीं थोडा और उपर देखो, थोड़ा पीछे, हाँ वही बड़ा वाला। किसी को सुग्गा खाया वाला अमरूद चाहिए। पता नहीं कैसे उन्हें पत्तियों में छिपा अमरुद दिख जाता है। ढेर सारे अमरूद तोड़कर मैं नीचे उतरता था। जाड़े के मौसम में अक्सर माँ रजाई और तोशक धूप में निकालती थीं। उस गर्म रजाई पर लेटकर मैं अपने हिसाब से अमरूद बाँटता और खाता था। शीशे के जार में रखे आँवला के आचार को धूप में रखते हुए माँ कहतीं- ''रजाई पर मत सोओ, ख़राब हो जायेगा।'' जितनी हल्की उनकी डाँट होती थी, उतनी ही धीमी मेरी प्रतिक्रिया होती थी।

फिर से उस पेड़ पर चढ़ते मुझे कुछ हो रहा है। अतीत कहीं से आकर मुझे जकड़ ले रहा है। उस पर पैर रखकर मैंने उसका अपमान किया है ऐसा लगने लगा है। अब ऊपर चढ़ते भी डर लगता है। पहले वाली बात नहीं कि फुलंगी पर निर्विरोध विजय प्राप्त कर लूँ। भारती एक लम्बा-सा लग्गी ले आयी। मोटे तना पर बैठकर मैं चतुर्दिक बिखरे अमरूदों को तोड़ने का सुख प्राप्त कर रहा हूँ और अंजलि, भाभी और बच्चे दौड़-दौड़कर चुनने का सुख। कुछ साल पहले दो बहनों को मैंने ऐसे ही दौड़-दौड़कर आम चुनते देखा था। बचपना मरता नहीं है।

सर्दी के मार से नवम्बर ठिठुर रही है। कहीं बर्फबारी हुई है शायद। उसके असर से हवा भाले की तरह चुभती है। जिस बरामदे पर किशुन पसरकर लम्बां होता था, उसके सामने वाली खुली जगह में आग जलाकर सिकुड़ा हुआ है। आग के चारों ओर लोग धुएँ से बचते हुए इधर-उधर चेहरा घुमाते हैं। लकड़ी खत्म हो गयी है, फिर भी उठना कोई नहीं चाहता। राजेश माई फूँक मारकर आग को कुछ देर के लिए जिलाती है। मुझे याद आया बगान में सेमल के पत्ते गिरे पड़े होंगे। इस मौसम में पुराने पत्ते झड़ जाते हैं। कुछ बच्चों को लेकर मैं बगान में गया और एक टोकरी पत्ते बटोरकर ले आया। पत्ती डालते ही आग हाहाकार कर लपलपाने लगी। सबके चेहरे उस आग में लाल ताँबे की तरह चमकने लगे। शॉल स्वेटर सब बदन से उतरने लगे। बच्चे लकड़ी चुन-चुनकर लाने लगे ताकि आग को देर तक जिन्दा रखा जा सके। राजेश माई ने पूछा- "ई सुख वहाँ मिलो हो भारती? लकड़ी कोयला मिलो हो?" भारती किसी दार्शनिक-सी मुस्कान लिए बोली- "कहाँ परदेस में? घर में जो सुख है वो परदेस में कहाँ।"

"वही हम पूछ रहे हैं। जब भी हमलोग ऐसे आग तापते हैं, तुमलोग को याद करते हैं; तुम्हारी सास से कहते हैं कि बेचारी भारती कैसे अकेले उतना दूर रहती होगी छोटा सा बच्चा लिए।"

"क्या करें नौकरी है तो जाना ही पड़ेगा।"

इस बार राजेश माई दार्शनिक वाले अंदाज में बोली- "क्या करोगी बेटी, जहाँ का दाना पानी भगवान लिखे हैं, वहीं का न मिलेगा... भगवान एगो पेट दे दिए हैं जो कभी भरता ही नहीं है, इसी के लिए सब कर्म-

कुकर्म।''

मैंने कहा- ''आर्मी वालों को देखिये, हमलोग तो फिर भी ठीक हैं; बेचारे क्या सर्दी, क्या गर्मी हर मौसम से लड़ते हुए सीमा पर डटे रहते हैं।'' किशुन ने अपनी लुंगी के किसी गुप्त पॉकेट से एक बीड़ी निकाला और आग में सटाकर फिर अपने मुँह में ले लिया। गाल पिचकाकर, आँख मूँदकर एक कश खींचा और कहना शुरू किया- ''जो भी है अरुण, सरकारी नौकरी बहुत अच्छा है, कम से कम बुढ़ापा में पेंशन तो मिलेगा। हमलोग का क्या है, जब तक शरीर में दम है काम करना पड़ेगा। बेटा है, लेकिन बेटा से सुख किसको मिला है।'' कहकर वह थोड़ा रुआँसा हो गया। सबने मौन समर्थन किया। माँ ने भी एक साँस छोड़कर माहौल को गंभीर बनाया।

राजेश माई ने कहा- ''बेटा हो तो मेरे भतीजा जैसा; परिवार सँभाल लिया बाप के नहीं रहने पर।''

मुझे घोर आश्चर्य हुआ- ''आपके भाई को क्या हुआ? पिछले बार तो अच्छे-खासे दिख रहे थे।''

किशुन अब कथावाचक की मुद्रा में आ गया। अतीत के पन्नों को उलटते हुए कहा- ''गरीब की जिन्दगी तो अरुण उस गाड़ी की तरह होती है, जिसमें पहिये नहीं होते और ऊपर से बोझ बढ़ता ही जाता है; बस घिसटती है जिन्दगी। गोपला के बारे में जानते ही हो, लकड़ी काटकर जीवन गुजारता था। जंगल से वह मोटी-मोटी लकड़ियाँ लाता और फिर बाज़ार में उन्हें बेच देता। कई बार वह पुलिस के चंगुल में भी आया, लेकिन कोई भी डंडा उसके इरादे और व्यवसाय को नहीं बदल सका। वह शर्म और इज़्ज़त जैसी चीजों से बहुत ऊपर था, इसलिए पुलिस को देखते ही वह भागने की कोशिश करता और पकड़े जाने पर दाँत निकाल देता। पिछवाड़े की चोट को सहलाते हुए वह चुपचाप जीप में बैठ जाता। एक बार तो उसकी पत्नी जीप के आगे लेट गयी थी कि जाना है तो मेरे देह पर से होकर जाओ। गोपला ने समझाया था – 'चिन्ता क्यों करती हो, साहब लोग अच्छे आदमी हैं।'' लेकिन ये धन्धा कब तक चलता; पेड़ काटने पर पाबंदी सख्त होती गयी, मजबूरन उसे धंधा बदलना पड़ा। इधर परिवार-नियोजन

की चिन्ता से बेफिक्र वह परिवार बढ़ाता रहा। जिस अनुपात में खाने वाले मुँह बढ़ते गये, उस अनुपात में कमाने वाले हाथ नहीं बढ़े। सब लड़कियाँ थीं। बड़ा लड़का अभी दस-बारह का ही हुआ था, क्या कमाता! रोज की घिच-घिच किच-किच से गोपला तंग आ गया था; फिर एक दिन अचानक गायब हो गया; कहाँ गया कोई पता नहीं।''

राजेश माई ने आँचल के किनारे से अपनी आँखों को पोंछा। ''भौजाई मेरी अब तक सिंदूर करती है बेचारी!''

* * *

शांत तालाब में पूर्ण गीले छठ व्रती हाथ जोड़े हुए, पूर्व दिशा की ओर मुँह किये खड़े हैं। सुबह की कनकनाहट... ठंडे पानी में भीगा शरीर थरथरा रहा है, लेकिन श्रद्धा और भक्ति इन मुश्किलों पर भारी पड़ रही है। काफी इन्तजार के बाद आखिरकार सूरज देव अंधकार को चीरकर अपना रक्तवर्ण दिव्य रूप प्रकट करते हैं। पूरब की लालिमा स्फूर्ति और ऊर्जा का संचार करती है। पैंट को नीचे से मोड़कर लोग भाग-भाग के अर्ध्य देने के लिए आगे बढ़ते हैं। हाथ में सूप लिए व्रती खड़े हैं और लोग लोटा में दूध या पानी लेकर सूर्यदेव को अर्ध्य अर्पित कर रहे हैं। गहमागहमी बढ़ जाती है। लोग जल्दी से अर्ध्य देकर बाहर निकलें तब न। कुछ लोग तो फोटो खिंचवाने में लग गये हैं। जगह जाम हो जा रहा है। हल्ला होती है ''ए बाहर निकलो, सबको अर्ध्य देना है!'' हल्ला का जवाब हल्ला से मिलता है- ''रुको यार, एक मिनट में क्यों जान जा रही है।'' व्रती महिलाओं की साड़ी या धोती को खँगालकर उसे लोग गाल से सटाते हैं; ऐसा करने से चेहरे की झाँइयाँ और मुहाँसे दूर होते हैं, ऐसी मान्यता है। मैंने देखा, भारती भी एक गीली साड़ी अपने गाल पर मल रही है। उसका मन करता होगा कि पूरे शरीर में साड़ी मल ले ताकि ये चर्म रोग दूर हो जाय। लेकिन बेचारी का पूरा शरीर ढँका हुआ है। फुल बाँह की ब्लाउज और ऊपर से शॉल। किसी ने उसके नाक पर से सिंदूर कर दिया है। सुबह की ताजगी जैसी वह खिली नजर आ रही है लाल शॉल में लाल सिंदूर। लड़के हल्दी का टीका लगवा रहे हैं और बदले में व्रतिनों का पैर छूकर आशीर्वाद ले रहे हैं।

''सूप लुटाने का कार्यक्रम शुरू किया जाय?'' किसी ने नेपथ्य से

कहा। ''हाँ हाँ शुरू किया जाय।'' कई आवाज एक दूसरे में मिश्रित हो गयीं। सब को इसी का इंतजार रहता है। बात वस्तु की नहीं, बात खेल की हो जाती है। कौन जीतता है ये देखना रोमांचकारी होता है। जीतने वाले के चेहरे पर भी गर्वीली मुस्कान होती है। हर साल कोई न कोई लुटाता ही है, क्योंकि जब तक सृष्टि रहेगी मन्नत माँगे जाते रहेंगे। मैं सूप और उसमें विविध सामग्री लेकर ऊँचे स्थान पर चढ़ गया। हर कोई इशारा कर रहा है- मेरी ओर फेंको, मेरी ओर फेंको। मैं किसी राहत सामग्री पहुँचाने वाले अफसर की तरह भीड़ को देखता हूँ, जो किसी विपदा में घिरी, खाद्य-पदार्थ का इंतजार कर रही भीड़ को देखता है। ''रेडी... वन टू श्री।'' मैं कहता हूँ और सूप को ऐसी जगह फेंक देता हूँ जहाँ कोई नहीं था... निष्पक्ष बनते हुए। अफरा-तफरी, चीख-पुकार, हँसी-ठहाका। जिसके हाथ में सूप आया, वह वर्ल्ड कप जीतने जितना खुश है। सबका मुख्य लक्ष्य सूप जितना ही होता है। अगला खुश व्यक्ति वह है जिसने नारियल जीता है। बाकी लोग हाथ मे ठेकुआ, सेब, नारंगी, ईख या कुछ सिक्के लेकर अफ़सोस जता रहे हैं। कुछ और लोग सूप लुटाते हैं। सब 'इस बार जीत लेंगे' सोचते हुए फिर आगे बढ़ते हैं। कुछ जीतते हैं और कुछ गिरकर धूल-मिट्टी में सना जाते हैं। पिछली बार तो एक महिला तालाब में गिर गयी थी इस भागमभाग में... खाया पिया कुछ नहीं गिलास तोड़ा बारह आना के तर्ज पर।

मेला है और झूला लगा है तो जाना ही पड़ेगा और भारती को झूला झुलाना ही पड़ेगा। मैं, भाभी, भारती और बच्चे सब निकलते हैं मेले के लिए। माँ को असकत लगता है... कौन जाये मेला- ठेला, मेला में क्या रखा है। भोजपुरी में एक कहावत कहती थीं- ''मेला कुछु देला, घरहीं से लेला।'' रास्ते में कुछ दूर पूर्ण सुनसान पड़ता है। चाँद की हलकी रौशनी में आम के पेड़ सिर पर अंधकार उठाये प्रतीत होते हैं। एक बंद कुएँ के पास से गुजरते हुए मैंने कहा- ''पता है ये कुआँ भुतहा है, एक आदमी यहाँ सुसाइड कर लिया था।'' भाभी डरपोक नम्बर वन हैं, दिन में कोई हू-हू कर दे तो डर जाती हैं। एकदम से भारती को पकड़ लिया और मुझे डाँटा- ''आप हमलोग को डराइयेगा, आँय; ऐसे ही इतना डर लग रहा है। '' मुझे मज़ा आया, मैंने आगे कहना शुरू किया- '' मजाक नहीं कर रहे हैं, सच कह रहे हैं। हमलोग के घर के पीछे जो तीन –चार परिवार नहीं रहता है, उसी में से एक भाई

इसी कुआँ में कूद गया था कुछ साल पहले। - तीन बेटी थी उसकी और रोजी-रोजगार का कुछ ठिकाना नहीं; बहुत परेशान रहता था बेचारा, फिर एक दिन इसी कुएँ में कूदकर...। सुबह जब लोग बाल्टी लेकर पानी भरने आये तो देखा एक लाश तैर रही है पानी पर।'' माहौल को और डरावना बनाने के लिए मैंने जोड़ा- ''इस कुएँ को मिट्टी डालकर बंद तो कर दिया गया, लेकिन उसकी आत्मा अभी भी भटक रही है, ऐसा लोग कहते हैं। कई बार इधर से गुजरते समय एक विचित्र-सी साँय साँय जैसी आवाज आती है, कोई दर्द भरी आवाज में किसी को पुकार रहा हो जैसे। नरैना तो अपने आँख से देखा है, एक उजली-सी आकृति कुएँ से निकलकर गोल-गोल घूमते हुए आकाश में गायब हो गयी थी।'' भाभी सच में डर गयीं- ''हम वापस चल जायेंगे ऐसे डराइयेगा तो बोल दे रहे हैं... ये जानते हैं कि हमको डर लगता है तो मनगढ़ंत कहानी सुना रहे हैं।'' किसी को डराने में कामयाब हो जाने की खुशी से सराबोर मैंने आगे कहा- ''अच्छा आपको लगता है मैं झूठ बोल रहा हूँ! अपने पति से पूछ लीजियेगा या माँ से पूछ लीजियेगा... और सामने जो पानी की टंकी है, उसके पीछे एक बार एक सिरकटी लाश मिली थी; खाली धड़ था, सिर का कोई पता नहीं।'' भाभी ने अपने दोनों कानों को हथेली से बंद किया और कहा- ''भूकते रहिये।''

भारती को जितनी खुशी झूला झूलकर मिलती है, भाभी को उतनी ही खुशी गोलगप्पे खाकर मिलती है। इसके बिना उनका मेला-भ्रमण पूरा नहीं माना जाता। जितनी देर गोलगप्पे वाला चोखा सानता है और खड्टा पानी घोरता है, भाभी कटोरी लेकर मन ही मन लार गटकती रहती हैं। बड़ा-सा मुँह खोलकर उन्होंने पानी सहित फुचके को गप्प कर लिया। शायद इसीलिए इसे गोलगप्पा कहते हैं... गोल-गोल फुचके को गप्प करके निगल लिया जाता है। मैं पानी फेंककर खाता हूँ। खड्टा सा मुँह बनाकर और आँख मिचकाकर उन्होंने ठेलेवाले को झिड़का- ''ए थोड़ा और तीता करो, कुछ झाल बुझाइये नहीं रहा है।'' अब सही है। वह गिनती नहीं करती हैं। जब तक पेट और मन न भर जाय, रुकती नहीं हैं। पूरी तरह संतुष्ट होने के बाद उन्होंने पानी पिया और ठेले वाले से कहा- ''दू ठो सूखा वाला बच्चा लोग को खिला दीजिये, इसमें मिर्चा मत डालियेगा।'' आगे असली मेला है। किशुन दिख गया। आज कुरता और धोती पहना है, कंधे पर चपोता हुआ

गमछा है और दूसरे कंधे पर पोती विराजमान है। पीछे उसकी पत्नी लाल चमचम साड़ी जो विशेष मौकों पर ही दिखती है, में ठुमकते हुए आ रही है। आते ही उसने टोका- ''बड़ी देर से?'' उसकी आवाज मेले की सभी सम्मिलित आवाज को दबा देती है। जवाब में हम तीनों कुछ उच्च स्वर में कहते हैं जो उसे सुनायी नहीं देता है फिर भी वह मुस्कुराते हुए आगे बढ़ जाती है। राजेश माई की आवाज के आगे लाउडस्पीकर फेल है। वह अपनी इस दैवीय शक्ति का उपयोग बच्चों की खोज-खबर रखने में करती थी- ''बड़का बाबु रे! छोटका बाबु रे!'' गाँव के किसी भी कोने में उसके बच्चे छुपे हों, इस आकाशवाणी को अनसुना करने का दुस्साहस नहीं कर सकते थे। अगर कभी जानबूझकर खेलने की धुन में इस पुकार पर अमल नहीं कर पाते, तो माँ की अनोखी गाली और मार से बच नहीं पाते- ''तोरा बघवा काहे ना खा जा हौ रे, तोरा काली मैय्या उठा ले, तोरा दुर्गा मैया के बलि दे देबो।'' जादूगर वाला कह रहा है- ''एक ऐसी लड़की, जिसका शरीर साँप का है... जी हाँ, ऐसा शो आपने कभी नहीं देखा होगा, बीस रुपया, बीस रुपया; देखकर आपके रोंगटे खड़े हो जायेंगे। एक ऐसा लड़का जो हवा में उड़ता है, पानी पर चलता है और अंगार खाता है, बीस रुपया, बीस रुपया, बीस रुपया।'' उसकी आवाज़ को दबाते हुए मौत का कुआँ वाला चीख रहा है- ''एक साथ आठ-आठ मोटर साइकिल, जी हाँ, शो शुरू होने जा रहा है, बस पाँच टिकट बच गये हैं, ए मास्टर! रुक जाओ जरा, भाई साहब को भी देख लेने दो शो। - बस तीस रुपया, भाइयों और बहनों, ऐसा स्टंट कि आपके होश उड़ जायेंगे। कुआँ में जिन्दगी और मौत का खेल चलता है... ए रुक जाओ मास्टर, बहनजी को भी आ जाने दो।'' पिछले आधे घंटे से वह ऐसे ही चीख रहा है और बाइक वाला ऐसे ही बाइक घुरघुरा रहा है। इन सब आवाजों से प्रभावित हुए बिना एक आवाज़ शाम से ही अंतरिक्ष में फैल रही है। आवाज सूर्य मंदिर से आ रही है - ''आपका दान महान है, कृपया दान देने में संकोच न करें; आपसे जो भी बन पड़ता है... पिंटू मेहता, नवाडीह से, इन्होंने बीस रुपये का दान दिया है, समिति इन्हें बहुत-बहुत धन्यवाद देती है... ये जो आप पूरी साज-सजावट देख रहे हैं, पूरी व्यवस्था देख रहे हैं; ये आपके ही दान से सम्भव हुआ है; कृपया दान देने में संकोच न करें।''

यहाँ आवाज के कितने स्रोत हैं कह पाना मुश्किल है और सच पूछा जाय तो किसी को इसकी फ़िक्र भी नहीं है। कुछ होशियार गाड़ी वाले ऐसे भीड़ में अपनी गाड़ी घुसाये चले आ रहे हैं और बेवजह पीं–पीं कर रहे हैं। उनके हॉर्न से किसी को कुछ फर्क नहीं पड़ता है, फिर भी वो बजाते हैं और सुनने वाले उससे अप्रभावित, सड़क को बाप का सड़क समझकर चले जाते हैं। मन हुआ तो एहसान कर देने वाले भाव से धीरे से किनारे होते हैं। - एक जगह कुछ लड़कों का झुण्ड है जो पता नहीं क्यों बहुत हँस रहे हैं। सभी का जींस उसके नितम्ब से चू जाने को बेताब है और छाती टी-शर्ट फाड़कर बाहर आने को बेताब है। किसी के हाथ में रबर बैंड है तो किसी के हाथ में बजरंगबली का टैटू है। काला चश्मा अनिवार्य रूप से सभी के पास है, कुछेक के आँख पर कुछ के सिर पर और कुछ के कालर में लटका हुआ है। चश्मे के बिना मेले में प्रवेश नहीं मिलेगा, शायद ऐसी सोच हो उनकी। प्रायः सभी के मुँह में कुछ है, शायद गुटका या पान। ऐसे लड़कों का निर्माण भगवान समाज कल्याण के लिए ही करते हैं। ये मेले में आने वाली सभी महिलाओं को समान भाव से देखते हैं और उनमें उम्र या रंग का भेद नहीं करते। इस प्रकार महिलाएँ जो इतने मेहनत से खुद को सजाती हैं, उनका सजना सफल कर देते हैं। कभी-कभी ये समाज-सेवक के अपने रोल से आगे बढ़ते हुए गायक बन जाते हैं और आह भरते हुए गाना गाते हैं। भाभी ने बुरा सा मुँह बनाते हुए खुद से कहा- ''छुछुंदर कहीं का!'' झूला घूम रहा है। मैंने भारती से कह रखा है कि अगर इस बार चिल्लाई तो ये उसका आखिरी झूला होगा। उसने भी वायदा किया है कि इस बार नहीं डरेगी। लेकिन ऊँचाई से नीचे आते ही उसका मुँह अधिकतम खुल जाता है और डर से भाभी को पकड़ लेती है। मैंने गुस्से से उसको देखा, उसने कान पकड़ा। अगले चक्कर में उसका मुँह फिर से खुलता है 'इतना' बड़ा। डरपोक लड़की।

* * *

अपने गीले बालों को एक ओर कर तौलिये से रगड़ा उसने। बाल में कंडीशनर लगाते हुए कहा- ''याद है, इसी ड्रेसिंग के सामने मैं तैयार होती थी और इसी खिड़की से एक लड़की मुझे आश्चर्य से देखती थी; तब सपने में भी नहीं सोचा था कि ये कमरा मेरा अपना हो जायेगा। यहाँ आकर लगता

है जैसे अपनी जड़ों से जुड़ गयी हूँ मैं। पहले मुझे गाँव शब्द से ही नफरत थी, इसलिए हमेशा चाहती थी कि कुछ भी हो, यहाँ न रहना पड़े... लेकिन अब लगता है अपना घर जैसा सुकून कहीं नहीं है। अपने लोगो के बीच रहना कितना सुखद अहसास है। इस बार तो दीदी भी बदली-बदली सी लग रही हैं। लग ही नहीं रहा है कि वही हैं; कोई लड़ाई नहीं। ''

मैं चुपचाप सुने जा रहा था। वह बीच-बीच में चुप होकर मेरी प्रतिक्रिया का इन्तजार करती। मैं छोटा सा 'हूँ' कह देता। ''कुछ बात है क्या?'' उसने पूछा। मैंने खुद को एकत्रित किया। एक लम्बी साँस लिया और कुछ लम्बा कहने से पहले खुद को तैयार किया – 'मेरा मन उचट गया है यहाँ से। चैन नहीं घर में चैन नहीं बाहर। पहले मैं एकांत तलाशता था, अब एकांत बोर करती है। बाहर जाओ तो लोगों के चुभते सवाल। किस किस को सफाई दूँ? कल छठ के घाट पर सुना मैंने, लोग क्या बात कर रहे थे मेरे बारे में। सबको लगता है मैंने सचमुच घूस लिया है और इसीलिए मुझे नौकरी से निकाल दिया गया है। मेला में एक पुराना दोस्त मिल गया। कहने लगा- ''सुने हैं कि तुम रिश्वत लेते रंगे हाथ पकड़ा गये थे।'' क्या जवाब देता मैं... मैं निरुत्तर हो जाता हूँ ऐसे मौकों पर। न जाने क्यों बस मुस्कुरा दिया। उसने आगे जोड़ा- ''अबे सावधानी से लेने का था ना; लेता कौन नहीं है, बस जब तक पकड़े न जाओ, सब साधु हैं। ''

''कैसे दोस्त हैं आपके, जानबूझकर मजा लेना चाहते हैं।''

''दोस्त? मैं वो बदनसीब हूँ जिसका कोई दोस्त नहीं; तुम्हारे मेरी जिन्दगी में आने से पहले तक तन्हाई ही मेरी स्थाई दोस्त रही है... खुद से ही खेलता था, खुद से ही संवाद करता था; पता नहीं क्यों मुझसे कोई दोस्ती ही नहीं करना चाहता था। लड़के मेरा मजाक उड़ाते थे। सब ये मान चुके थे कि मैं सिर्फ पढाई में तेज हूँ। किसी भी खेल में कोई मुझे अपनी टीम में नहीं रखना चाहता था... हर खेल में मेरी सिर्फ 'दूध-भात' की हैसियत थी। मेरा कमजोर शरीर मेरी बदनसीबी को और बढ़ा देता था। पिताजी कहते थे - ''तुमसे नहीं होगा, तुम छोड़ दो।'' भैया कहते थे-तुमसे नहीं होगा।'' समाज कहता था- ''तुमसे नहीं होगा''। - मैं एकांत की शरण में जाने लगा। मेरी तन्हाई स्वैच्छिक नहीं है, थोपी हुई है। फिर तन्हाई में मुझे मजा आने

लगा।''

आज उसे शब्द नहीं मिल रहे थे शायद, या मन ही मन कुछ तौल रही थी कहने से पहले... और मैं आज मन में कुछ भी शेष नहीं रखना चाहता था। परतों में छुपाकर रखे सारे राज आज खोल देना चाहता था। एक साँस लेकर मैंने आगे कहा- ''- माँ कहती हैं कि चौथ का चाँद देखने से अकलंक लगता है; लगता है मैंने बहुत चौथ के चाँद देखे हैं। बचपन से उन चीजों के लिए बदनाम होता रहा जो मैंने किये ही नहीं। मैं लड़कियों के साथ खेलता था बचपन में। पता नहीं कैसे ये अफवाह उड़ गयी कि मेरे और शोभा के बीच सम्बन्ध है। एक बार मैं क्लास के बीच में भुजिया निकाल के खा रहा था। मेरा और मेरे सहपाठी का टिफिन एक ही जगह रखा हुआ था। उसे लगा मैं उसका भुजिया खा रहा हूँ। - बच्चों ने एक नया नाम मुझे दे दिया- 'भुजिया चोर'। जब थोड़ा बड़ा हुआ तो पड़ोस के एक घर में एक बार स्टैबलाइजर चोरी हो गया। चूँकि मैं अक्सर उनके दीवाल पर चढ़कर अमरूद तोड़ता था, उनका शक मुझ पर ही गया। मुझे इसका पता तब चला, जब एक लडके ने कहा कि फलाने अंकल को तुम पर ही शक है। कह रहे थे जो कूदना-फाँदना जानेगा और जिसको सब रास्ता पता है, वही न चोरी करेगा। एक बार बगल वाले घर में डिश एंटीना लग रहा था। हमारे घर में डिश नहीं था। उसे लगता था कि हमलोग जल रहे हैं उससे। एक बॉल मेरे बैट से निकलकर छत पर गिरा। जब मैं बॉल लेने ऊपर गया तो उसने कहा- ''इसी (एंटीना) पर निशाना लगा रहे थे क्या?''- और अब ये अपयश... लगता है अपयश मेरी जीवन-संगिनी बन चुकी है।''

''आप भैया के साथ दुकान पर जाया कीजिये, बीजी रहेंगे तो ज्यादा नहीं सोचेंगे।''

अपने परछाई से मैं कहाँ भागूँ? वश में होता तो अपनी बदकिस्मती को बक्से में बंद कर कुछ देर मैं एकांत पाता, लेकिन ये बदकिस्मती तो साथ साथ चलती है; जहाँ भी जाता हूँ, माथे में कैद चिन्ता भी साथ जाती है। - स्टूडियो में बैठकर भी मैं किसी और दुनिया में होता था। मेरे चेहरे को देखकर ही लोग समझ जाते थे कि मैं कुछ सोच रहा हूँ, इसलिए मुझसे कुछ नहीं कहते थे। मेरे पीछे बैठे स्टाफ से कहते थे। मेरी मनहूसियत को देखकर

शायद भैया मन ही मन कुढ़ते थे। एक दिन मुझसे कहा- ‘‘तुम पीछे बैठा करो, तुम कस्टमर को ठीक से ट्रीट नहीं करते हो।’’ मैं पीछे वाली कुर्सी पर बैठने लगा। जो भी ऑर्डर आता, चुपचाप पूरा करता। दिनभर सैकड़ों पहचाने चेहरे मेरी दुखती रग को जाने-अनजाने छेड़ देते थे। ‘‘अरे अरुण, तुम कब आये? कब तक रहोगे? आजकल कहाँ हो? - किस बैंक में हो? किस पोस्ट पर हो।’’ एक दिन तो मेरे एक पुराने दोस्त ने पूछ लिया- ‘‘अरे तुम अभी तक यहीं हो; कितने दिन की छुट्टी पर आये हो?’’ कई बार मैं उससे कह चुका था कि अगले हफ्ते जाऊँगा। एक ही बहाना बनाते-बनाते मुझे अब संकोच होने लगा था। झूठ बोलकर बार-बार मैं भाई की नजर में गिरता जा रहा था। भैया से मैंने एक बार कहा था- ‘‘सच कहने में कैसा संकोच; लोगो के बारे में सोचना छोड़ दो तो झूठ की कभी जरूरत ही नहीं पड़ेगी।’’ ये बातें मैंने भैया के उस दुविधा के जवाब में कही थी जो उनके मन को मथती थी। उन्हें खुद के कम पढ़े होने की हीनभावना थी, इसलिए वह लोगों से कहने लगे थे कि वह बी.ए. पास हैं... और अब मैं खुद झूठ का सहारा लेने लगा था। मुझे पता चल गया था कि लोग जान-बूझकर आपके सच को सुनना चाहते हैं और मजा लेना चाहते हैं। - लेकिन आज मैंने सच ही कहा और ऐसा सच... कि वह दुबारा पूछने की हिम्मत नहीं करेगा- ‘‘मैं सस्पेंड हो गया हूँ, यही सुनना चाहते हो न तुम? हाँ तो सुन लो, ये सच है, मैं कब तक यहाँ रहूँगा, इसकी चिन्ता तुम मत करो, मेरा जब तक मन होगा मैं यहाँ रहूँगा। ’’

कब तक मन करता मेरा? मैं ऊबने लगा हूँ... इस घर से, गाँव से, लोगों से। अब दुकान भी नहीं जाता। खुद को सबसे अलग पाता हूँ मैं। उनमें खुद को शामिल नहीं कर पाता। सब हँसते हैं, बोलते हैं तो लगता है जैसे मेरा ही उपहास कर रहे हैं। या फिर मेरा स्केल ऊँचा हो गया है? मैं सतही और छिछोरी बातों में रस नहीं ले पाता। अनमना मुस्कुराता हूँ। कभी हूँ हाँ कर सामने वाले का मन रख देता हूँ। कोई भी मुझे अपने स्तर का नहीं लगता, जिससे मैं तर्क या बहस करूँ और मुझे मज़ा आये। क्यों मैं सम्पूर्णता की ओर बढ़ रहा हूँ कह नहीं सकता। अत्यधिक अध्ययन के कारण? नहीं, ये मेरा अभिमान नहीं है, ये मेरे ज्ञान की जड़ता है। खुद से तर्क कर-करके मैं बोर हो गया हूँ। कोई ऐसा चाहिए मुझे, जो मुझे अपने

तर्कों से परास्त कर दे। मैं हारना चाहता हूँ। अपने आस-पास किसी को भी वैसा नहीं पाता जिससे मैं अपने मन की बात कह सकूँ। मेरी बौद्धिक भूख की दवा क्या है! अश्विनी जी ठीक कहते थे-अपने समान बौद्धिक स्तर के लोगों का साथ मिलना बहुत बड़ा सौभाग्य है। कभी-कभी उनसे बात कर जी हल्का कर लेता हूँ।

''यहाँ अब मन नहीं लगता, हमें वापस गुजरात चलना चाहिए।'' मैंने भारती से कहा। उसका मन लग गया है यहाँ। इस बार उसे मैंने अलग ही रूप में देखा। हँसती है, बोलती है, लोगों के बीच रहती है; लेकिन भरसक प्रयत्न करती है कि कोई विवाद न हो। उसने कहा- ''लेकिन गुजरात जाकर भी क्या करेंगे? याद कीजिये वहाँ से ऊबकर ही आपने यहाँ आने का फैसला किया था। बात दरअसल ये है कि आप खाली हैं इसलिए बोर हो रहे हैं। आदमी को काम चाहिए; लोहे में भी जंग लग जाता है अगर उससे काम न लिया जाय। आदमी काम से थकता है, लेकिन बैठे-बैठे और ज्यादा थक जाता है। काम के बाद मिलने वाली थकावट राहत देती है, लेकिन पड़े-पड़े मिलने वाली थकावट ऊब और कमजोरी पैदा करती है। आपने दुकान जाना भी छोड़ दिया पता नहीं क्यों।'' अब मैं उससे क्या कहूँ कि मैंने क्यों दुकान जाना छोड़ दिया। लेकिन वो सच कहती है; खुद को व्यस्त तो रखना ही पड़ेगा।

मेरी बौद्धिक भूख की दवा मुझे मिल गयी है। मैं फिर से लिखना शुरू करूँगा; अपनी खुद की कहानी।

मेरी कहानी अब दिशा लेने लगी है। मेरी खुद की कहानी इतनी रोमांचक है और मैं बाहर कहानी ढूँढ़ रहा हूँ... लेकिन अंत पता नहीं। अंत के बारे में मैं सोच भी नहीं रहा हूँ, बस लिखता जा रहा हूँ। लेकिन कहीं तो रूकना होगा। देखता हूँ अंत कैसा होगा?इतने उठापटक और रुकावट के बाद भी कहानी अगर जिन्दा है तो ये इसका ढीठपन है या मेरा लेखक होने का भ्रम हो सकता है।

* * *

उस दिन सुबह से ही घर में हलचल कुछ ज्यादा थी। तीनों महिलाओं की आवाज आपस में उलझती है, एक-दूसरे को अपनी तीव्रता से परास्त

करती है और फिर थोड़े देर के लिए विश्राम करती है। फिर ऊँची होती है, नीचे होती है, ऊँची होती है। लगता है लड़ाई हो रही है। इतने दिनों से शांत घर लगता है शांत रहते-रहते बोर हो गया है। थोड़ा झाँव झाँव होने से घर की जीवन्तता बरकरार रहती है, ऐसा सोचा हो उसने।

भाभी- ''तुम जादे पढ़ी हो न तो अपने पास रखो।

भारती - ''मैंने पढ़ने की बात कब की? आप बात को मत घुमाइये। ''

भाभी- ''कही नहीं तो क्या तुमलोग को बहुत घमण्ड है अपने पढ़ाई पर; हमलोग कम पढ़े हैं तो तुमसे माँगने नहीं जाते हैं।''

भारती - ''सुन रही हैं न माँ जी, बात को कैसे मोड़ा जा रहा है।

माँ- ''हम तो सब सुन ही रहे हैं, तुम लोग खुद ही होशियार हो। ''

घर में लड़ाई हो रही थी और अरुण को उसकी कहानी का मसाला मिल रहा था। ये वाली लड़ाई तो बहुत रोचक रहेगी। वह जानता था इन लड़ाइयों का कोई भविष्य नहीं है... शाम होते होते सुलह हो जायेगी और महिलाएँ हँस-हँस के साथ में चाय पियेंगी। ये लड़ाइयाँ एक तरह से पाचक का काम करती हैं और अपच-बदहजमी में बहुत कारगर होती हैं। पेट में दफन सारी हवा मुँह के रास्ते निकल जाती हैं। इसलिए वह इस जंग से अप्रभावित अपने अध्ययन में मशगूल रहा। उसके कान में फिर भाभी की आवाज आयी- ''आने दो इनको, आज फैसला हो के रहेगा।''

थोड़ी देर में भैया सुबह की हवा और मित्रों की गप्प खाकर घर में आये गुनगुनाते हुए। ग्राम प्रधान के चुनाव के चलते आजकल सुबह से ही बीजी रहते हैं। अपने पसंदीदा उम्मीदवार के पक्ष में प्रचार करने और आवश्यक रणनीति पर चर्चा करने का काम करते हैं। ऐसे कामों को करने के बाद दिमाग अक्सर हल्का हो जाता है, क्योंकि घूमना-फिरना और चाय-नाश्ता चलते रहता है। तो भैया हल्का और तरोताजा दिमाग लेकर घर में प्रवेश किये, लेकिन आते ही भैया के तरोताजा दिमाग पर एक भारी हथौड़ा पड़ा। भाभी अपनी बेटी को डाँटे जा रही थीं- ''मुँह तोड़ देंगे तुम्हारा अगर उसके साथ खेलने गयी तो।'' चूँकि भैया का मूड हल्का था इसलिए हल्के अंदाज में बोले- ''क्रोध नहीं करने का, क्रोध मनुष्य का सबसे बड़ा दुश्मन है। ''

भाभी को मौका मिला भड़ास निकालने का- ''आप अपना प्रवचन अपने पास ही रखिये, आप ही के चलते हर कोई हमको सुना जाता है; आप ठीक होते तो किसी का मजाल नहीं था हमको सुनाने का।''

भैया थोड़े गंभीर हुए- ''किसने क्या कह दिया तुमसे?''

भाभी- ''जो ज्यादा पढ़ा-लिखा है वही न सुनायेगा।''

भारती अब मैदान-ए-जंग में आ गयी- ''फिर से आप झूठ बोल रही हैं दीदी।'' भैया अब न्यायधीश की भूमिका में आ गये- ''शुरू से बताओ क्या बात है; तुमलोग का झगड़ा कभी खत्म ही नहीं होता है।''

भाभी ने शुरू किया- ''इधर कई दिनों से रसोई का काम मैं नहीं कर रही, यही कर रही थी; आज सुबह जब मैंने घी लेने के लिए डब्बा उठाया तो देखा घी खत्म है। मैंने पूछ दिया कि इतनी जल्दी घी कैसे खत्म हो गया, तो हमसे लड़ने लगी।''

भारती- ''झूठ मत बोलिए, मैंने सिर्फ इतना...

भैया- ''ए रुको! एक-एक करके बोलो।''

अरुण भी अब आँगन में आ गया था, जहाँ पंचायत हो रही थी। भाभी ने जारी रखा- ''ये बोलने लगी कि घी खाने में ही खत्म हुआ होगा, कोई हम नैहर थोड़े न भेज दिए हैं। इतना टेढ़ा बात सुन के भी हम बुरा नहीं माने और कहे कि फिर भी पन्द्रह दिन में आधा किलो घी कैसे खत्म हो सकता है; तो लड़ने लगी कि पहले ठीक से जोड़ना सीखिए फिर हमसे बात कीजिये... जादे पढ़े होने का बहुत घमंड है इसको।''

भारती- ''फिर बात घुमा रही हैं आप; अरे सीधा-सीधा कहिये न कि आपको हमलोग पर शक है कि हम दोनों पति-पत्नी सब ठूस गये यही कहना चाहती हैं न आप?''

भैया उग्र स्वर में चिल्लाये- ''फालतू बात मत करो मेरे सामने।''

भारती ने भी उतने ही तीव्रता से बात लौटा दिया- ''आपको तो सिर्फ मुझमें ही कमी दिखती है; घर का मुखिया ही जहाँ पक्षपाती हो उस घर का भगवान ही मालिक है।''

भैया का अहं आहत हुआ होगा। चुपचाप उठकर वहाँ से चले गये। लेकिन जाते-जाते अरुण को सुना गये- ''सब इसके कारण होता है; सिर पर चढ़ा के रखा है पत्नी को... खाली बैठ के कहानी लिखते रहना है, घर में क्या हो रहा है उससे कोई मतलब नहीं है, बड़ा पढ़ने वाला बना है सब; पढ़ के क्या कर रहा है देख नहीं रहे हैं हम।''

अब तक अरुण इसे मामूली लड़ाई ही समझ रहा था। लड़ाई मामूली ही थी। ऐसे कितने ही नोंकझोंक और मनमुटाव हर घर में चलते ही रहते हैं। पता नहीं क्यों भैया इस विवाद में शामिल हो गये और ऐसी बात कह दी कि...

ऐसा प्रत्यक्ष आरोप! एक बार माँ ने कहा था कि वह बीवी की मुट्ठी में बंद है और आज भैया। उसके और भैया के बीच हजार मनमुटाव हों, लेकिन दोनों के बीच एक ऐसी दीवार थी, जिसे लाँघने से दोनों बचते थे। झिझक की दीवार। उस दीवार को तोड़कर उन्होंने अरुण को भी उस दीवार से गुजर जाने को मजबूर कर दिया। उसके भीतर उबल रहे क्रोध, हताशा, निराशा सभी ने मिलकर ऐसा उधम मचाया कि उसने भीष्म पितामह की तरह एक शपथ ले लिया- ''इस घर में आना ही मेरी बेवकूफी थी; जब आओ तब कुछ न कुछ झगड़ा... आज के बाद मैं इस घर में आऊँगा ही नहीं; यही चाहते हैं न आपलोग तो यही होगा, आज के बाद अगर यहाँ मैं आ गया तो मेरा मरा मुँह देखना।'' और फिर वह दनदनाते हुए वहाँ से बाहर निकल गया। पीछे उसने कुछ हलचल की आवाज सुनी। भारती भी उठकर अपने रूम में गयी और खुद को अंदर से बंद कर लिया।

छह

''ओह! तो ये वजह थी; उसके बाद पिताजी फिर कभी वापस नहीं आये?'' दम साधकर कहानी सुन रही विदिशा ने पूछा।

''हाँ बाबू।'' अरुण की माँ ने आँचल के छोर से अपनी रुलाई को रोका। ''उस मनहूस दिन को याद करके कितने परेशान हुए थे हमलोग; महीनों थाना-पुलिस के चक्कर काटते रह गये। कितना रोता था आशुतोष। कई दिन तक खाना नहीं खाया था। बोलता था मेरे ही चलते मेरा भाई घर छोड़ के भाग गया, अब हम भी जिन्दा नहीं रहेंगे। सब कोई समझाया तब धीरे-धीरे ठीक होने लगा। तुम्हारी माँ कुछ दिन तक तो पत्थर की मूरत बनी रही... फिर एकदम से नया ही रूप लेकर सामने आयी। हमलोग को लगा था कैसे बेचारी रहेगी, कहीं कुछ कर न ले; लेकिन वह और मजबूत होकर सामने आयी। किस्मत की चुनौती से जूझना उसे अच्छा लग रहा हो, इस तरह से वह कठोर रास्ते चुनती जाती थी। सभी को ये लगा था कि वह यहीं रहेगी या फिर मायके रहेगी, किन्तु उस हठधर्मी ने खुद कमाने का निश्चय किया। कहती थी मैं किसी पर बोझ नहीं बनूँगी। फिर अपनी मेहनत से टीचर बनी और पटना में किराये के मकान में रहने लगी। इसके संघर्ष को देखकर श्रद्धा से सिर झुक जाता है।''

''बेचारी के किस्मत को देखकर हमलोग को रोना आ जाता है। एक

समय था कि इसके किस्मत से लोग जलते थे... इतना अच्छा पति, सरकारी नौकरी वाला, इतना मानने वाला।'' अरुण की भाभी ने दुःख भरे स्वर में कहा।

भारती को याद आया, उसने मृत्यु को अपनाने का चरम फैसला ले लिया था। उसने एक ख़त भी लिख लिया था-

मेरे प्यारे पतिदेव,

पतिदेव तो आप हैं और हमेशा रहेंगे; मेरे या प्यारे लिखते हुए मुझे संकोच हो रहा है। 'मेरे' कहलाने का हक आपने खो दिया है और प्यार तो हमारे बीच रहा नहीं कि आप मुझे प्यारी कहो या मैं आपको प्यारे कहूँ। पर कुछ सम्बोधन तो करना ही था। आप जानते हैं ये चिट्ठी मैं क्यों लिख रही हूँ... मैं चाहती तो चुपचाप भी जा सकती थी लेकिन क्या करूँ मोह किसी कोने में बचा रह गया होगा। मैं नहीं चाहती थी, कि मेरे जाने के बाद आप अनुमान लगायें कि मैं कहाँ गयी होऊँगी। आपको मैं किसी दुविधा में नहीं रखना चाहती थी। आप ये न सोचना कि मैं अपनी जिन्दगी खत्म कर रही हूँ। मुझे जिन्दगी से कोई मोह नहीं रह गया है, फिर भी मौत से डरती हूँ; इतनी हिम्मत होती तो यहीं पंखे से लटक गयी होती, ये खत नहीं लिख रही होती। किसी मंदिर में साध्वी सा जीवन, यही मेरी नियति है। जब जब मैंने खुश रहने का संकल्प लिया, बदकिस्मती पीछे-पीछे चली आयी। क्या क्या याद करूँ... शादी से पहले आपका एक्सीडेंट; जिन्दगी के सबसे खूबसूरत पड़ाव से पहले अनहोनी। उसकी याद भी सिहरन पैदा करती है। शादी के बाद भी कभी हमारी नहीं पटी। लगता है हमारा कुण्डली मिलान किया ही नहीं गया था। ओह! हमने तो प्रेम-विवाह किया था ये तो मैं भूल ही गयी थी। लेकिन प्रेम किसी मरीचिका की तरह हमें छलता ही रहा। अब मुझे लगता है प्रेम ब्रेम कुछ नहीं होता है, बस कुछ आकर्षण होता है और साथ रहने का एक समझौता। इस समझौते को तोड़ पाने की हिम्मत हममे नहीं होती है और हम पति-पत्नी के 'सात' जन्मों का साथ निभाये जाते हैं।

लेकिन आज मैं इस बंधन से मुक्त हो जाना चाहती हूँ। आप इन्सान के रूप में अच्छे हो सकते हैं, लेकिन अच्छे पति बनने के लिए जो गुण चाहिए

वो आप में नहीं है। आप सही में साधू ही बन सकते हैं और जो भी आपके साथ रहेगा, ऐसा ही हो जायेगा। मैं विरक्त होने लगी थी, फिर आपने ही मुझे यहाँ लाया। यहाँ आकर मुझे अच्छा लगा। वापस मैं जिन्दगी में आने लगी, अपनी कमियों को भूलने लगी। मेरे अंदर का अल्हड़पन फिर से फलने लगा। फिर भी मैं बच कर चलती थी कि कोई विवाद न हो जाय। लेकिन संयोग पर किसी का जोर है। मामूली से विवाद ने क्या रूप ले लिया। आप लड़ते, अपनी बात रखते, लेकिन मैं ये नहीं कहती कि मेरा ही पक्ष लेना चाहिए था। आपने तो सीधा कसम ही खा लिया। और ऐसा कसम! मतलब घर से रिश्ता ही तोड़ दिया। आप मुझे आवेगी कहते हैं, तो आप क्या हैं! आपके इसी भगोड़ापन से मुझे अत्यधिक निराशा हुई। कमरे में आकर देर तक मैं आपके वचन के बारे में ही सोचती रह गई। कौन है आपका अपना? कहाँ है आपका घर? हमेशा से अलग-थलग ही रहे। एक छोटा सा परिवार है उसे भी छोड़ देंगे तो मुश्किल में कौन सहारा होगा? - बेटी को छोड़े जा रही हूँ, मेरे माँ-पापा के पास उसे पहुँचा दीजियेगा। मैं जानती हूँ वहीं इसका अच्छे से पालन हो सकता है।

आपकी अभागिन

खत लिखकर वह खुद से जूझती रही थी। उसके इरादों में इतनी शक्ति नहीं थी कि पुत्री मोह को परास्त कर सके। वह हार गयी थी। दुनिया की नजर में, लेकिन वह जीत गयी थी। लोग उसके हिम्मत का उदाहरण देने लगे थे।

विदिशा ने कुछ सोचते हुए कहा- ''लेकिन क्या सिर्फ यही एक वजह हो सकती है उनके भागने की? यह बात इतनी बड़ी नहीं लगती कि कोई इतना बड़ा कदम उठाये; जरूर उनके भीतर कुछ पक रहा होगा महीनों से या वर्षों से, तभी वो संसार से निष्क्रिय हो गए होंगे। मुझे उनके बचपन के दिन जानने हैं, उनकी जवानी कैसी बीती ये जानना है; मुझे यकीन है लिखने का शौकीन व्यक्ति जरूर डायरी लिखता होगा या पन्नों में कुछ ऊटपटाँग लिखता होगा।''

उसके बाद विदिशा ने पिता की उस अलमारी को छान डाला, जिसमें

उसके बचपन से लेकर अब तक के कॉपी किताब रखे हुए थे। शायद किसी ने उससे कह दिया होगा कि किताब बेचने से विद्या चली जाती है, इसलिए। एक पुरानी टूटे अटैची में कुछ डायरी और अख़बार के कटिंग्स रखे हुए थे। कुछ पोस्टकार्ड और अन्तर्देशीय लिफाफे थे। कागज पीले हो गए थे और आपस में चिपक गए थे। कुछ दीमक खाये अधूरे पन्ने थे,जिनकी लिखावट धुँधली पड़ गयी थी। विदिशा कीआँखों के सामने जैसे कोई खजाना खोल दिया गया हो। उसने सावधानी से उन पत्रों को बाहर निकाला ताकि वो टूट न जायँ।

उन पीले पन्नों के टेढ़े-मेढ़े अक्षरों से होकर गुजरने लगी विदिशा। जैसे वह समय की डोर पकड़कर वर्षों पीछे चली गयी हो और उन पलों की साक्षी बन रही हो।

दीनानाथ चौबे की अपनी एक पहचान थी पूरे इलाके में। सरकारी नौकरी एक वजह तो थी ही, साथ ही उनका ईमानदार चरित्र और कुशल व्यवहार, लोगों की नज़र में उनकी इज़्ज़त बढ़ा देता था। कद –काठी के सामान्य ही थे... कोई रोबदार व्यक्तित्व के मालिक नहीं थे, फिर भी चेहरा तेजस्वी और स्वाभिमानी था। शुरू-शुरू में यहाँ के स्थायी बाशिंदों ने कोशिश किया था कि किसी तरह उन्हें यहाँ सेटल नहीं होने दिया जाय। तरह-तरह से परेशान किया गया, लेकिन चौबेजी की सामाजिकता और मददगार प्रवृत्ति के कारण लोगो ने धीरे-धीरे उन्हें स्वीकार करना शुरू कर दिया। उनका स्कूल खोलना, मंदिर-निर्माण में उल्लेखनीय योगदान करना, तालाब के सौन्दर्यीकरण की पहल करना, पेड़-पौधे लगाना जैसे कई कामों की वजह से अब गाँव के प्रतिष्ठित व्यक्तियों में उनकी गिनती होने लगी थी। गाँव के महत्त्वपूर्ण मसलों पर उनसे सलाह ली जाने लगी थी। अब वह गाँव के अघोषित मुखिया बन चुके थे।

चौबेजी के दो लड़के थे आशुतोष और अरुण एवम तीन लड़कियाँ थीं। बड़े परिवार के बावजूद उनकी गृहस्थी अच्छे से चल रही थी। आज के ज़माने में जब दो बच्चों का पालन– पोषण मुश्किल हो रहा है; उन्होंने पाँच –पाँच बच्चों को पाला, वो भी अच्छे से। अपनी औकात के हिसाब से उन्होंने तीनों बेटियों का विवाह किया था, बच्चों को पढ़ाया था। हाँ, बड़े

लड़के को वो ग्रेजुएट नहीं बना सके। कहते हैं जिस माहौल में इन्सान रहता है वैसी ही उसकी सोच हो जाती है। अपने संगी-साथियों को मैट्रिक के बाद पढ़ाई छोड़ते देखना, काम की तलाश करते देखना और बिजनेस करते देख उसकी भी पढ़ाई से रुचि कम होती गयी। इंटरमीडिएट के बाद उसने अंततः घोषित रूप से पढ़ाई का त्याग कर दिया। पारिवारिक दबाव के कारण उसने एक-दो बार बी.ए .में एडमिशन लिया, लेकिन जिसे पढ़ने में रुचि ही न हो उसे कैसे कोई पढ़ा सकता है। इसके विपरीत अरुण शुरू से ही मेधावी था; साथ ही चौबे जी अक्सर भरे समाज में ये तुलना करने से नहीं चूकते कि उनका छोटा लड़का बड़े की अपेक्षा तेज़ है... जबकि बड़े ने तो उनकी नाक कटा दी है। अरुण उत्साह में भरकर और मनोयोग से पढ़ाई करने लगता; आशुतोष हीनभावना से घिर जाता। लेकिन ऐसा नहीं है कि चौबे जी पक्षपाती थे। ये उनका स्वभाव ही था। जहाँ बड़े भाई को पढाई के कारण शर्मिंदा होना पड़ता, वहीं छोटे को बात-व्यवहार में कुशल न होने के कारण सुनना पड़ता। अक्सर उसे पिताजी से ये सुनना पड़ता कि – ''ये तो सिर्फ पढ़ाई में तेज़ है, बाकी किसी काम के लायक नहीं है, कोई भी काम ढंग से नहीं करता है ये।'' बाद में आशुतोष ने भी इन्ही शब्दों को कंठस्थ कर लिया और अक्सर छोटे भाई पर वाक्-प्रहार करने लगा। शायद इससे उसके मन को तसल्ली मिलती हो। अपनी कमी को दूसरे की कमी से ढँक देना चाहता था। परिणाम ये हुआ कि अरुण का आत्मविश्वास रेत के मकान जैसा हो गया... कमजोर। उसे ये समझ में नहीं आती कि पढाई में तेज़ होना उसका गुण है या अवगुण। अगर वह काम ठीक से नहीं कर पाता है तो इसका पढ़ाई से क्या सम्बन्ध ? कभी–कभी उसके मन में ये विचार आता कि वो भी पढ़ाई –लिखाई छोड़ के बैठ जाय, फिर देखते हैं इनकी क्या इज़्ज़त रहती है !

दोनों भाइयों के मध्य धीरे-धीरे एक खाई पैदा होती चली गयी और समाज ने इस खाई को और बढ़ाने का काम किया। लड़के आशुतोष के सम्मुख कहते- ''चौबेजी का नाम तो अरुण ही रौशन करेगा, तुम तो पढ़ाई-लिखाई छोड़ के बैठ गया है; हमलोग तो कुछ भी करके गुजर कर लेंगे, लेकिन तुम कैसे मेहनत –मजदूरी करोगे?'' वहीं अरुण के सामने उनका बयान इस तरह होता- ''अबे खाली पढ़ाई से कुछ नहीं होता है, तुम पढ़के

भी क्या उखाड़ लोगे? कांति बाबु के लड़के को देखो, इंजीनियरिंग किया है; लेकिन करता क्या है, कुछ नहीं, बाप के छाती पे मूँग दल रहा है। आदमी अगर चालू पुर्जा न हो तो बहुत दिक्कत है। आज अगर तुमको अकेले छोड़ दिया जाय तो तुम अपना गुजर-बसर भी नहीं कर पाओगे, आशुतोष तो इधर-उधर करके कुछ न कुछ जुगाड़ कर ही लेगा।''

दीनानाथ चौबे ने भरसक कोशिश किया था बच्चों को अनुशासन में रखने का, लेकिन वो अनुशासन और कठोरता में अंतर करना भूल गये थे। शायद कहीं से उन्होंने सुन रखा था कि ज्यादा लाड़–प्यार बच्चों को बिगाड़ देता है। लेकिन लाड़–प्यार कम करते-करते वो धीरे-धीरे बच्चों से उदासीन होते गये। अरुण ने तो शुरू से ही पिताजी को ऐसे ही देखा है, कम बात करने वाला, अपने में व्यस्त रहने वाला। बड़ी दीदी कहती है कि पापाजी मुझे बहुत प्यार करते थे बचपन में; ढेर सारी बातें करते थे, हँसी –मजाक करते थे। पता नहीं क्यों बाद में उन्होंने बच्चों से दूरी बना लिया। शायद ढेर सारे बच्चों की जिम्मेदारी, उनका शोरगुल, कोलाहल। थके हारे वो ऑफिस से आते थे और छोटे-छोटे बच्चे उन्हें चारों ओर से घेर लेते... तरह-तरह की फरमाइश शुरू हो जाती थी। शायद ये भी एक कारण रहा होगा खुद को परिवार से तटस्थ करने का। लेकिन वो सिर्फ प्यार के मामले में ही तटस्थ थे... डाँटने-मारने के मामले में नहीं। अपनी मर्दानगी दिखाने का एक भी मौका हाथ से नहीं जाने देते। कोई कहीं से बच्चों की शिकायत लेकर आ जाय तो फिर देखिये उनका जोश। शिकायत कैसे आ गया? ये उनकी इज़्ज़त और प्रतिष्ठा का सवाल था। सामने वाले को खुश करने के चक्कर में अपने बच्चे को बेतरह पीट देते। बच्चे को सफाई देने का भी मौका नहीं मिलता और इसी बात का फायदा अन्य बच्चे उठाते थे। अरुण को याद है एक बार उसके कॉपी में पड़ोसी बच्चे ने पुरुष का प्रजनन अंग बना दिया था। उसके बाद दोनों बच्चे खूब हँस रहे थे तस्वीर को देख-देखकर। पिताजी ने अपने अनुभव से ताड़ लिया कि दोनों जरूर कोई अश्लील हरकत कर रहे हैं। चुपचाप पीछे जाकर खड़े हो गये। इससे पहले कि वो कुछ सोचते कहते, पड़ोसी बच्चा एकदम से बकने लगा- ''चाचा देखिये अरुण क्या कर रहा है, गंदा –गंदा फोटो बना रहा है।'' उसके बाद कहने की जरूरत नहीं, पिताजी ने अरुण का क्या हाल किया। मात्र दस वर्ष का था

तब वह।

क्या-क्या याद करे अरुण। अपनी जातिवादी सोच के कारण पिता अरुण पर तमाम बंदिशें लगा देते थे। इसके साथ मत खेलो, उसके साथ मत खेलो। कम उम्र का दिमाग इसका अर्थ भी नहीं समझ पाता था; समझता तो विद्रोह कर देता। कह देता कि जब यहाँ सब छोटी जाति के ही लोग हैं तो फिर यहाँ रहते क्यों हैं? लेकिन वह तो किसी शाश्वत सत्य की तरह उनकी आज्ञा को मान लेता था। लेकिन स्कूल में तो उसे उन्हीं गाली बकने वाले बच्चों के साथ रहना था। बचपन से गाली सुनते आये बच्चे निस्संग भाव से गाली बकते। वह भी गाली देना चाहता था। कभी उसके मुँह से गाली निकल जाय तो बच्चे हँसते- ''अबे तेरा बाप सुन लेगा तो तुमको बहुत मारेगा, गाली देते हो?'' वह कौओं के झुण्ड में हंस जैसा महसूस करता।

फिर उसने किताबों को अपना मित्र बना लिया; पहाड़ों और पेड़ों से अपने मन की बात कहने लगा, गाय के बछड़े के साथ विनोद करने लगा। जिस उम्र में बच्चे क्रिकेट के रन के लिए लड़ते हैं, उस उम्र में उसने गीता और रामायण पढ़ना शुरू कर दिया। घरवाले भी खुश रहते थे कि बच्चा धार्मिक प्रवृत्ति वाला है, कोई ऐब नहीं है। वह पढ़ने लगा इसलिए आलसी हो गया या कहिये आलसी होने की वजह से पढ़ने लगा। वह सिर्फ पढ़ना चाहता था... कोई काम मिल जाय तो नानी मरती थी उसकी। बस चुपचाप लेटकर पढ़ना उसके आलसी स्वभाव को सूट करता था।

दोनों थोड़े बड़े हुए। जिस आशुतोष को पिता हमेशा ताने मारते थे, वही अब घर के सारे काम करता था। सिर्फ काम ही करता था... उसके भविष्य के बारे में पिता कुछ नहीं सोचते थे, या कहिये प्रकट नहीं करते थे। ऐसे ही उपेक्षित भाव लिए वह एक दिन घर से भाग गया था। उसे लगा था कि उसका उपयोग सिर्फ एक नौकर की तरह किया जा रहा है। लेकिन इस घटना के बाद पिता ही नहीं बदले-परिवार की शासन-व्यवस्था भी बदल गयी। बड़ा पुत्र एक तरह से परिवार का मुखिया बन गया, बिना मुकुट वाला। पिता को भी लगने लगा था कि बड़ा पुत्र ही उनके बुढ़ापे का सहारा बनेगा। अरुण को तो किसी से कोई मतलब ही नहीं है। इस सबसे बेखबर

अरुण किसी परदेस में पढ़ता रहता था।

अरुण इंजिनियर बन गया और आशुतोष एक स्टूडियो का मालिक। भाभी का आगमन खुशियाँ लाया, तो कई विवाद भी लेकर आया। भाभी और उनके परिवार के मन में हमेशा ये खटकता रहा कि उनके पति (या दामाद) के साथ भेदभाव हुआ है। एक बार भाभी की माँ ने अरुण से कहा था- ''आपकी माँ दो बाप से जन्मायी हैं क्या दोनों बेटो को?'' और फिर हँसने लगी थीं। उनकी हँसी से अरुण को लगा था कि ये मजाक है; बाद में उसे समझ आया कि वो मजाक नहीं, उनके दिल की टीस थी। अपने दामाद के कम पढ़े होने का दर्द उनकी जुबान पर आया था। अब कोई उन्हें कैसे समझाये कि माता-पिता पक्षपाती नहीं होते... जो पढना ही नहीं चाहता था, उसे कोई कैसे पढ़ाये।

जब तक पिता जिन्दा थे, किसी तरह घर को बाँधे रखा। उनके न रहने से घर में अराजकता फैल गयी। कौन किसको रोके! सब अपनी मनमानी करने लगे। दोनों चचेरी बहनें प्यार से हँसते-बतियाते कब झाँव झाँव करने लगतीं पता ही नहीं चलता। दोनों को लगता कि उनके साथ भेदभाव हुआ है, इसलिए इतिहास के पन्ने पलते जाते, भविष्य की दुहाई दी जाती और वर्तमान में लड़ाई होती... और जैसे कश्मीर और अयोध्या का कोई हल नहीं है, इनकी लड़ाई भी बिना किसी निष्कर्ष के खत्म हो जाती या कहिये टल जाती। दुनिया की कोई भी लड़ाई 'जर, जोरू या जमीन' के लिए ही होती है। जोरू तो दोनों थीं ही, इसलिए जर और जमीन के लिए लड़तीं और माँ को बेवजह घुन की तरह पिसना पड़ता। इन्ही लड़ाइयों से ऊबकर अहिंसा के समर्थक अरुण ने एक बार थप्पड़ उठाया था। फिर भी वो थप्पड़ कोई स्थायी समाधान साबित नहीं हुआ। बाद में उसने मौन का रास्ता चुन लिया। और एक दिन उसे इसी तटस्थता का ये ईनाम मिला। ऐसा आरोप कि पत्नी को सिर पर चढ़ा रखा है। दुनिया और दुनियावालों से वह अब ऊब गया था।

सात

दूर किसी पहाड़ी की ढलान पर एक गाँव बसा था, जिसमें कुछ छिटपुट झोपड़ियाँ बनी हुई थीं। उसी गाँव के किनारे हनुमानजी का एक मंदिर था, जिससे सटे पीपल के छाँव तले एक मनुष्य लेटा हुआ था। उसके शरीर पर सिर्फ एक गमछा था और ऊपरी हिस्सा नग्न था। बाल बिखरे हुए और दाढ़ी हलकी बढ़ी हुई थी। लोगों ने देखा कि वह मनुष्य कभी ध्यान-मुद्रा में चबूतरे पर बैठा रहता था, कभी एक पैर पर खड़ा हो जाता था, कभी वृक्ष से लटककर पत्तियाँ चबाता। लोगों की उत्सुकता बढ़ती जाती थी कि कौन है यह प्राणी; न किसी से कुछ बोलता है न कहीं आता-जाता है, बस चुपचाप चबूतरे पर लेटा रहता है या कभी ध्यान में लीन हो जाता है। उसकी उपस्थिति गाँव और दूर-दराज के इलाके में चर्चा का विषय बन गयी थी।

''कोई महात्मा मालूम होते हैं; उनका इस गाँव में चरण रखना हमारे लिए सौभाग्य की बात है।''

''हाँ, ऐसा तप करना साधारण मनुष्य के वश की बात नहीं लगती... इनके चेहरे का दर्प तो देखो, अद्भुत है।''

''हमें इनके यहाँ आने का प्रयोजन पूछना चाहिए।''

''नहीं नहीं, पहले कुछ सेवा-सत्कार के लिए भोजन की व्यवस्था हो

जाय।''

''क्या मूर्ख जैसी बात करते हो... तपस्वी के तप में विघ्न डालोगे? हमें इन्तजार करना चाहिए उनके आसन तोड़ने तक। ''

ग्रामवासी फिर तरह-तरह के भोज्य-पदार्थ लेकर आये और फिर तपस्वी के ध्यान टूटने का इंतजार करने लगे। इधर सुगन्धित खाद्य-पदार्थों की मोहक गंध तपस्वी के नासिका छिद्र से टकराने लगी और तपस्वी विचलित होने लगा। उसके लिए तपस्या जारी रखना कठिन हो गया। अपनी भावनाओं पर बमुश्किल विजय प्राप्त करते हुए साधू ने धीरे से अपने नेत्र खोले... आकाश की ओर दृष्टि डालकर उसने अपने हाथ जोड़े और गंभीर स्वर में कहा- ''जय श्री राम! सबका मंगल हो। ''

ग्रामवासी एक-एक कर उस साधू के चरण छूने लगे और फिर धूलि मस्तक पर लगाने लगे। फिर उसके सामने गरमा गरम पूरी सब्जी और जलेबियाँ परोसी गयीं। अब तक साधू बहुत सारा लार अंदर ही अंदर गुटक चुका था। दो दिन से भूखे मनुष्य के सामने कोई ऐसे पकवान रख दे तो फिर नियंत्रण कैसे हो। खूब चटकारे लेकर-लेकर उसने भोजन ग्रहण किया और बीच-बीच में कहता जाता था- 'अन्न में ही आनंद है' अन्न में ही भगवान हैं, इसलिए अन्न का अपमान नहीं करना चाहिए।''

''भगवन क्या अपने परिचय से हमें कृतार्थ करेंगे और इस भूमि पर आने का प्रयोजन कहेंगे?'' डरते-डरते एक वृद्ध ने पूछा।

अरुण अपना परिचय कहने ही वाला था कि उसके दिमाग में एक विचार आया। अपना सही परिचय देकर सब गुड़ गोबर करने की जरूरत नहीं है, जैसे चल रहा है चलने दो। अगर सही परिचय दे दिया गया तो ये लोग भड़क जायेंगे, फिर इन गरमा गरम पकवानों की जगह चप्पल और जूते मिलेंगे। किसी पहुँचे हुए महात्मा सी मुस्कान के साथ अरुण ने कहा- ''साधू का परिचय कैसा वत्स! वो कहा गया है न कि जाति न पूछो साधु की पूछ लीजिये ग्यान, काम लो तलवार से पड़ी रहने दो म्यान। बस ये शरीर ही हमारा परिचय है, सूरज हमारा पिता है और प्रकृति हमारी माँ... मिट्टी पर सोते हैं और आसमान ओढ़ते हैं। हम साधू जहाँ धड़ रख दें वहीँ घर हो जाता है। रमता जोगी बहता पानी; आज यहाँ कल कहीं और।'' लोग

आह्लादित हुए और तड़-तड़ तालियाँ बजाने लगे।

''ऐसा न कहें महाराज! आपके पैर बहुत शुभ हैं; आपके पैर पड़े और इधर बारिश हुई। हमारी विनती है कि आप इसी गाँव में रहें और अपने दर्शन का लाभ हमें दें।'' एक वृद्ध हाथ जोड़े कहने लगा।

''हाँ महाराज आप यहीं रहें।''

''हाँ हाँ महाराज आप यहीं रहें।''

''आप इसी मंदिर में रहें और हमें उपकृत करें।''

अपने अंदर की खुशी को छिपाकर साधू ने धीर-गंभीर स्वर में कहा- ''विचार करते हैं।''

भीष्म-प्रतिज्ञा लेने के बाद अरुण बहुत हल्का महसूस कर रहा था। कोई प्रतिशोध ले लिया हो जैसे। कुछ देर वह निरुद्देशय खाली मैदान में इधर-उधर घूमता रहा था और फिर बाजार जाने वाली कच्ची सड़क पर रेंगने लगा था। बाजार पहुँचकर भी वह समझ नहीं पा रहा था उसे करना क्या है। एक होटल की ओर मुड़ गया। शायद भूख लगी थी उसे। वेटर के ''क्या लेंगे साहब?'' पूछने पर वह चौंका। अपने आप उसके मुँह से निकल गया- ''क्या है नाश्ते में? जो है लेते आओ।'' वेटर ने गर्व से बताया- ''सब मिलेगा, पूड़ी-सब्जी, इडली, डोसा, छोला-भटूरा, समोसा...''

''पूड़ी-सब्जी।'' अरुण ने कहा और फिर टेबल पर पड़े गिलास से खेलने लगा। गिलास बेवजह घूमता जाता था और उसका दिमाग भी खुद से उलझने लगा। उसके भीतर का अरुण उससे तर्क करने लगा। उसकी अंतरात्मा ने उससे पूछा- ''किधर जा रही है तुम्हारी जिन्दगी?सब कुछ सही चल रहा था; कितने खुश थे सब लोग इस बार, कितनी खुश थी अंजलि। क्यों तुमने ऐसी मनहूस बात कही? आखिर गलती तुम्हारी ही थी। अगर घर के बड़े तुम्हे डाँट दें तो तुम बदले में ऐसा कहोगे? आखिर उन्होंने घर के लिए इतना किया है तो क्या उनका हक नहीं है तुम्हे डाँटने का? तो क्या तुम रिश्ता तोड़ दोगे?''

अरुण- ''क्या गलती थी मेरी बताओ जरा? कितनी आसानी से कह

दिया कि पत्नी को सिर पे चढ़ा के रखा है। क्या मैंने कहा था भारती को लड़ने के लिए? आज तक तो मैं सिर्फ सहता ही आया हूँ... और किया क्या है उन्होंने मेरे लिए? जो किया है खुद के लिए किया है, मुझे कौन सा यहाँ रहना है।''

अंतरात्मा- ''अरे कृतघ्न मनुष्य! भूल गये जब तुम्हारा एक्सीडेंट हुआ था... कितनी दौड़-धूप की थी उन्होंने; एक पैर पर खड़े रहे थे जैसे, रात-दिन कुछ नहीं देखा था।''

अरुण- ''कोई भी उनकी जगह होता तो यही करता; अगर जरूरत पड़ेगी तो मैं भी करूँगा।''

अंतरात्मा- ''लेकिन तुम भारती को डाँट सकते थे; उसने भी भैया के साथ सही व्यवहार नहीं किया था।''

अरुण- ''क्या गलत कहा भारती ने? भैया पक्षपाती नहीं हैं तो क्या हैं? वो भी अपनी पत्नी को डाँट सकते थे; लेकिन नहीं! जैसे धृतराष्ट्र पुत्र मोह में कुछ देख नहीं पाता था, वैसे ये पत्नी मोह में कुछ नहीं देख पाते, और मुझे कहते हैं कि सिर पर चढ़ा रखा है।''

वेटर ने नाश्ते की थाली सामने लाकर रखा। कुछ देर के लिए उसकी अंतरात्मा फुर्र हो गयी। गरमा-गरम पूड़ी और चने की सब्जी ने उसकी भूख बढ़ा दी। वह गबर गबर खाने लगा। अन्न और पानी जब पेट में गया तो उसका विचलित मन थोड़ा शांत हुआ।

लेकिन अब आगे क्या! एक मन उसे घर की ओर खींचता था, जहाँ सारी सुख-सुविधायें थीं, भारती का आकर्षण था। एक माफ़ी माँगकर वह नयी शुरूआत कर सकता था। दूसरा रास्ता अनिश्चय के गुफा की ओर जाता था, जहाँ आगे क्या होगा कुछ पता नहीं। कुछ देर तक दोनों मन द्वन्द्व करते रहे। नहीं, भारती वारती सब छलावा है, कोई अपना नहीं। कुछ दिन सब ठीक चलेगा, फिर वही दुनियादारी और झमेला। अंत में विजय दूसरे मन की हुई। वह अनजाने रास्ते पर निकल पड़ा। चलता रहा बस चलता रहा, आबादी पीछे छूट चुकी थी। जंगल के बीच पत्तों-झाड़ियों को चीरते हुए वह मीलों चलता रहा। कभी किसी पेड़ के नीचे थोड़ी देर सुस्ता लेता

था, भूख लगे तो कोई जंगली फूल या फल खा लेता, किसी नदी का पानी पी लेता और फिर चलने लगता।

शाम घिर आयी थी। तरह-तरह की डरावने आवाज उसके कानों से टकराने लगी। वह जल्द से जल्द जंगल की सरहद से बाहर निकलना चाहता था। कौन सा रास्ता पकड़े उसे समझ में नहीं आ रहा था। शेर या बाघ इस जंगल में नहीं होंगे इतना तो निश्चित है, लेकिन कोई हाथी या भालू आ जाय तो! या कोई सर्प ही काट ले! वह बेतरह घबरा गया था। कहीं से प्रकाश की कोई किरण नजर नहीं आ रही थी कि उसे थोड़ा धैर्य मिले। चाँद की रौशनी भी उस घने जंगल को छेद नहीं पा रही थी। वृक्षों के साये और भी डरावने लग रहे थे। तभी चमत्कार हुआ। लताओं के घने बादलों को चीरकर वह जैसे ही बाहर निकला कि सामने दूर से रौशनी आती दिखाई दी। लगता है कोई बस्ती है। उस प्रकाश पर नजर जमाये वह चलता रहा चलता रहा। गाँव शुरू होने से पहले हनुमानजी का एक मंदिर था। उससे सटे पीपल के पेड़ के नीचे सीमेंट का एक चबूतरा था। उस चबूतरे पर वह लेट गया।

फिर उस गाँव के लोगों ने उसे साधू रूप में स्वीकार कर लिया। वह मंदिर में रहता था, कीर्तन भजन करता था और लोगों को पौराणिक कथायें सुनाता था। बचपन से जो उसने वेद-पुराण पढ़े थे, अब काम आ रहे थे। कथा सुनाने के उसके तरीके और मृदु वाणी से लोग मुग्ध हो जाते थे। उसके तर्कों और विद्वता से लोग प्रभावित हुए बिना नहीं रह पाते थे। दक्षिणा में मिले पैसों से वह किताबें खरीदता था और अपना ज्ञान बढ़ाता जाता था। धीरे-धीरे उसकी ख्याति गाँव की सीमा से निकलकर चतुर्दिक व्याप्त होने लगी। वह आचार्य सर्वज्ञ श्री के नाम से पूरे राज्य में विख्यात हो गया। अब वह आश्रम बनाकर चेले चपाटियों के साथ रहने लगा। बड़े-बड़े आयोजनों में वह बतौर कथावाचक जाने लगा और टीवी में बतौर धर्म-विश्लेषक वह धार्मिक बहसों में भाग लेने लगा।

आठ

आईने के सामने खड़ी होकर विदिशा ने खुद को निहारा, अपना पर्स चेक किया, फिर सैंडल पहनकर बाहर निकलने को हुई कि तभी उसे जैसे कुछ याद आया। रुककर कहने लगी- ''माँ, मुझे आने में देर हो जायेगी; आज साइंस कॉलेज में एक सेमिनार है, जिसमे मैं भी भाग ले रही हूँ। ''

''तुमने पहले बताया नहीं... किस चीज पर है सेमिनार?''

''बताया तो था, विषय का नाम है सामाजिक जीवन पर धर्म का प्रभाव। इसमें सभी स्कूल और कॉलेज से प्रतिभागी भाग ले रहे हैं; अपने स्कूल से मैं भाग ले रही हूँ... और पता है इसके मुख्य अतिथि कौन हैं?''

''कौन हैं?''

''आचार्य सर्वज्ञ श्री''

''ये कौन हैं?''

''अब तुम क्या जानो माँ; वह बहुत बड़े आध्यात्मिक गुरु हैं; बड़े-बड़े संस्थानों में बतौर मोटिवेशनल स्पीकर जाते हैं; धर्म के वैज्ञानिक विश्लेषण के कारण युवा पीढ़ी में भी उनका बहुत क्रेज है।''

माँ सोचती है, 'विचित्र लडकी है, बाप का ही असर है।'

समारोह शुरू होने से पहले संचालक महोदय ने प्रतियोगिता के सम्बन्ध में एक विचित्र घोषणा की- ''इस समारोह का मकसद सिर्फ प्रतियोगिता या ज्ञान की शेखी बखारना नहीं है; हम चाहते थे कि बच्चों में तार्किक क्षमता का विकास हो, व्याख्या करने की क्षमता विकसित हो, उनमें चीजों को वैज्ञानिक तरीके से देखने की क्षमता विकसित हो, इसलिए इस तरह के आयोजन बच्चों को बेहतर मंच प्रदान करते हैं। परिणाम से ज्यादा हम प्रक्रिया पर केन्द्रित होना चाहते हैं। बच्चे परिणाम से निश्चिंत होकर प्रतियोगिता का आनंद लें। जो जरूरी सूचना मैं देना चाहता हूँ वो ये है कि जो भी छात्र विजयी होगा, उसे आचार्य जी के सम्मुख बैठकर शास्त्रार्थ करने का मौका मिलेगा।''

बच्चे मंच पर आते थे और रटे-रटाये अंदाज में कुछ कहते थे। किन्तु मौलिकता का अभाव झलकता था उनके भाषणों में। कुछ भी नयापन नहीं... सब किताबी बातें। लेकिन विदिशा के संबोधन ने सबको विस्मित कर दिया। लगा जैसे खुद के चिंतन से उपजे विचार थे। इतनी कम उम्र की बच्ची के मुँह से इतने सारगर्भित तथ्य कि खुद आचार्य जी विचलित हो गये। सबसे आखीर में आचार्य जी को बुलाया गया इस विषय पर अपने विचार रखने को। अपने भव्य व्यक्तित्व के अनुरूप गंभीर स्वर में उन्होंने कहना शुरू किया – ''बहुत ही मोहक विषय चुना है आपने सेमिनार के लिए। मैं हमेशा से धर्म के सामाजिक प्रभाव पर चिंतन करता था। आखिर धर्म में ऐसा क्या है कि यह सामाजिक संरचना को प्रभावित करता रहा है... इसके उलट सामाजिक कारणों से कैसे धर्म बदलता रहा है इस पर भी मैं चर्चा करूँगा। आप किसी भी सभ्यता, समाज या देश को उठाकर देख लीजिये, वहाँ का रहन-सहन उस समाज के धर्म से निर्धारित होता है। हिन्दू तिलक लगाते हैं, चुटिया रखते हैं, मूँछ रखते हैं और दाढ़ी मुड़ाते हैं; वहीं मुसलमान मूँछ छीलकर दाढ़ी रखते हैं। दोनों के पहनावे भी अलग हैं। सिक्खों की वेशभूषा भी उनके धर्म का प्रतिनिधित्व करती है। वर्षों साथ रहने के कारण हिन्दू और मुसलमान बहुत सी चीजों में एक दूसरे के समान हो गये हैं, फिर भी धार्मिक चेतना उनके अंदर बसी हुई है। उसी सीमा तक वो परिवर्तन स्वीकार करते हैं, जहाँ तक उनके मूल-धर्म पर आघात नहीं पहुँचता है। जब बात गोमांस या रामजी की आयेगी, तो हिन्दू अपने पड़ोसी

मुसलमान को भी नहीं छोड़ेगा और ऐसी ही स्थिति मुसलमान की होगी, जब बात पैगम्बर या शूकर पर आयेगी। क्रांति किसी और क्षेत्र में होती है तो लोग नयेपन की ओर भागते हैं, नए विचार अपनाये जाते हैं... किन्तु जब-जब धर्म में क्रांति होती है तो यह वापस उसी रूप में पहुँच जाता है जो इसके प्रवर्तक ने सुझाया था; इसलिए आप देखेंगे कि इस्लाम इतने वर्षों के बाद भी सबसे कम बदला है। सबसे सचेत धर्म है यह। जब भी कोई क्रांतिकारी विचार इसके स्वरूप को बदलने की चेष्टा करता है, एक फतवा पीछे से चला आता है और ये फतवा धर्म की वैसी ही व्याख्या करता है जो मुहम्मद के समय थी।

हिन्दू धर्म का कोई एक प्रवर्तक नहीं है, कोई एक धर्मग्रन्थ नहीं है वस्तुतः हिन्दू कोई धर्म नहीं है... यह एक भौगौलिक शब्द था जो ईरानियों द्वारा सिन्धु नदी के उस पार रहने वाले लोगों के लिए उपयोग किया जाता था। पारसी लोग 'स' को 'ह' कहते हैं इसलिए हिन्दू शब्द बना। तो जो भी नदी के इस पार रहता था हिन्दू कहलाया। कालक्रम में यह शब्द एक धर्म-विशेष के लिए उपयोग होने लगा जो मूर्तिपूजक था, यज्ञ और कर्मकांड करता था। कोई एक पैगंबर न होने से और कोई एक धर्मग्रन्थ न होने से हिन्दू धर्म में जितने विरोधाभास मिलते हैं वह अन्यत्र नहीं मिलता; इसलिए यहाँ सांसारिक सुखों को त्याज्य बताने वाले ऋषि मिलेंगे, तो चार्वाक जैसे भौतिकवादी भी मिलेंगे; आत्मा और परमात्मा को अलग मानने वाले द्वैतवादी हैं तो शंकराचार्य जैसे अद्वैतवादी भी हैं जो आत्मा और परमात्मा को एक ही मानते हैं। हिंदुत्व के इतने दर्शन हैं कि इसे एक महासागर मानना पड़ेगा। इतनी विविधता के कारण हिन्दू धर्म एक लचीला धर्म हो गया। यह कुछ भी पचा लेता है, फिर भी हिन्दू धर्म ही बना रहता है। इतना होने पर भी हिंदुत्व अपने मूल रूप में छेड़छाड़ पसंद नहीं करता। जब कोई ये कहता है कि श्रीराम एक मनुष्य थे, तो कट्टर हिन्दू भड़क जाता है। उसके अनुसार श्रीराम विष्णु के अवतार थे जो पापियों का संहार करने धरती पर आये थे। इसलिए जब कबीर ने राम को निराकार रूप देना चाहा और किसी परमतत्व का पर्याय माना, तो लोगो को ये नहीं पचा। तुलसीदास तो जैसे कबीर को उत्तर देते हुए कहते हैं कि मेरे राम तो वो हैं जो दशरथ के घर जन्मे थे।

यहाँ यह भी गौर कीजिये कि जब-जब हिंदुत्व निराकार की ओर मुड़ा,

तब-तब कोई सगुण उपासक सामने आया। लोगों को अदृश्य शक्ति, मोक्ष, आत्मा, परमात्मा, ब्रह्म जैसे गूढ़ तत्व समझ नहीं आते थे। उन्हें तो कोई साकार भगवान सामने चाहिए था जो उनकी समस्याएँ सुन सके। बुद्ध और जैन, हिंदुत्व की कमियों (यज्ञ में हिंसा, कर्मकाण्ड) के जवाब में सामने आये थे। लोग उनकी ओर मुड़े भी; लेकिन यहाँ भगवान नहीं था, इसलिए लोगों ने बुद्ध और महावीर को ही भगवान बना दिया। शंकराचार्य का अद्वैतवाद साधारण लोगों की समझ में नहीं आता था, इसलिए निम्बार्क और रामानुज द्वैतवाद लेकर सामने आये। इनके ईश्वर शंकराचार्य के ब्रह्म की तरह नहीं; निराकार, निर्विकार नहीं थे, बल्कि ये मनुष्यों की प्रार्थना सुनते थे, अवतार लेते थे और जगत के रचयिता थे। मध्यकाल में भक्ति, धर्म का एक प्रमुख अंग बन गया था। सब कुछ प्रभु के चरणों में सौंपकर खुद को भुला देना भक्ति थी। इसी बीच भारत में सूफी संतों का बोलबाला हुआ। सूफी चूँकि मुसलमान थे, इसलिए इनकी भक्ति किसी अदृश्य ईश्वर के प्रति होती थी। इनके जवाब में तुलसी और सूरदास सामने आये। तुलसी ने राम को और सूरदास ने कृष्ण को पकड़ा। सूरदास कहते हैं कि जैसे गूँगा व्यक्ति गुड़ का स्वाद तो जानता है, लेकिन किसी को बता नहीं सकता, वैसे ही निर्गुणी अपना आनंद किसी को बता नहीं सकता, इसलिए मैं साकार की पूजा करता हूँ। आधुनिक काल में फिर ब्रह्म समाज के रूप में हिंदुत्व निर्गुण की ओर लौटता है। इसने मूर्तिपूजा और कर्मकांडों को त्याज्य बताया, वर्ण व्यवस्था को नकारा। अनेक सामाजिक कुरीतियों पर इसने प्रहार किया... लेकिन फिर से हमारे सामने रामकृष्ण परमहंस, स्वामी दयानंद और बाल गंगाधर तिलक आते हैं जो हिंदुत्व के उसी रूप के कायल थे जो वैदिक था, साकार था। तिलक ने गणेश उत्सव की शुरूआत की।''

स्वामी जी के ओजपूर्ण भाषण से जनता मुग्ध थी। स्वामी जी ने एक हल्का सा विराम दिया अपने व्यक्तव्य को, अपने आसन को बदला और एक गहरी साँस लेकर कहना शुरू किया- ''अब बात करते हैं कि धर्म किस तरह से बदला है समय के साथ। मैंने पहले ही कहा है इस्लाम धर्म कमोबेश अब भी वही है जो यह अपने जन्म के समय था। विज्ञान के प्रभाव में ईसाई धर्म भी बदला है; किन्तु सबसे ज्यादा परिवर्तन हिन्दू धर्म में हुआ है। आप देखेंगे कि वैदिक काल में लोग इंद्र, वरुण, उषा, सोम, रुद्र आदि देवताओं

की पूजा करते थे। फिर ऐसा क्या हुआ कि ये देवता भुला दिए गए और उनकी जगह राम, कृष्ण, शिव, और शक्ति आ गए? वेद आर्यों का ग्रन्थ था, किन्तु जब आर्य इस धरती पर आये (अगर आर्य invasioninvasion/migration theory सही है) तो यहाँ की संस्कृति और रीति-रिवाजों से उनका सामना हुआ। उन्हें इस धरती पर रहना था इसलिए यहाँ की संस्कृति को अपनाना शुरू किया। धीरे-धीरे दोनों संस्कृतियों के मिलन से नए-नए देवताओं का अविष्कार हुआ। इसलिए आगे चलकर वैदिक सूर्य विष्णु बन जाते हैं, रुद्र शिव का रूप ले लेते हैं और प्रजापति ब्रह्मा बन जाते हैं। यहाँ यह भी ध्यान देने की बात है कि राम की पूजा मध्यकाल में आकर व्यापक रूप लेती है। स्वामी रामानंद को इसका श्रेय जाना चाहिए। शायद मध्यकाल में कृष्ण-भक्ति बहुत बढ़ गयी थी और मुसलमानों के हमले से हिन्दू त्रस्त थे; इसलिए हिन्दुओं को एक ऐसे नायक की जरूरत थी, जो सच्चरित्र हो, वीर हो और रसिक न हो। राम जी हिन्दुओं में जोश भरने सामने आये। शायद इसलिए तुलसी कृत रामचरितमानस इतना लोकप्रिय हुआ और रामजी हिन्दू शौर्य का प्रतीक बन गए।''

स्वामी जी जब भाषण देकर बैठे तो कुछ देर तक वातावरण में गंभीरता फैली रही। इसके बाद परिणाम की घोषणा हुई और उम्मीद के मुताबिक विदिशा और आचार्य सर्वज्ञ श्री आमने-सामने बैठ चुके थे। जनता इस प्रश्नोत्तरी का बेसब्री से इन्तजार कर रही थी। विदिशा ने अपने भाषण में जिस गहराई का परिचय दिया था, उससे लोगों की उम्मीदें बढ़ गयी थीं। आचार्य जी के पैर छूकर लड़की अपने स्थान पर बैठ गयी और विनम्र शब्दों में कहा- ''आचार्य जी, मैं आपकी बहुत बड़ी फैन हूँ; मैं आपसे शास्त्रार्थ करने नहीं आयी हूँ, मैं तो अपने मस्तिष्क में निरंतर उमड़ते प्रश्नों का समाधान चाहती हूँ, उम्मीद है मैं यहाँ से निराश नहीं लौटूँगी; मैं यह जानना चाहती हूँ कि जिन्दगी का मकसद क्या है।''

सब लोग हँसने लगे। ऐसा नहीं है कि सबको जिन्दगी का मकसद पता था... लोग हँसकर ये साबित करना चाहते थे कि प्रश्न तुच्छ है और आचार्य जी को ज्यादा टेंशन लेने की जरूरत नहीं है। किन्तु आचार्य जी ने कुछ देर मनन करने के बाद गंभीर मुद्रा में कहना शुरू किया- ''मोक्ष। परम

लक्ष्य तो मोक्ष ही है, बाकी छोटे-छोटे लक्ष्य समय के साथ बनते जाते हैं। एक लक्ष्य पूरा होता है, फिर एक नए लक्ष्य की ओर हम बढ़ जाते हैं। छात्र जीवन बस परीक्षा पास करने तक सीमित रहता है; फिर नौकरी लेना मकसद हो जाता है... फिर शादी, फिर बच्चे, फिर बच्चे की पढ़ाई, फिर उनकी नौकरी, उनकी शादी। मकसद तो बदलते रहता है; लेकिन असली मकसद हमारा मोक्ष ही होना चाहिये।''

विदिशा ''मोक्ष क्या है? जन्म-मरण के चक्र से मुक्ति या ईश्वर की प्राप्ति?''

आचार्य जी ''अच्छा प्रश्न है। मोक्ष का अर्थ तो है जीवन-चक्र से मुक्ति; आत्मा का अपना अस्तित्व खो देना, कुछ भी शेष नहीं रह जाना। इसलिए भक्तिकाल के बहुत से कवि मोक्ष नहीं चाहते थे... वे स्वर्ग भी नहीं चाहते थे जहाँ सुख ही सुख हो। वो तो ऐसा धाम चाहते थे जहाँ भगवान के समीप बैठकर अनंतकाल तक बस भक्ति करते रहें, इसलिए बैकुंठ की कल्पना की गयी।''

विदिशा '' ये मोक्ष किस तरह प्राप्त होगा?''

आचार्य जीः ''कामनारहित होकर कर्म करने से। कर्म तो करना ही है; दुनिया में आये हैं तो कर्म करना ही है, जिन्दा रहने के लिए हाथ-पाँव मारना ही है... किन्तु कुमार्ग पर चलकर नहीं। सत्कर्म करें, सदाचारी बनें, दूसरों को कष्ट न दें। जियो और जीनों दो के पथ पर चलो, देखो कितनी आन्तरिक प्रसन्नता मिलती है!''

विदिशा ''लेकिन इसका मोक्ष से क्या सम्बन्ध है? मोक्ष का अर्थ है जीवन-मरण के चक्र से मुक्ति, तो सत्कर्म करने से आत्मा मुक्त कैसे हो जाती है?'' इस प्रश्न ने संभवतः आचार्य जी को मुश्किल में डाल दिया था। लोग भी उस बालिका के तर्क से चकित थे। कुछ देर मनन करने के पश्चात आचार्य जी ने कहना शुरू किया- ''अच्छा प्रश्न है। देखो, जन्म-मरण क्यों होता है? जीव को एक तरह से अपने कर्म फल को भुगतने के लिए पुनर्जन्म लेना पड़ता है। अगर अच्छे कर्म किये तो अगले जन्म में और बेहतर जिन्दगी मिलेगी और बुरे कर्म किये तो निम्नतर योनि में वापस चले जाओगे। उच्चतर जीवन में अगर कोई इच्छा शेष रह गयी तो फिर से जन्म

लेना होगा, जबकि निम्नतर योनि में तो सिर्फ कर्म फल भोगना है; इसलिए निर्विकार भाव से कर्म करना चाहिये। जब आत्मा के ऊपर से सभी कर्मों का संस्कार मिट जाता है, कोई इच्छा शेष नहीं रह जाती है तो आत्मा मोक्ष को प्राप्त कर लेती है, तब उसका फिर से जन्म नहीं होता।''

विदिशा ''अगर मोक्ष-प्राप्ति ही जीवन का मकसद है, तो फिर जीवन की शुरूआत ही क्यों हुई? मेरा मतलब है अगर भगवान चाहते हैं कि जीव जन्म-मरण के चक्र से मुक्त हो जाय तो फिर उन्होंने जीव बनाये ही क्यों?''

तभी हवा का एक झोंका आया और विदिशा के दुपट्टे को उड़ा ले गया। दुपट्टा हटते ही आचार्य जी की आँखों के सामने एक लॉकेट चमक गया। विदिशा के सीने पर रखे उस लॉकेट को देखते ही आचार्य जी को मानो करंट लग गया। ये तो वही लॉकेट है, पहाड़ी मंदिर वाला; जो उन्होंने भारती को उपहार दिया था। बिल्कुल वैसा ही। मतलब ये लड़की...

विदिशा ने फिर से अपने प्रश्न को दुहराया, किन्तु स्वामी जी किसी और जगत में चले गये थे। जैसे सारी इन्द्रियों ने अचानक काम करना बंद कर दिया हो। हठात वो वहीं जमीन पर गिर पड़े। अफरा-तफरी मच गयी। लोगों को लगा कि शायद लड़की के प्रश्नों ने उन्हें निरुत्तर कर दिया था, इसलिए वो बेहोश हो गये; या जानबूझकर उन्होंने बेहोशी का नाटक किया हो, कौन जाने। पानी के छींटे मारे गये। होश में आये स्वामी जी। उठकर अपने विश्राम-कक्ष में गये। लोग पीछे-पीछे आये, किन्तु उन्होंने एकान्त की माँग की। एकांत से भी उन्हें राहत नहीं मिलने वाली थी। उनका दफन अतीत इस तरह उनके सामने आ खड़ा होगा, उन्होंने कल्पना में भी नहीं सोचा होगा। रह-रहकर उस बच्ची का चेहरा आँखों के सामने घूम जाता। फिर से मोह उन्हें अपने गिरफ्त में लेने लगा। क्यों वह सामने आयी और मेरे मृत अतीत को अमृत पिला गयी। मतलब भारती भी इसी शहर में है। क्या नाम बताया था उसने अपने स्कूल का... मॉडर्न पब्लिक स्कूल? हाँ, यही था। लेकिन अब क्यों? केवल एक बार; भारती का हाल जानने के लिए।

अगले दिन आचार्य जी बिना अपने अनुचरों के अकेले ही निकल पड़े, अनजाने रास्तों पर पूछते-पाछते। सबने आश्चर्य व्यक्त किया, पर वह

मौन रहे। दिमाग में एक मंजिल थी और कदम उस ओर बढ़ते जाते थे। स्कूल के गेट के पास खड़े होकर वह विदिशा का इन्तजार करने लगे। वह बाहर आयी, किन्तु सहेलियों के साथ। आचार्य जी ने लड़कियों को पुकारा। विदिशा ने चौंककर देखा –आचार्य सर्वज्ञ श्री यहाँ कैसे?

''क्या मैं तुमसे एकांत में कुछ बात कर सकता हूँ?''

लड़कियों ने एक दूसरे का मुँह देखा। इस साधू की नीयत ठीक नहीं लगती, इसे एकांत क्यों चाहिए? किन्तु विदिशा ने हाथ के इशारे से एक बेंच को इंगित कर कहा- ''आइये उधर चलें।''

कुछ देर दोनों चुप बैठे रहे। विदिशा यहाँ आने की वजह सुनने को अधीर थी। स्वामी जी वजह बताने के लिए किसी छोर को ढूँढ़ रहे थे।

''तुम्हारे पिता का नाम अरुण है?'' कुछ देर की कशमकश के बाद स्वामी ने पूछा।

'जी'

''तुम्हारी माँ का नाम भारती है?''

''सही अनुमान है आपका।''

''तुम्हारे गाँव का नाम गंगासागर है?''

''अद्भुत अनुमान।''

''तुम्हारे पिता एक बैंकर थे, जो गृह-त्याग कर संन्यासी बन गये?''

विदिशा उनके चरणों में गिर पड़ी- ''महाराज, आप सचमुच सर्वज्ञ हैं; मुझे क्षमा करें, मैं आपको जान नहीं पायी, मैं आपके साथ शास्त्रार्थ करने चली थी।'' आचार्य जी ने उसे उठाकर बगल में बिठाया और कहा- ''मैं कोई सर्वज्ञ या अंतर्यामी नहीं हूँ, मैं तो हाड़-मांस का एक साधारण साधू हूँ, जो भावनाओं से नियंत्रित होता है; इतने वर्षों की तपस्या के बाद भी मुझमे कोई अलौकिक सिद्धि नहीं है।''

''तो फिर...''

''क्योंकि मैं ही अरुण हूँ, तुम्हारा बदनसीब बाप!''

धमाका! वज्रपात! वक्त जैसे ठहर सा गया। जमीन खिसक गयी, आसमान फट गया। कोई शब्द नहीं मिल रहे थे विदिशा को प्रतिक्रिया देने को। एकटक अपनी नजर उस साधू पर गड़ा दी। कोई धुँधली-सी तस्वीर निखरकर सामने आने लगी।

"लेकिन आपने मुझे कैसे पहचाना?"

"तुम्हारे लॉकेट से। हमलोग पहाड़ी मंदिर गये थे घूमने। उस पहाड़ी के निकट एक सूखी नदी थी; उसी के किनारे तट पर बालू में छिपा हुआ मिला था ये लॉकेट। मुझे ऐतिहासिक चीजों का बहुत शौक था, इसलिए मैंने इसे सँभालकर रख लिया था; तुम्हारे जन्म पर मैंने इसे तुम्हारी माँ को भेंट किया था। यह लॉकेट अद्वितीय है इसलिए पहचानने में दिक्कत नहीं हुई।"

"तो फिर वापस चलिये पिताजी, कोई आपका इंतजार वर्षों से कर रहा है।"

"वापसी अब संभव नहीं है पुत्री।"

"आखिर क्यों?"

"अरुण अब मर चुका है... तुम्हारे सामने जो बैठा है, वह आचार्य सर्वज्ञ श्री है... यही मेरी पहचान है अब। लोग मेरे बारे में जानते हैं कि मैं बाल ब्रह्मचारी हूँ, हिमालय पर तपस्या की है मैंने। अब अगर लोग मेरे अतीत के बारे में जानेंगे तो क्या सोचेंगे... उन्हें लगेगा कि मैंने उन्हें छला है। उन्हें जब पता लगेगा कि मेरी एक पत्नी है, एक बेटी है तो उनकी आस्था टूट जाएगी मेरे प्रति।"

"तो सर्वज्ञ श्री को मार दीजिये, जैसे आपने अरुण को मारा था।"

"मुमकिन नहीं।"

"आपके लिए क्या नामुमकिन है पिताजी? आपने नौकरी छोड़ दी, घर छोड़ दिया, पत्नी और बेटी को त्याग दिया, तो फिर ये साधू का चोला कितना भारी है?"

"अरुण एक बोझिल इन्सान था। उसे मरना ही था। सर्वज्ञ श्री बनकर

मैंने जिन्दगी को हर पल जिया है... वो हर कुछ पाया है जो अरुण के रूप में मैं नहीं पा सकता था।''

''तो आप सांसारिकता में फँस गये?''

''रुपये पैसे और सुख सुविधाओं का मुझे मोह नहीं; किन्तु-

''प्रसिद्धि के मोह से नहीं बच सके?''

इस प्रश्न ने आचार्य जी की अंतरात्मा को हिला दिया। अपने मन को टटोला उन्होंने। इन्द्रियों पर तो उन्होंने विजय प्राप्त कर लिया लेकिन क्या उनके भीतर प्रसिद्धि की चाह बची हुई नहीं है? फिर वह संन्यासी कैसे हुआ अगर कोई कामना शेष है? फिर भी आचार्य ने 'न' में सिर हिलाया।

''तो फिर मुझे अपना परिचय बताने की वजह?''

''तुम्हारी माँ का हाल जानना चाहता था, एक बार उसे देखना चाहता हूँ।''

''क्या देखना चाहते हैं कि कितने बाल सफ़ेद हो गये हैं आपकी पत्नी के? या ये देखना चाहते हैं कि आँख के नीचे काले घेरे तो नहीं पड़ गये या चेहरे पर झुर्रियाँ तो नहीं पड़ गयीं... या ये देखना चाहते हैं कि एक अस्थिपंजर कैसे नियति से लड़ रहा है?''

साधू ने अपने कान ढँक लिए। ''बस करो पुत्री, बस करो! इतने क्रूर तानों से मेरा हृदय छलनी मत करो, मुझ पर रहम करो।''

''कान बंद कर लेने से सत्य नहीं बदल जाता है।'' इतना कहकर वह किशोरी उठ खड़ी हुई और तेज पदचाप करती हुई किसी दिशा में जाने लगी। साधू की शून्य नजर उसे ओझल हो जाने तक देखती रही।

* * *

शाम के धुँधलके में एक अस्पष्ट-सी आकृति पास आती हुई दिखाई दी। भारती अपने बालकनी के तुलसी में दीप जलाकर रख रही थी कि वह आकृति सामने गेट पर आ खड़ी हुई। लगता है कोई साधू है। इससे पहले कि साधू कुछ कहता, उसने इशारे से साधू को वहीं रुकने को कहा और अपनी पूजा पूर्ण करने लगी। पूजा पूर्ण करने के बाद वह अंदर गयी और

अंदर से कुछ चावल और रुपये ले आयी। साधू की झोली में दान उड़ेलने के बाद वह उम्मीद कर रही थी कि साधू वहाँ से खिसक जायेगा, किन्तु वह वहीं खड़ा रहा।

''कुछ और चाहिए क्या?'' झुँझलाहट भरे स्वर में भारती ने पूछा।

डरते-डरते साधू ने कहा- ''मुझे आप चाहिए।''

''पागल हो क्या?''

''पागल था पर अब ठीक हो गया हूँ।''

''रुक अभी तेरा पागलपन झाड़ती हूँ।'' इतना कहकर वह डंडा खोजने लगी।

''मारो, बेशक मुझे मारो भारती, मैं इसी योग्य हूँ; किन्तु मैं पागल नहीं हूँ।''

भारती के उठे हाथ हवा में टँगे रह गये। हलकी रौशनी में उसने साधू के चेहरे को देखा। दाढ़ी बढ़ी हुई थी, फिर भी उसे पहचानने में परेशानी नहीं हुई। लाठी हाथ से छूटकर नीचे गिर गयी।

'अरुण?' संशय भरी एक बुदबुदाहट उसके मुख से निकली।

अरुण ने सिर हिलाया हाँ में। भीतर भावनाओं का सैलाब बाँध तोड़ने को बेताब था, फिर भी एक झिझक बीच में रुकावट बनकर खड़ी थी। अरुण ने अपने हाथ फैला दिये भारती को आगोश में लेने के लिए, पर उसे लगा जैसे कोई पराया पुरुष उसे अपने पास बुला रहा है। समय ने मन में भी एक दूरी पैदा कर दी थी। वह ठिठकी खड़ी रही। आगे बढ़कर अरुण ने उसे अपने में चिपका लिया। चुम्बक की तरह दोनों आपस में चिपक गये। दोनों एक-दूसरे को अपने भीतर गायब करने की कोशिश करने लगे। आँसू और लार एक दूसरे पर बरसने लगे। सूखे शरीर से अमृतवर्षा हो रही थी।

''स्त्री-स्पर्श से खुद को अपवित्र मत करें भगवन, यह आपके योग्य नहीं है; आप योगी हैं, तपस्वी हैं'' खुद को अरुण से अलग करते हुए भारती ने कहा।

''मैं कोई योगी नहीं, कोई तपस्वी नहीं, वस्तुतः मैं एक भगोड़ा हूँ...

तपस्वी तो तुम हो भारती; तुम्हारी साधना सफल हुई है, मेरी साधना असफल रही है भारती। हठपूर्वक इन्द्रियों पर विजय पाया, किन्तु बदले में कुछ भी नहीं मिला मुझे। लोगों को मैं मोक्ष सिखाता हूँ, किन्तु मैं भी निश्चयपूर्वक नहीं कह सकता कि मोक्ष होता क्या है या मिलता कैसे है? इस जीवन से इतर कोई जीवन है भी या नहीं, कौन जानता है। सहज उपलब्ध सुखों को छोड़कर अज्ञात के पीछे भागना कहाँ की बुद्धिमानी है। अब तो मुझे लगता है कि संसार में रहकर निष्काम कर्म करने वाला ही सच्चा साधू है।''

''आचार्य सर्वज्ञ श्री मुझे एक आशीर्वाद देंगे? आप तो सबको अपनी कृपा से कृतार्थ करते हैं।''

''आचार्य अब मर चुका है।''अपने बाहुपाश में भारती को कसते हुए अरुण ने कहा।

''यही आशीर्वाद मुझे दीजिये कि वह फिर से जिन्दा न हो जाय।''

अरुण ने मुख से कुछ नहीं कहा। हाथों की मजबूत पकड़ से ही वह सबकुछ कह देना चाहता था।

उपसंहार

दो वर्ष बाद

अरुण अब गाँव पर ही रहता है और भाई के साथ व्यवसाय करता है। भारती स्कूल चलाती है; खंडहर में नहीं, अपने बरामदे में। इससे किशुन की दिनचर्या में फर्क नहीं पड़ा है। वह शाम में अब भी दारू पीकर लेटता है। हाँ, कहानी सुनने वाले बच्चे बड़े हो गये हैं इसलिए उसके श्रोताओं में कमी आ गयी है। विदिशा ने पिता के लिखे अधूरे उपन्यास को पूरा कर लिया है। पूरा ही नहीं किया... उपन्यास छप भी गया है; छपा ही नहीं, उसपर उसे पुरस्कार भी मिल चुका है और दैनिक जागरण की बेस्टसेलर सूची में उसे प्रथम स्थान प्राप्त हुआ है।

दैनिक जागरण में विदिशा का साक्षात्कार प्रकाशित हुआ है। अरुण पढ़ता है:-

मानवता की नयी जौहरी

महज सोलह वर्ष की उम्र में अपनी लेखनी से हिंदी साहित्य में पहचान बना चुकी विदिशा फ़िलहाल ग्यारहवी में पढ़ती हैं। मानवीय संवेदनाओं की कुशल पारखी लेखिका की पहली कृति ‘एक अधूरी कहानी’ दैनिक जागरण की बेस्टसेलर में शामिल हुई है, मधुमिता से बातचीत के अंश-

सोलह वर्ष की उम्र में किताब का छपना, पुरस्कार मिलना और

बेस्टसेलर में शामिल होना कैसा लगता है?

जिन्दगी जब कुछ छीनती है तो बदले में कुछ देती भी है। मैंने माँ को संघर्ष करते देखा है, इसलिए दुःख मेरे व्यक्तित्व का अभिन्न हिस्सा बन गया है। एक गम सदैव मेरे सीने में पलता है। लेखन के लिए ऐसी संजीदगी जरूरी है। अब सब कुछ ट्रैक पर आ गया है तो अच्छा लगता है। ज्यादा अच्छा लगता है पिता के सपने को पूरा करना। उनकी नजर से जब किताब को पढ़ती हूँ तो रोमांच से भर जाती हूँ।

लिखने की शुरूआत कैसे हुई?

लेखन मेरे खून में है। पिताजी लिखते थे। दादाजी संस्कृत के विद्वान थे। बुआ भी लिखती थीं। जब मैंने पिता के लिखी आधी-अधूरी रचनाओं को पढ़ा तो दिमाग में आया कि इसका अंत क्या हो सकता है। फिर एक दिन लेकर बैठ गयी कागज कलम। फिर अपने आप कहानी दिशा लेने लगी।

पिताजी को ऐतराज नहीं था उनकी कहानी को आपने चुरा लिया?

चुराया नहीं बल्कि उन्होंने मुझे दान दे दिया। उन्होंने शायद इसका कोई और अंत सोचा होगा... लेकिन जब उन्होंने मेरी कहानी पढ़ी, तब उन्होंने कहा कि इससे अच्छा अंत इस कहानी का नहीं हो सकता। उन्होंने मुझसे कहा कि इसे तुम अपने नाम से छपवाओ, तुम मुझसे अच्छा लिखती हो।

आपने लिखा है कि यह कहानी आपके जीवन से प्रेरित है; कितना सत्य है और कितनी कल्पना?

सब कुछ सत्य है, सिर्फ अंत नाटकीय है। नायिका के खुदकुशी वाले दृश्य को लिखते हुए मेरे हाथ काँपने लगे थे। मैं रोने लगी थी। मन में विचार आता था कोई और अंत दे दूँ, लेकिन मन नहीं मानता था। कोई और बेहतर अंत नहीं सूझता था। कई दिनों की कशमकश के बाद यही अंत लिख दिया।

अरुण की आँखें नम हो गयीं। सबको लगा कि ये खुशी के आँसू हैं।